Die Liebe der Tänzerin

Ana Castillo

Die Liebe der Tänzerin

Roman

Aus dem Englischen von
Ursula-Maria Mössner

Scherz

Die Originalausgabe erschien 1999 unter dem Titel
«Peel my Love like an Onion» bei Doubleday, New York

Erste Auflage 2001

Für meine Mutter natürlich,
in memoriam

Mein Leben würde eine schöne Geschichte sein,
die in dem Maße zur Wahrheit wurde,
wie ich sie mir selbst erzählte.

Simone de Beauvoir:
«Memoiren einer Tochter aus gutem Hause»

Schäl meine Liebe wie eine Zwiebel,
eine transparente Lage um die andere,
buddhistische Unendlichkeit des Verlangens,
ich atme deine Haut,
und ein Dunst von Erinnerungen steigt auf,
reißt meine Körperöffnungen wund
mit all den Gerüchen von dir.
Wenn du gehst, Tezcatlipoca,
bin vielleicht ich es, die dich verdunsten ließ,
gehörntes Wesen, dem ich
Flügel gegeben habe, komm zurück. Ruh wieder
in meinen dürren Armen, Glied an Glied
wie knorrige Äste, umschlungen in einem Schlaf,
der tausend Jahre währt.

1

Uno: In meiner Erinnerung ist er dunkel

In meiner Erinnerung ist er dunkel. Doch manchmal ist selbst meine Erinnerung daran dunkel. Ja, er war dunkel. Er ist es noch immer, nur dass es nicht leicht ist, an ihn als noch existent zu denken, denn überall, wohin mein Blick fällt, ist er nicht. Wie heißt es doch? Wasser, Wasser überall . . . Ich war voll – eine Schale, ein großes präkolumbisches Tongefäß, ein Becken, in dem Kopal brennt, eine Beisetzungsurne, ein Brunnen, ein Eimer, der sich hebt und senkt, ein Hexenkessel, der auf dem Feuer brodelt.

Einst war ich verliebt. Wenn du verliebt bist, ist dir keine Metapher gut genug. Keine Metapher erscheint dir zu klischeehaft. Du bist benommen vor Verlangen. Ja, benommen, von einem Schwindel erfasst. Fangt mich auf, ich falle, die Liebe zieht mich in ihren Bann. Nichts Ernstes weiter, ein Krankenwagen wird nicht benötigt. Nur ein paar Tage Bettruhe, mehr brauche ich nicht. Mit ihm.

Dein eigener Speichel schmeckt plötzlich süß in deinem Mund, wie eine Freundin einmal in sachlichem Ton feststellte. Die Wissenschaft des Verliebtseins. Sie blickte sich am Tisch um, in die Runde der Frauen mittleren Alters, die sich einen netten Abend machten. Wir waren doch alle irgendwann einmal verliebt gewesen, oder? Bestimmt wussten wir das mit dem Speichel und kannten seine emotional bedingte Alchimie. Ihr wisst doch, was ich meine? Wenn man verliebt ist, schmeckt selbst Leitungswasser süß. Der eigene Speichel ist süß!, beteuerte sie mit ihrem argentischen Akzent. Wir blickten ebenfalls in die Runde, lächelten leicht befangen. Wir blickten hinunter auf unseren feinen Kaffee und Kuchen. Wir waren dankbar, als unser Kellner das Schweigen brach und Kaffee nachschenkte, abgepackte Sahneportionen auf den Tisch fallen ließ. Ihr wisst doch, was ich meine?, fragte sie nochmals.

Vielleicht ist so die Liebe in Buenos Aires.

Aber du musst wirklich verliebt sein, damit das Klischee abprallt und dich wie ein Bumerang genau zwischen den Augen trifft, dass es für deine wiedergeborenen Ohren wie die absolute Wahrheit klingt.

Und dennoch gibt es sie. Liebe, die durchsetzt ist mit Klischees, die es aber für keinen von euch beiden je zuvor in dieser Form gegeben hat, die sich abrupt einstellt, ohne Vorwarnung, wie ein Sommerschauer. (Verstehst du jetzt, wie ich das mit den Metaphern meine?) Und es stimmt, sie ist leicht und warm und unerwartet. Der Regenbogen erscheint später während deines Lauftrainings am Ende eines langen, anstrengenden Tages, und die Stadt ist überall grau, und deine Mutter liegt im Krankenhaus, und der Bruder deiner besten Freundin kämpft gegen Aids, und du erinnerst dich an die Nacht, in der du mit ihm schliefst, als du nicht in ihn verliebt warst und er nicht in dich, lang, lang ist's her.

Du ziehst deine neuen Turnschuhe an, hergestellt in einem fremden Land von Frauen und Kindern für einen Hungerlohn, so dass du nicht daran zu denken versuchst, was du dafür bezahlt hast, und beginnst bei Sonnenuntergang durch die Straßen deiner Stadt zu gehen. Du sprichst von deiner Stadt, so wie Amerikaner davon sprechen, dass dies ihr Land ist. Dir ist nie ganz wohl dabei, wenn du das sagst – *mein Land.* Wenn du mexikanisch aussiehst, heißt das, dass du irgendwie kein Amerikaner sein kannst. Und meine Vettern sagen mir, die, die nach Mexiko gegangen sind, aber genau wie ich auf dieser Seite der Grenze geboren wurden, dass sie dort drüben eindeutig keine Mexikaner sind. Weil du auf dieser Seite geboren bist, wirst du drüben *pocha* genannt von deinen herzlosen Verwandten und von fremden Menschen auf der Straße und sogar von Kellnern in Restaurants, wenn sie zufällig dein geflüstertes Englisch hören und bei deinem schlechten Spanisch zusammenzucken. Dennoch versuchst du es zumindest. Du versuchst, wie es niemand sonst auf der weiten Welt versucht, an zwei Orten gleichzeitig zu sein. *Pocha* zu sein heißt, dass du es hier und dort versuchst, auf diese und auf jene Art, und dass du dennoch nicht dazugehörst. Weder hier noch dort.

Aber du kannst sagen, das ist meine Stadt, weil Chicago groß ist und klein genug, um deine Stadt zu sein, um jedermanns Stadt zu sein, der sie haben will, wer er auch sei. Wie der Dichter Nelson Algren ziemlich genau zu der Zeit sagte, als du geboren wurdest – *Chicago . . . zeigt immer zwei Gesichter . . . Ein Gesicht für Macher und eines für Machen-Lasser. Eines für den Guten und eines für den Bösen.*

Und ich liebte den Guten und den Bösen, und manchmal waren sie ein und derselbe.

Einmal, als ich am Flughafen in Frankfurt am Abfertigungsschalter anstand, beobachtete ich etwa eine Stunde lang eine Familie, die seine hätte gewesen sein können, aber ich wusste, dass sie es nicht war. Ich sah nie das Gesicht des Mannes, nur den dichten Schopf mediterraner Haare, seine Frau, klein, etwas füllig um die Taille, und die beiden Kinder. Ich versuchte sein Gesicht zu sehen, um mich zu vergewissern, dass er es nicht war. Nicht, dass er es hätte sein können. Er hatte keine Kinder. Hat er jetzt welche?

Ich war in Deutschland, hatte meinen letzten Auftritt. Es gibt nichts Traurigeres als eine ausgelaugte Tänzerin. Und mein Fall war mehr als traurig. Eines Tages wirst du sechsunddreißig Jahre alt. Deine ganze formale Ausbildung beläuft sich auf einen High-School-Abschluss. Keine anderen Fähigkeiten außer Tanzen, als verkrüppelte Flamencotänzerin zu tanzen, und dann verschlechtert sich plötzlich dein poliobedingter Zustand. Nun kann es nur noch abwärts gehen, ein Gefühl, wie Bizet es in diesem Alter empfunden haben muss, als die Erstaufführung seiner Oper durchfiel und er nach Hause ging und an gebrochenem Herzen starb.

Meine Mutter drängte mich ständig, wieder als Kassiererin in einem Lokal wie El Burrito Grande anzufangen. El Burrito Grande hat vor Jahren zugemacht und war durch McDonald's ersetzt worden. Wenn sie selbst früher jeden Morgen um halb fünf aufstehen konnte, um mit dem Bus zur Arbeit in der Fabrik zu fahren, sagte meine Mutter, dann sah sie nicht ein, wieso ich glaubte, für eine geregelte Tätigkeit zu schade zu sein. Wir mussten den Wäschetrockner reparieren lassen. Sie wollte ein Auto. Wenn wir ein Auto hätten, sagte sie, würde sie fahren lernen. Wenn ich mir meinen Lebensunterhalt als Tänzerin verdienen konnte, dann konnte sie Busfahrerin werden, sagte sie.

Aber ich hatte mein ganzes Erwachsenenleben damit verbracht, für die Nacht zu leben. Mit dem Tag wollte ich nichts zu schaffen haben. Und als ob das Beraubtwerden nicht nur meines Lebensunterhalts, sondern meines ganzen Selbstwertgefühls nicht schon kriminell genug gewesen wäre, war ich auch noch verlassen worden wie eine jungfräuliche Braut am Altar. Verlassen auf feige Weise, ohne Vorwarnung. Verlassen an einem Sonntag ohne Messe. Meine milchlosen Brüste und meine Liebe, die ich angeboten und so großzügig gegeben hatte, weggeworfen wie Küchenabfälle auf einen Komposthaufen.

Dennoch hatte ich, wenn ich aufwachte und wenn ich zu Bett ging, Manolo im Sinn, nur dass wenn ich an ihn dachte, seit er mich verließ, sein neuer Name Der Mistkerl war. Wenn ich einen Teller Cornflakes aß, verfluchte ich Den Mistkerl. Ich verfluchte ihn, wenn ich nachmittags meinen Espresso und Cognac trank. Zu viele Jahre starker Kaffee und Alkohol mit Manolío, Agustín, unseren Freunden und ein bohemienhafter Lebenswandel, wie meine Mutter es nannte, hatten Gewohnheiten zur Folge, die schwer abzulegen waren. Eine davon war, leidenschaftlich zu lieben, und eine andere war, geliebt zu werden wie die schönste Frau der Welt.

Eine Freundin empfahl mir, einen Arzt aufzusuchen, als könnte mir ein Arzt ein neues Bein geben, eine andere Wirbelsäule, mich fünfzehn Jahre jünger machen. Der Arzt schickte mich zu einem Therapeuten, der mir den Rat gab, einen Töpferkurs am City College zu belegen, um das ganze kreative Feuer, das in mir brannte, in andere Bahnen zu lenken. Sechs Monate später zog ich mit meinem Ersparten in die Wüste, das ich zurückgelegt hatte von Trinkgeldern, von Auftritten – in Nachtclubs, Gemeindezentren, Erholungsheimen und sonstigen Räumlichkeiten, auf die sich unser Ensemble für ein paar Dollar stürzen konnte, und das mein halbes Leben lang –, und lebte zwei volle Jahre absolut allein. Ich versuchte mich als Töpferin und nahm den Schleier. So nennen es die spanischen katholischen *artistas,* die ich dort traf, wenn sie sich zurückziehen, um zu arbeiten. Sie legen ein Einsamkeitsgelübde ab, wenn nicht gar ein Schweigegelübde, und werden Novizinnen. Man hat viel Zeit zum Nachdenken, während man die angewehten Gräser und den Staub auf dem *patio* wegkehrt.

Als Manolío fortging und ich zu tanzen aufhörte, wollte ich zur

Erde zurückkehren, in sie eintauchen, im Inneren des Planeten leben. Aber was wusste ich schon von der Wüste oder vom Töpfern? Was wusste ich von der Musik der Stille? Ich kannte nur den Tanz, das Geräusch auf der harten hölzernen Bühne.

Als der zweite Winter mit heulenden Winden und Allein-Schlafen vorbei war, kehrte ich in meine Geburtsstadt zurück. Ich war nicht dafür geschaffen, allein in der Wüste zu hausen, und suchte wieder meinen natürlichen großstädtischen Lebensraum auf. Ich war nun einmal keine Töpferin, nur eine Tänzerin, die nicht mehr tanzen konnte.

Bei meinem Lauftraining entdecke ich, dass schon wieder eine neue Espresso-Bar entstanden ist. Gestern war sie noch nicht da, oder doch? Was war hier? Ach ja, ein True Value Hardware Store. Anscheinend ist Amás jetzt *die* Gegend, in der man wohnt. Hier haben meine Nachbarn keinen Job, sondern einen Titel. Sie errichten tatsächlich weiße Lattenzäune, sofern sie keine schwarzen Eisengittertore mit Schlössern und Gegensprechanlagen anbringen. An den Vorderfenstern sind mit Klebestreifen die Buntstiftzeichnungen ihrer bis zum letzten Moment aufgeschobenen Kinder befestigt. Ich lebe in einer Märchenwelt. Fühle mich in das Bilderbuch von Dick und Jane zurückversetzt. Das ist das Haus von Dick und Jane. Das ist die teure Alarmanlage von Dick und Jane. Runter vom Rasen, Fido.

Und wenn du auf dem Heimweg vorbeigehst, starren sie dich so lange an, bis du direkt vor ihnen bist und sie dich als vertrautes Gesicht aus der Nachbarschaft identifizieren, und dann sagen sie hallo. Weil man das in einer feinen Nachbarschaft unter Nachbarn so macht.

Es besteht nicht der geringste Zweifel: Dieses Gesicht, mein Gesicht, könnte sehr wohl mit dem verwandt sein, das irgendwo diese strahlend weißen Turnschuhe zusammengesetzt hat, irgendwie fremdländisch, sonderbar fremdländisch, so fremdartig wie französisch-vietnamesische Meeresalgen-und-schwarze-Pilze-Suppe, bettelarm und so fremdartig, dass sie doch froh sein soll, wenn man Produktionsstätten in ihrem Hinterhof errichtet und ihr Arbeit gibt.

Ich bin nur noch wenige Meter von einer solchen Nachbarin entfernt, die vor ihrem Haus ein Himmel-und-Hölle-Spiel mit ihrem

Kind auf den Boden malt. Sie beobachtet mich tatsächlich, obwohl sie so zu tun versucht, als ob sie es nicht täte. Ich steigere die Spannung und bleibe stehen, um mir die Schuhe zuzubinden, was nicht leicht ist mit einer Beinschiene. Schließlich gehe ich vorbei. Sie sagt: Hallo.

Dich berührt aber auch gar nichts, wie meine *jefita* oft zu mir sagt. Meine Mutter hat das im Laufe der Jahre immer wieder gesagt, um zu betonen, dass sie ihn nicht mag, meinen zynischen Optimismus. *Nada.* Sie spricht immer Spanisch mit mir. Es ist erst etwa zehn Jahre her, dass ich entdeckte, dass meine Mutter Englisch spricht. Eine Freundin, die gerade aus dem Wahllokal zurückgekommen war, rief mich an. Obwohl meine Mutter eine überzeugte Anhängerin der Demokraten ist, war sie an dem Tag damit beschäftigt, Republikaner in die Wählerlisten einzutragen. Sie brauche das Geld, sagte sie. Die Fabrik, in der sie arbeitete, hatte nach umfangreichen Entlassungen zugemacht und ihren Sitz ins Ausland verlegt. Meine Freundin sagte, dass meine Mutter sehr wohl Englisch spreche und zwar sehr ordentliches Englisch, und wollte wissen, warum ich immer das Gegenteil behauptet hätte. Wenn du bei meiner Mutter anrufst und mich sprechen willst, wird sie dich vermutlich nicht verstehen. Hinterlasse also keine Nachricht.

Ich rief Amá sofort an. Warum hast du mir immer weisgemacht, dass du kein Englisch sprichst?, fragte ich auf Spanisch. Ich muss mit ihr Spanisch sprechen, sonst versteht sie mich nicht. Was weiß ich, sagte sie etwas ausweichend und auf Spanisch. Wahrscheinlich weil ich dachte, ihr Kinder würdet euch über mich lustig machen.

Dos: Manchmal, wenn ich die S-Bahn nehme . . .

Manchmal, wenn ich die S-Bahn nehme, lehne ich meinen Kopf ans Fenster, schließe die Augen und gestatte mir, an Agustín zu denken, der nicht so dunkel war wie Manolo, sondern cremefarben wie Vanille. Aber nicht süß – niemals süß. Wenn ich an Agustín denke, bin ich nicht mehr so müde. Ich rieche dann weder das Fett in meinem Haar, noch höre ich den Widerhall des ohrenbetäubenden Flughafenlärms, die dröhnenden Lautsprecherdurchsagen den lieben langen Tag, das Bla-Bla-Bla der Leute, die alle gleichzeitig reden, immer in Bewegung sind, das Piep-Piep der kleinen Elektrokarren mit dem gelben Blinklicht oben drauf, die Menschen befördern, die irgendwo hinreisen, Geschäftsleute mit Spesenkonten und edlem Gepäck und Menschen, die Urlaub haben und ihn auch nehmen, während ich von zwei Uhr nachmittags bis neun Uhr abends kleine tiefgefrorene Pizzas in einen heißen Ofen schiebe und das acht Tage in der Woche, wie die Beatles früher sangen und die Mexikaner noch heute sagen.

Die meiste Zeit gebe ich vor, kein Englisch zu sprechen, damit ich den Kunden keine Antwort geben muss.

Auf der Bahnfahrt nach Hause denke ich manchmal, aber nicht immer, an Agustín und seine hellgrauen Augen, traurig wie eine Regenwolke, und seine buschigen rötlich-blonden Augenbrauen, und nicke lächelnd ein. Sechs Stationen, bis ich aussteigen muss, mit langen Klicketi-Klick-Abschnitten dazwischen. Meine Füße brennen immer davon, mich sieben Stunden am Tag aufrecht halten zu müssen; Füße, die früher in hochhackigen Schuhen tanzten, die wehtaten vor Freude, das zu tun, was sie so gut konnten, Füße, die, auch wenn sie mich nie zu einer reichen Frau machten, doch immerhin meine Miete bezahlten. Füße, die Agustín liebkoste.

Jetzt sind es nur noch Füße.

Ich mochte auch Agustíns Füße, obwohl ich sie selten sah. Ein- oder zweimal blieb er bis zum Morgen, und ich erhaschte einen Blick von ihnen, als er aus dem Badezimmer kam. Gewöhnlich war es Nacht und dunkel in meinem Zimmer oder in seinem, wenn er die Schuhe auszog. Sie waren sehr weiß, fast wachsartig, wie die Puppen mit den Glasaugen, die in Wachsfigurenkabinetten stehen, glatt, so glatt, nirgends ein Makel oder eine Schwiele. Niemals entzündet oder schrundig. Wie konnten die Füße eines Mannes so vollkommen sein? Agustíns wächserne Füße sahen aus, als würden sie in der Sonne schmelzen. Aber ich mochte sie und die feinen rotblonden Härchen, die ungebärdig auf seinen Zehen und sogar auf der Oberseite jedes Fußes wuchsen. Es waren nicht viele, wenn ich mich recht erinnere. Aber ich warf ja auch nur ein- oder zweimal einen Blick auf diese

Füße. Er wusste nicht, dass ich sie bemerkte. Und so sagte ich, als ich Agustíns Füße zum zweiten Mal erblickte: *Mira tus pies!* Denn dieses Mal wollte ich die Möglichkeit haben, sie zu halten, so wie er meine oft gehalten hatte nach Proben und vor aller Augen. Ich wollte seine vollkommenen Füße bestaunen, so wie er mein unvollkommenes Paar bestaunte.

Warum soll ich meine Füße ansehen?, fragte er. Stimmt etwas nicht damit? Er blickte hinunter, und da es für ihn nichts Außergewöhnliches daran zu sehen gab, fuhr er mit seiner Toilette fort. Sie sind wunderschön, sagte ich. Er lachte. Er lachte und fuhr sich mit der Hand leicht verlegen durch das sich lichtende Haar. Männer haben keine schönen Füße, sagte er. Und warum nicht?, hakte ich nach. Männer können sehr wohl schöne Füße haben! So wie du! *Estás loca,* sagte er. Und das war alles, was wir je über Füße sprachen.

Außer wenn er meine massierte, sie fest auf meinem Schoß hielt, wenn wir einen Auftritt absolviert hatten und alles geklappt hatte und die Schale bis zum Rand mit Trinkgeldern gefüllt war und wir jede Menge Cognac und Fans und neue Freunde hatten und es uns gelungen war, die *envidia* jener zu erregen, die uns um unseren großen Augenblick im Rampenlicht beneideten, aber abseits saßen, im Dunklen, sich betranken und sich gemeine Sachen über Agustín und mich zuflüsterten, und Agustín dann sagte, das sei ohne Belang, weil sie bloß eifersüchtig seien und nie im Leben so gut tanzen könnten wie wir. Nicht einmal in ihren Träumen, sagte er. Obwohl das, was wir für das Leben halten, sowieso nur ein Traum ist, wie er immer hinzufügte. Wenn Agustín meine Füße in seinen Maestro-Händen hielt, Händen, die nicht so vollkommen waren wie seine Füße, aber soviel talentierter, dann wusste ich, dass es mir mehr – mehr als Geld, mehr als aller Champagner der Welt, alle seidenen Kostüme und *pañuelos* und brokatenen Schultertücher und goldenen Armreifen, mehr als all die herrlichen Dinge, die ich so selten Gelegenheit hatte zu berühren, zu besitzen, auszuprobieren –, mehr als alles bedeutete, Agustíns geschickte Hände zu spüren, die Hände, die seine Gitarre auf eine Art und Weise zu spielen verstanden, die kein Spielen war, sondern etwas, das ich nicht in Worte fassen kann, etwas, das wie Feuer und ein Wasserfall zugleich war . . . Aber wenn ich versuchen soll, es überhaupt zu beschreiben, dann kann ich es nur mit Begriffen aus der Natur, die allzeit weise ist, kein Zauber eines *brujo,* der manchmal fehlschlägt, keine Fertigkeit, die man erwerben kann, sondern leuchtend orangefarbene Flammen und Unwetter zugleich. Und ich bin von beiden durchdrungen. In Gedanken bei Agustíns Händen, die meine Füße halten und jeden an seine Lippen führen, um sie sanft zu küssen, und erst den einen an seine Wange legen und dann den anderen, schlafe ich im heißen Zug mit der kaputten Klimaanlage ein, wohl wissend, dass es mehr als alles andere auf der Welt meine Füße waren, die mir das größte Glück bescherten, das das Übrige von mir je gekannt hat.

Bei Agustín war ich albern. Albern und verspielt und verzeihend. Ich war alles, was ich bei Manolo nicht war. Manolo verzieh ich nichts. Manolo sah mich selten lächeln, und wenn er mich rittlings auf seinem Schoß sitzen hatte, den Rock und die Unterröcke hochgeschoben, eine Brust in seinem Mund, hatte ich impulsiv den Drang, ihn zu beißen, seine Zunge, seine Lippen, sein Kinn, seine Wange, sein Ohrläppchen. Einmal biss ich ihn so fest ins Ohrläppchen, dass er aufschrie und der Stuhl durch eine reflexartige Bewegung Manolos mit uns umfiel. Und ich war wütend, und er war es auch.

Wenn die Klimaanlage in der Bahn funktioniert, gestatte ich mir, an Manolo zu denken, denn in der drückenden Hitze des Großstadtsommers kann ich nicht an ihn denken. Im Winter denke ich ständig an ihn. Und manchmal denke ich an Manolo und Agustín, an Agustín und Manolo. Agustín *el gachupín*, Manolo *el Negro,* mi Manolío, mein schwarzer Maure.

Ich wünschte, ich wäre klüger. Ich wünschte, ich wüsste mehr. Ich wünschte, ich könnte Landkarten lesen und wüsste etwas von der Welt und dem Ort, wohin Manolo und Agustín gingen. Wenn ich ein Steuermann der Seele wäre, könnte ich sie heute vielleicht finden. Aber ich kann es nicht. Ich habe von nichts eine Ahnung, wie meine Mutter mir immer wieder sagt. Und vermutlich hat sie sogar Recht. Also mache ich jetzt am Flughafen Pizzas für Mindestlohn.

Und wenn mir scheint, dass mein Körper ein riesiger Schlackenstein ist und ich nicht die Kraft habe, mein linkes Bein anzuheben, um einen Schritt vorwärts zu machen, dann schließe ich die Augen und versuche mich an das Land zu erinnern, über das sie so oft miteinander sprachen, an das Dorf und die Stadt, das tiefe Blau ihres

Meeres, die Art, wie die Frauen *mariscos* zubereiten, so wie sie es mir zumindest erzählten, und die Art, wie Männer dort Männer lieben, auf eine Art, wie sie sich hier nicht lieben.

Tres: Wer war Manolo?

Wer war Manolo? Manolo war Seelennahrung für ein Jahr.

Und für mich, Carmen la Coja, die einbeinige Flamencokönigin, die nie in Spanien war und nie die Großen in den *tablaos* tanzen oder singen oder *el cajón* oder die Kastagnetten spielen sah, war Manolo schlicht der beste Flamencotänzer auf der Welt.

Er kam, nicht wie ein Traum, sondern als alle Träume zerstoben waren. Manolo trug Schwarz, aber seine Farbe war Rot, pökelrot wie eine Makrele, ein Lachsherz, das tiefseerot blutete, obwohl man nicht an Rot denkt, wenn man ans Meer denkt. In dem einen Jahr, in dem ich Manolo kannte, war er ein Seestern, ein Seeigel, ein tanzender Seemann, so glücklich wie Gene Kelly, der jedes Mal Luftsprünge machte, wenn er mich sah, aber mit einer Unterseite, die scharf wie Nesseln war und dich rot bluten lassen konnte an einer Seite, die so verborgen war, dass du dachtest, es käme gar nicht von dir, sondern von einem anderen. Aber es kam von dir.

Ich schickte Manolo eines Tages ohne Hemd nach Hause. Genau gesagt war es bei Morgengrauen, aber wer in meinem Viertel um diese Zeit unterwegs ist, hat während der Nacht gewöhnlich etwas verloren. Das Hemd roch nach Manolos Tänzerschweiß und auch etwas süßlich von seinem billigen Parfum, dem Parfum, das ich ihm zu Weihnachten geschenkt hatte. Ich hatte nie zuvor einem Mann etwas geschenkt. Meine Freundin Chichi sagte: Parfum ist immer gut, bändigt das Raubtier im Manne. Ihre Worte, nicht meine. Ich zog das Hemd auf meine nackte Haut an, die selbst im Winter braun wie Toast ist, und er sagte: Rot ist deine Farbe. Kann ich es behalten?, fragte ich. Und setzte hinzu: Ich gebe es dir bald zurück. Ich wasche es auch für dich, wenn du willst. Ich hatte noch nie etwas behalten, das einem Mann gehörte. Nein, nein!, sagte er. Lass es an, ich möchte dich so in Erinnerung behalten, wie du hier in meinem Hemd liegst. Ich möchte, dass du darin schläfst und an mich denkst, wenn ich woanders bin, und er lachte ein bisschen, sein Lachen klang hohl wie eine Glocke, die einen laut dröhnenden Warnton von sich gibt, weil sie mit dem Klöppel angeschlagen und nicht selbst in Bewegung gesetzt wurde. Doch Manolo lachte, und ich fuhr mit meinen von Natur aus braun gebrannten Fingern durch sein Haar und fragte noch einmal: Dann darf ich es also behalten, Manolo? Und er vergrub sein Gesicht zwischen meinem Hals und dem Hemd und sagte: Alles, was ich habe, gehört dir. Willst du auch meine Hose? Und dann lachte er wieder.

Cuatro: Ich benutze ein Buttermesser . . .

Ich benutze ein Buttermesser, um die Krümel aus den Ritzen in Amás Herdplatte zu kratzen. Ich glaube nicht, dass ich weiß, wie man richtig putzt. Das sagt meine Mutter jedenfalls, aber es stimmt nicht. In unserem Haus gibt es keine Männer. Es gibt nur meine Mutter und mich und ihre vier Fernsehapparate, einen in jedem Zimmer außer im Badezimmer und in meinem Zimmer. Mit dem quadrophonen Klang von Amás Fernsehern im Hintergrund lasse ich, während ich putze, meiner Erinnerung freien Lauf. Ich erinnere mich an alles.

Als ich sechs war, bekam ich spinale Kinderlähmung. Amá rief weder den Arzt, noch brachte sie mich sofort ins Krankenhaus, weil sie sich das, wie sie sagt, nicht leisten konnte. Mein großer Bruder Joseph, mit dem ich gelegentlich gut auskomme, gewöhnlich aber nicht, erzählte mir Jahre später, dass sie dachten, ich würde sterben.

Eine *curandera* aus der Nachbarschaft sagte, es liege nicht mehr in ihrer Hand und werde bald auch nicht mehr in den Händen des Doktors liegen, wenn sie mich nicht sofort ins Krankenhaus schafften. Und so brachte mich Amá mit dem Bus ins städtische Krankenhaus, wo die Behandlung nichts kostete.

Als ich wieder gesund war, war alles in Ordnung, bis auf mein linkes Bein, das nicht mehr funktionierte. Ich trug eine Schiene und benutzte Krücken und wurde auf eine Sonderschule für Krüppel geschickt. So nannten sie uns damals. Wir waren Krüppel, geistig Zurückgebliebene, Taubstumme. Ich war Klassensprecherin meiner Abschlussklasse. Das war in dem Jahr, in dem ich beschloss, Tänzerin zu werden.

Mein linker Fuß war und ist bis heute so: kahl und flaumlos, ein schlaffer toter Reiher, der aus seinem Nest gefallen ist. Werden Reiher auf Bäumen ausgebrütet? Ich weiß es nicht, ich weiß nur, dass mein toter Reiherfuß keinerlei Hoffnung hatte. Mein linkes Bein war sogar noch mitleiderregender, ein totes deformiertes Glied, dünn und schief.

Mein rechtes Bein war perfekt, eine wohl geformte Wade, die natürlich doppelt so viel leisten musste, ein schlanker Schenkel.

Lange Zeit übten Dinge, die paarweise vorkamen, eine unglaubliche Faszination auf mich aus. Zwei Dinge, identisch und einander gleich, waren der Inbegriff der Symmetrie und des Erhabenen. Sie hielten das Universum im Gleichgewicht und waren ein absolutes Om. Zwei sehende Augen, zwei Ohren, die hören, ein Paar Arme oder Beine, die funktionieren und deinen Wünschen gehorchen. Ein komplettes Gehirn, das alles zusammenhält. Lange Zeit war ich mit Kindern zusammen, die keiner geraden Linie folgen konnten.

Dem einen Kind konnte man sagen, es solle ihr folgen, aber es konnte sie nicht sehen. Dem anderen konnte man das Gleiche sagen, aber da es auf einem Ohr nichts hörte, konnte es das Gleichgewicht nicht halten. Manchmal wusste ein Kind nicht, was gemeint war, wenn man sagte, folge bitte dieser Linie, und starrte dich nur an.

Ich verstand. Ich verstand alles. Aber ich konnte es nicht tun. Mein Körper ging in diese Richtung, während ich wollte, dass er in die andere ging. Wenn ich wollte, dass er etwas tat, machte er gar nichts. Als ich zwölf war, nahm ich eine Menge Schmerztabletten. Nur Pferden gibt man den Gnadenschuss, stimmt's? Ich musste immer an diesen Film denken und an mich.

Aber in der achten Klasse kam eine neue Lehrerin an unsere Schule. Sie sagte: Kinder, ihr könnt alles, was ihr wollt. Lasst euch von keinem etwas anderes einreden. Carmen? Wer von euch ist Carmen? Carmen war ich. Carmen Santos. Mein Schulbesuch wurde vom Staat subventioniert. Wenn es nach meiner Mutter gegangen wäre, die glaubte, sich eine Sonderschule für mich nicht leisten zu können, hätte ich zu Hause bleiben müssen. Eine Schwester im städtischen Krankenhaus erzählte meiner Mutter von der Schule. Mrs. Santos, Carmen ist ein kluges Mädchen. Sie dürfen sie nicht zu Hause behalten. Wie soll sie sich später einmal ernähren, wenn sie erwachsen ist? Sie wird vielleicht nie heiraten. Die Schule kann ihr ein Stipendium vermitteln, falls das Ganze eine finanzielle Frage ist.

Carmen, kommst du bitte mal nach vorne? Ist schon gut, Kind, lass dir Zeit. Nur zu, du brauchst dich nicht zu genieren. Wir hatten Tanztherapie. Damals nannte man es Körperertüchtigung. Es war nur dem Namen nach Tanzen, denn im Grunde ging es darum, unseren verräterischen Körpern etwas Leben einzuflößen.

Sie hieß Miss Dorotea. Miss Dorotea, ich kann ohne meine Krücken nicht gehen. Unsinn, Unsinn!, sagte sie. Sie stellte sie vorsichtig beiseite, wo ich sie nicht erreichen konnte. Sie legte eine Schallplatte von Carlos Montoya auf, dem berühmtesten Flamencogitarristen. Wir wussten das deshalb, weil sie sagte, das ist die Musik von Carlos Montoya, dem berühmtesten Flamencogitarristen. Ich hatte diese Musik noch nie gehört. Meine Fußknöchel begannen zu kribbeln. Der lebendige und der tote.

Carmen, weißt du, dass es eine berühmte Oper gibt, die nach dir benannt ist?

Miss Dorotea hob meine Arme hoch. Meine Arme waren stark. Und jetzt, Carmen, mein schönes Zigeunermädchen, legst du die Hände so aneinander. Die Schüler kicherten ein bisschen, aber gewöhnlich lachte man in dieser Stunde nicht über andere, weil wir wussten, dass jeder von uns einmal drankam.

Miss Dorotea begann *palmas* zu machen, was, wie sie uns zeigte, rhythmisches Händeklatschen war, und fingerschnippende *pitos.* Ihr langer Hals glich dem eines Flamingos. Sie hatte eine sehr schöne Haut. Ich begann gerade Pickel zu bekommen. An mir war nichts, das ansprechend gewesen wäre, davon war ich überzeugt. Mit einem gemusterten Wolltuch auf dem Kopf wie eine polnische Bauersfrau und dem abgelegten Damenmantel meiner Mutter mit dem schäbigen weißen Kaninchenkragen und meinen gebrauchten Krücken war ich auf der Straße nicht zu übersehen.

Meine Haare waren immer fettig, aber meine Mutter behauptete, dass ich sie nicht jeden Tag waschen müsse. Ich brauchte Hilfe, um sie, über das Spülbecken in der Küche gebeugt, zu waschen, denn es gab kein Waschbecken im Bad, keine Dusche in der klauenfüßigen Wanne. Ich war dabei, meinen Kinderkörper abzuwerfen, und wollte, dass meine Mutter ihre fraulichen Geheimnisse mit mir teilte, die rätselhaften Schätze im Badezimmer, die, wie ich wusste, allein ihr gehörten, der Rasierapparat und der Irrigator und die Binden-Packung; Dinge, die ich erklärt haben wollte und die man mich benutzen lassen sollte. Ich bekam keine Informationen zu meiner Periode, nicht einmal eine Damenbinde. Nimm einfach Klopapier, sagte sie an meinem ersten Tag, als wäre alles andere pure Verschwendung bei einer Dreizehnjährigen. Wegen des vielen Blutes am zweiten Tag bekam ich Binden von der Krankenschwester an der Schule.

Und nun wollte diese wunderschöne Dame mit der milchweißen Haut, dass ich ihre Bewegungen nachmachte, die Bewegungen einer Gesunden. Wollte sie sich über uns lustig machen, uns vor einander lächerlich aussehen lassen? War es nicht schlimm genug, dass wir uns jeden Tag grotesk vorkamen, wenn wir die Geborgenheit unseres eigenen Zuhauses verließen und die Menschen, die daran gewöhnt waren, uns zu sehen?

Carmen . . . Carmen! Tu bitte, was ich sage. Willst du es nicht wenigstens einmal versuchen?

Die Musik liebkoste meine Knöchel, den lebendigen und den toten. Ich sah hinüber zu meinem Freund Alberto, dem einzigen anderen Schüler in unserer Klasse, der Spanisch konnte. Alberto war aus Puerto Rico. Er kaute an den Nägeln. Er hielt mich für die Mutigere von uns beiden. Wenn ich es nicht versuchte, würde er es nie tun.

Alberto konnte nicht sprechen. Die Lehrer dachten, er sei taubstumm. Und sagten das auch in seiner Gegenwart: Alberto ist taubstumm. Dabei sprach und verstand er nur kein Englisch.

Ich hob die Hände hoch, wie Miss Dorotea es tat. Ich konzentrierte mich auf die Gitarrenmusik, die aus dem Plattenspieler kam. Ich hatte weder eine Ahnung von dieser Musik noch davon, was Miss

Dorotea uns beibringen wollte. Ich versuchte einfach, das zu tun, was sie machte, damit sie mich in Ruhe ließ und sich einen anderen vornahm. Ich konnte nicht richtig gehen und wurde aufgefordert zu tanzen. Aber ich würde tanzen. Ich würde tanzen für Alberto, den kleinen stummen Jungen aus Puerto Rico (der überhaupt nicht stumm war). Carmen, der Krüppel, konnte tanzen. Warum sollte sie es *nicht* können?

Schau nicht auf die anderen, Carmen. Konzentriere dich, Kind, okay? Mach einfach, was ich mache. Miss Dorotea führte einen schwungvollen Schritt nach vorn aus, das lange anmutige Bein weit über das andere gekreuzt.

Ich stand auf meinem guten Bein und hielt mich so aufrecht und gerade wie Miss Dorotea. Ich wünschte, ich hätte ein langes Kleid angehabt, wie sie es an diesem Tag trug, damit keiner sehen würde, was ich im Begriff war, nach vorn zu führen, kein wohlgeformtes bewegliches Glied wie ihres, sondern einen verkümmerten Ast in einem Metallgestell. Miss Dorotea hatte ihr linkes Bein einfach angewiesen, sich vor das rechte zu stellen. Mein linkes Bein ging zunächst nirgendwohin, ganz egal, wie viele geistige Signale ich ihm sandte. Ich trat in meine üblichen Verhandlungen mit dem Himmel ein und betete ein Ave Maria. Ich versprach, am Sonntag in die Sieben-Uhr-Messe zu gehen. Und endlich, vielleicht wegen des versprochenen Frühmessenbesuchs oder weil meine Hartnäckigkeit belohnt wurde, da endlich bewegte sich mein kaputtes Bein ein paar Zentimeter. Verzweifelt packte ich es mit den Händen und schob es nach vorn. Na also. Ich hatte es geschafft. Ich hatte den Tanzschritt ausgeführt, den Miss Dorotea verlangt hatte. Ich hatte ihn im Verkrüppelten-Mädchen-Stil ausgeführt. Was hatte sie denn anderes erwartet? Ich stierte Miss Dorotea an, überzeugt, dass sie mich auf die Bank zurückschicken und sich einen von den anderen vornehmen würde, der es bestimmt nicht besser machte. Stattdessen starrte sie eine volle Minute auf mein Bein. Dann sah sie die anderen in der Klasse an, als könnte sie unseren Mangel an Begeisterung nicht verstehen. Keiner sagte etwas. Keiner rührte sich. Die meisten sehenden Augen waren nach unten gerichtet. Keiner wollte aufgerufen werden. Und dann, ohne sich zu mir umzudrehen, lächelte sie, und ihre großen Ohrringe klimperten, und mit einem Seufzer sagte sie, indem sie die Hände auf die Hüften legte und sich bereitmachte, wieder zu tanzen: Das war großartig! Nun, Carmen, bereit für den nächsten Schritt?

Ich arbeitete fünf Jahre bei Miss Dorotea. Dank des intensiven Trainings konnte ich die Krücken loswerden. An der Schule für Geistig- und Körperbehinderte, denn so hieß meine Schule offiziell, war es Miss Doroteas Aufgabe als Bewegungstherapeutin, einige unserer Gliedmaßen ein bisschen beweglicher zu machen und uns das nötige Selbstvertrauen einzuflößen, um in einer Umwelt zurechtzukommen, die unseren Bedürfnissen feindlich gegenüberstand. Doch ich nahm ihren Tanzunterricht ernst. Meine Mutter hielt es für die reinste Zeitverschwendung, dass ein verkrüppeltes Mädchen Tänzerin werden wollte. Aber sie meinte, dass es nichts schaden könne. Auf die Art kommt sie nicht auf dumme Gedanken, sagte sie zu Verwandten. Das sei allerdings wahr, stimmte ihr meine Tante zu, junge Mädchen haben nur Dummheiten im Kopf, sagte eine. Du kannst sie nicht dazu bewegen, zu kochen, häkeln zu lernen, nichts von all den Dingen, die wir als *señoritas* lernten, fiel meine andere Tante ein, die mit der Tochter, die später so oft von zu Hause ausriss, dass die Behörden sie in einer Pflegefamilie unterbrachten. Und das arme Ding da, sagte sie mit einer Kopfbewegung in meine Richtung, als ob ich nicht merken würde, dass sie von mir sprach, aber ich sah sie aus den Augenwinkeln: *Pobrecita!* Mit dem ersten Kerl, der ihr auch nur die geringste Beachtung schenkt, wird sie auf und davon gehen!

Für meine Familie hielt mich der Unterricht bei Miss Dorotea nach der Schule lediglich von der Straße fern und davon ab, eine Herumtreiberin, eine verwahrloste Jugendliche oder gar die Anführerin einer Jugendbande zu werden, aber keinem von ihnen kam es jemals in den Sinn, dass ich wirklich Tänzerin werden wollte. Trotz des Desinteresses, das meine Familie für meinen aufrichtigen Wunsch zeigte, arbeiteten Miss Dorotea und ich sehr hart. Selbst der Grundschritt, die *sevillanas,* den, wie sie sagte, jeder in Spanien konnte, der auf den Straßen, in den Discos getanzt wurde, war für mich eine furchtbare Herausforderung. Ich weiß, dass es für meine Lehrerin wirklich frustrierend gewesen sein muss, sich zu überlegen, wie sie mir selbst die einfachsten Schritte beibringen sollte. Du musst aufstampfen, Carmen! PAS-PAS! machten ihre Füße. PAS-Garnichts machten meine. Nein, so, Carmen, also noch einmal! PAS-PAS! Und ich hob meinen Rock weit genug hoch, damit sie es kapierte. PAS-Garnichts.

Irgendwann setzte sich Miss Dorotea dann hin, das Kinn auf die Faust gestützt. Na gut, sagte sie schließlich. Dann wollen wir es mal anders versuchen. PAS-PAS! Kannst du das? Wenigstens leicht aufstampfen? Ohne dass dein Bein schmerzt, aber wenigstens so *tun,* als ob du den Schritt machst?

So tun als ob ist mir zur zweiten Natur geworden. Du gehst hinaus in die Welt und tust so wie alle anderen. Du gibst vor zu ruhen, zu schlafen, zu sitzen, dich zu bewegen, Treppen hinaufzusteigen, hinunterzugehen, den Bus zu verpassen, deine Haltestelle zu verpassen, eine Menge Dinge zu verpassen, das war nur ein Trick damals, als alle dich beobachteten. Aber in Wahrheit passiert es jeden Tag, die ganze Zeit. Klar, sagte ich. Ich kann so *tun,* als ob meine linke Seite das macht, was meine rechte Seite macht. PAS-ump, PAS-ump, PAS-ump. Das ist nicht schwer, stöhnte ich. Dennoch tat es meiner linken Seite am Anfang weh, auch nur so zu tun als ob. Wie habe ich das gemacht?, fragte ich. Ihre Augen wanderten sozusagen ihre Stirn hinauf. Wir können daran arbeiten, sagte sie.

Und das taten wir, jahrelang. Miss Dorotea freute sich, dass ich mich wirklich fürs Flamencotanzen interessierte, die große Leidenschaft ihres Lebens, und so stimmte sie sogar zu, mir nach der Schule Privatstunden zu geben. Das bedeutete, dass ich nicht den kostenlosen Schulbus nehmen konnte und öffentliche Verkehrsmittel benutzen musste, aber das war es mir wert. Selbst im Winter machte es mir nichts aus, in der Kälte zu warten, wenn es schon dunkel war, um nach dem Tanzunterricht bei Miss Dorotea nach Hause zu kommen. Aber ich glaube nicht, dass ihr je der Gedanke kam, ich könnte nach Abschluss der Schule beschließen, Berufstänzerin zu werden.

Aber das tat ich, und so hatte sie keine andere Wahl, als mich dorthin zu bringen, wo ich als Nächstes hingehen musste. Außerdem war sie im Begriff, das Land zu verlassen, also betraf es sie ohnehin nicht mehr. Als ich achtzehn war und die Schule abgeschlossen hatte, bekam Miss Dorotea nämlich ihre große Chance in der Welt. Sie wurde aufgefordert, sich der Tanztruppe anzuschließen, die mit Carlos Montoya auf Tournee ging, dessen Musik ich inzwischen natürlich gut kannte. Bevor sie abreiste, ging sie mit mir in ein Studio, um mich einigen Flamencofreunden von ihr vorzustellen. Ich wollte wirklich Tänzerin werden.

Und so lernte ich Agustín kennen. Vielleicht schien ich ihm sehr jung zu sein, so wie er mir sehr alt vorkam, als wir uns das erste Mal begegneten, aber das Einzige, was er als Erstes zu bemerken schien, war mein unbeholfenes, geschientes Bein. Ist sie Sängerin? Gut! Eine gute Sängerin können wir in dieser unchristlichen Stadt immer gebrauchen! sagte er auf Spanisch. Agustín war kein Spanier, aber er hatte lange Zeit in Spanien gelebt und sich die Vorlieben und Vorurteile der Andalusier angeeignet. Später lernte ich, dass Agustín *unchristlich* nicht im fundamentalistischen Sinne als Brandmarkung von Sündern meinte. Stattdessen war es, wie er mir später erläuterte, ein atavistischer Begriff aus der Zeit der Reconquista Spaniens vor fünfhundert Jahren. Agustín dachte bis ins Mark wie ein Spanier, obwohl er keiner war. Für einen Zigeuner, auch das lernte ich später, ist die eine Wahlheimat so gut wie die andere.

Nein, nein. Sie will nicht singen, sagte Miss Dorotea mit leiser und, wie ich fand, ziemlich verlegener Stimme. Na, wunderbar, dachte ich. Jahrelang hatte ich von Miss Dorotea und den anderen Lehrern an der Schule für Geistig- und Körperbehinderte zu hören bekommen, dass jeder von uns das gleiche Recht und Potenzial hatte, alles zu tun, was ein *normales* Kind tun konnte, aber sobald einer von ihnen mit uns das Schulgebäude verließ, waren sie die Ersten, die das bezweifelten. Nein, ich will nicht singen!, sagte ich zu dem Mann mit den buschigen roten Augenbrauen, der vielleicht jünger war als mein Vater, mich aber viel mehr einschüchterte. Nachdem ich so die Aufmerksamkeit auf mich gelenkt hatte, wandte er sich mir zu. Seine eisigen grauen Augen starrten mich an. Ich trug ein langes Kleid, da ich mich als professionelle Flamencotänzerin betrachtete und natürlich weil es mein kaputtes Bein verbarg. Selbst wenn ich als Kassiererin bei El Burrito Grande arbeitete, meiner ersten festen Anstellung, seit ich den High-School-Abschluss gemacht hatte, sagte ich mir, dass ich eigentlich Tänzerin war und nur auf meine Chance wartete, so wie Miss Dorotea. Ich war keineswegs *una pobre coja,* wie sich die Gäste des Restaurants zuflüsterten, wenn sie mein Bein sahen und eine Münze in die Trinkgeldschale legten, weil sie Mitleid mit mir hatten. Ich war *coja,* keine Frage. Mein kaputtes Bein war fast immer ein elendes Hindernis, gewiss, aber es hielt mich nicht davon ab, das zu tun, was ich unbedingt tun wollte und was ich meiner Meinung nach am besten konnte, nämlich tanzen.

Wie heißt es doch? Es kommt nur auf die Handgelenke an.

Dann spielst du also Gitarre? sagte Agustín und begann langsam auf mich zu zukommen.

Ich schüttelte den Kopf. Ich kann nicht Gitarre spielen, sagte ich. Mit achtzehn hatte ich aufgehört, Pickel zu bekommen, und trug meine langen Haare aus dem Gesicht nach hinten gekämmt, so wie Miss Dorotea sie trug. Agustín studierte mich wie ein Stierkämpfer, der seinen ersten Stier des Tages taxiert. Er kam noch näher und fuhr fort, mich von oben bis unten zu mustern, wie erstaunt darüber, dass ich vor ihm nicht davonlief. Er ging um mich herum und fragte dann: Warum zum Teufel bist du *dann* hier? Was willst du hier lernen?

Ich will in Ihrer Truppe tanzen, sagte ich. Aus den Augenwinkeln sah ich, wie sich Miss Dorotea abwandte.

Agustín blickte kurz zu ihr hinüber, aber als er merkte, dass sie nichts sagen würde, starrte er mich wieder mit einem Ausdruck an, der mich um Aufklärung bat. Er schien tatsächlich verwirrt zu sein, und so nahm ich es ihm nicht übel. Nach einer quälend langen Minute brach ich das Schweigen. Warum sehen Sie mich so an? sagte ich schließlich. Finden Sie mich denn so hässlich?

Du bist nicht hässlich, sagte er grinsend. Er wandte sich an Miss Dorotea, aber sie blickte noch immer nicht zu uns her. Nein, *guapa,* du bist sogar sehr hübsch. Er kniff mich in die Nase, wofür ich ihn auf der Stelle hasste. Wer bin ich schon, etwas zu kritisieren, was der liebe Gott im Himmel geschaffen hat?, sagte er mit einem Lachen und stolzierte hinüber zu Miss Dorotea. Ist das das Mädchen aus der Schule für geistig Zurückgebliebene, von der du mir so viel erzählt hast?

Sie ist nicht geistig zurückgeblieben, sagte Miss Dorotea leise.

Das sehe ich!, sagte Agustín laut auf Spanisch. Und hässlich ist sie auch nicht. Da hat sie vollkommen Recht! Sie ist pures Gold. Sie gefällt mir sehr!

Mir ist noch keine Frau begegnet, die dir nicht gefallen hätte, murmelte Miss Dorotea. Sie sprach Englisch mit Agustín. Ich wusste, dass sie Spanisch konnte, aber ich wusste nicht, warum sie es jetzt nicht sprach, als ob ich nicht verstehen würde, was vor sich ging, wenn sie es tat. Sie benahm sich sehr sonderbar. Ich hatte sie noch nie so erlebt. Wenn sie ihn nicht leiden konnte, warum hatte sie mich dann zu ihm gebracht? Ich war furchtbar enttäuscht, aber ich hatte Angst, mich von der Stelle zu rühren. Denn wenn ich es tat, würde er sehen, dass ich nicht wie andere Tänzerinnen war. Ich wiegte mich nicht wie eine Palme im Wind. Wenn ich es eilig hatte, ob mit oder ohne Krücken, die ich an dem Tag nicht dabeihatte, bewegte ich mich eher wie eine Palme in einem Hurrikan. Und wenn er das sah, würde er Miss Dorotea und mich hohnlachend aus seinem Studio werfen.

Da hast du vollkommen Recht!, sagte Agustín zu Miss Dorotea. Aber die da gefällt mir wirklich! Sie kann bleiben! Dann winkte er mir. Komm mal her, *guapa,* rief er. Bitte, Agustín!, sagte Miss Dorotea. Sie schämte sich zu Tode. Aber für wen von uns schämte sie sich eigentlich? Und warum?, fragte ich mich. Miss Dorotea war fünf Jahre lang meine Lehrerin gewesen. Sie hatte in mir meinen größten Traum geweckt, nämlich das zu tun, wogegen nach menschlichem Ermessen alles sprach. Bis zu diesem Nachmittag hatte ich sie wirklich geliebt. Ich spürte, wie meine Wangen heiß wurden. Und so blickte ich mit meinem flehendsten Ausdruck zu Miss Dorotea, mich bitte auf der Stelle von hier wegzubringen. Doch sie starrte nur zu Boden.

Na schön, dachte ich. Dann weiß ich ja, woran ich bin. *Oye tú!,* rief ich dem Typ zu, der gerade seine Gitarre stimmte. Er sah zu mir hoch, und alle anderen im Raum sahen ebenfalls zu mir her. Kannst du etwas für mich spielen?, fragte ich. Der Gitarrist deutete mit dem Finger auf sich, wie um zu fragen: Wer, ich? Ich nickte und lächelte. Und die Frau neben ihm lächelte ebenfalls. Er nickte und begann eine *bulería* aus Cádiz zu spielen, der Heimat des Flamenco, und sie begann auf Spanisch zu singen: *Damit ich nicht erklären muss – dass ich mit meiner Klage beginne – redete ich in der Ecke mit mir selbst . . .*

Ich legte die Hände zusammen und begann *palmas* zu machen. Miss Dorotea, mit einem erstaunten Ausdruck im Gesicht, schloss sich mir an, und Agustín ebenfalls, vielleicht um kein Spielverderber zu sein bei etwas, das er noch immer für einen Jux auf seine Kosten hielt; er begann *pitos* zu machen, schnalzte im Rhythmus mit den Fingern.

Zu ihm hinübergehen? O nein, *señorito!* Ich hob kaum merklich den Saum meines Kleides an. Kaum merklich, aber mit entschiedenen Schritten, schob ich mich im Takt der Bulería auf ihn zu, die schwere Schritte verlangt, schwere stampfende Schritte. Doch ich trat leicht auf, ganz leicht, die Hände erhoben und aus dem Handgelenk geschmeidig kreisend, und bewegte mich langsam, ganz langsam auf Agustín zu. Es dauerte ewig, aber ich kam bei ihm an. Als ich vor ihm stand, war Agustín derjenige, der rot wurde. Ich stieß ein Lachen aus, von dem ich nicht wusste, dass ich es in mir hatte. Nicht das kokette, nervöse Kichern eines jungen Mädchens. Sondern das Lachen einer Frau. Als er die Hand nach mir ausstreckte, ignorierte ich sie und wirbelte stattdessen im Rhythmus der Gitarre zu einem großen Finale herum. Die Sängerin stimmte eine andere Bulería an: *Ich gab dir ein Taschentuch und du begannst dich in Samt zu kleiden!* Und ich lachte wieder dieses Lachen einer Frau, von tief unten aus dem Bauch heraus, aus meinen Eingeweiden, meinen Eierstöcken, von unten aus den Schenkeln heraus und von dort nach oben, so lachte ich, und die Musiker lachten mit mir, als wir unsere improvisierte Vorstellung beendeten. Agustín lachte nicht. Er versuchte zu lächeln, während er schwer schluckte, und blickte zu Miss Dorotea, als ich seine Hand nicht nahm. Sie ist ziemlich gut, sagte er zu ihr. Pass bloß auf, Dori, meinte er lachend. Die könnte mal so gut werden wie du . . . mit etwas Hilfe von mir natürlich!

Ohne Agustín anzusehen, aber dennoch an ihn gerichtet, sagte Miss Dorotea: Also schön. Da hast du sie. Ich hoffe, dass alles klappt. Sie küsste ihn flüchtig auf die Wange und war fort, ohne mir Lebewohl zu sagen. Ich sah Miss Dorotea nie wieder, und abgesehen von einer Postkarte aus Sevilla in jenem Sommer hörte ich auch nie wieder von ihr.

Agustín dagegen wurde von jenem Samstagnachmittag an volle siebzehn Jahre lang so wichtig für mein Leben wie die Sonne, die jeden Morgen aufgeht, um uns zu sagen, dass wir während der Nacht nicht gestorben, sondern nur eingeschlafen sind, um zu träumen.

2

Uno: Das Letzte, was ich an meinem freien Tag tun möchte . . .

Das Letzte, was ich an meinem freien Tag tun möchte, ist, meine Mutter zum Arzt zu begleiten. Wir glauben, dass sie kurz vor einem Herzanfall steht. Nicht heute, vielleicht auch nicht morgen, aber doch in nächster Zeit. Um keine Missverständnisse aufkommen zu lassen: nicht, dass ich es nicht tun werde. Es ist nur so, dass sie seit zwanzig Jahren über Schmerzen in der Brust klagt. Was natürlich nicht heißt, dass *la jefita* nur blinden Alarm schlug, um die Aufmerksamkeit meines Vaters auf sich zu lenken, wie ich vermutete, und dass sie nicht tatsächlich Schmerzen in der Brust hat, jetzt, wo sie fast siebzig ist und mein Vater nicht mehr da ist.

Er ist nicht gestorben. Sie hat ihn hinausgeworfen.

Vor sechs Jahren nahm Apá seine zwei Koffer, die meine Mutter für ihn gepackt hatte, dieselben Koffer, mit denen meine Eltern in einem Bus aus El Paso hier ankamen, als meine beiden älteren Brüder klein waren, und zog hinunter in die Souterrainwohnung. Mein fünfundvierzig Jahre alter Bruder Abel lebt ebenfalls dort. Früher wohnte auch mein kleiner Bruder Negrito manchmal dort, wenn er nicht im Gefängnis oder in der Resozialisierung war. Doch Abel war inzwischen dagegen. Negrito bringt zu viele schräge Typen mit; es ist besser, wenn er wegbleibt. Wer weiß, wo mein kleiner Bruder jetzt wohnt. Und was Joseph angeht, den Ältesten . . ., den kannst du vergessen. Es ist Amás Stolz und Freude, aber auch ihr großer Kummer, weil es ihm nicht nur besser geht als den anderen, sondern weil er sich auch so aufführt. Seine hochnäsige blonde Frau lässt ihn nicht oft herkommen. Sie ist nicht weiß, sie wäre es nur gern. Amá sagt: Und wenn schon, was taugt die denn, wo sie doch keine Kinder bekommen kann. Und was taugen *die,* würde ich meine Mutter gern in Bezug auf ihre Söhne fragen, tue es aber nicht. Amá kann kritisieren, so viel sie will, aber du, Carmen, sagt sie, hast keinem etwas nachzusagen.

Mein Vater rief mich in seiner Mittagspause von der Arbeit an. Er hätte heraufkommen und es mir sagen können, wenn er von der Arbeit nach Hause kommt, aber er und Amá tun so, als würde er nicht bloß eine Treppe tiefer wohnen. Ich habe für nächsten Donnerstag einen Termin beim Herzspezialisten deiner Amá vereinbart. Kannst du mit ihr hingehen?

Er weiß, dass der Donnerstag mein freier Tag ist.

An meinem freien Tag möchte ich eigentlich nur gar nichts tun. Ich bleibe im Bett und lese alle Zeitungen der vergangenen Woche, einschließlich der dicken Sonntagsausgabe, da ich sonntags arbeite. Ich bleibe meist den ganzen Tag in meinem Flanellnachthemd, und erst wenn ich am Abend bereit bin, zu Bett zu gehen, nehme ich ein langes, heißes Bad. Von Zeit zu Zeit führt mich Vicky, meine beste Freundin, die mit mir in die Schule für Geistig- und Körperbehinderte ging, zum Essen aus, wenn sie nicht verreist ist. Vicky kennt nur noch ihren Beruf. Ein schönes Auto mit Ledersitzen, eine Aktentasche mit Monogramm, ein Mobiltelefon, das überall klingeling macht, maßgeschneiderte Hosenanzüge. Elegante Slipper. Sie hat keine Beinschiene mehr gebraucht seit dem Jahr, in dem wir uns kennen lernten, als wir beide zehn waren. Warum gehst du nicht aufs College, Carm?, hat sie mich früher dauernd gefragt. Keine Ahnung, sagte ich dann immer, und eines Tages hörte sie auf zu fragen.

Ja, sagte ich zu Apá.

Sie hat wieder Schmerzen in der Brust. Sie hat es deinem Bruder Joseph erzählt, setzt mein *jefe* hinzu.

Mein Vater arbeitet jeden Tag, bei Wind und Wetter. Er weigert sich, seine Stelle als Facharbeiter in einer Fabrik für Autoteile aufzugeben, einer der wenigen Fabriken, die es in Chicago noch gibt, jetzt, wo mexikanische Arbeitskräfte für die Unternehmen in Mexiko selbst noch billiger zu haben sind. Es fällt Apá nicht leicht, einen Arbeitsplatz zu behalten, wo er im Laufe der Jahre fast ein Auge verloren hätte und wo seine Finger ständig mit Stahlspänen gespickt sind und wo es ihm jeden Tag schwerer fällt, das Soll zu erfüllen, das jüngere Arbeiter wesentlich leichter schaffen. Aber er ist vierundsechzig und wartet auf den Ruhestand, denn sonst hätte sich das Ganze doch gar nicht gelohnt, sagt er.

Auf jeden Fall will sich meine Mutter nicht mehr von meinem Vater zum Arzt fahren lassen. Früher war das eine Gelegenheit, die Aufmerksamkeit meines Apás zu erregen. Ihn hinauszuwerfen war sogar eine noch bessere. Ich nehme den Bus, ruft sie aus dem anderen Zimmer, als sie mein Gespräch mit dem *jefito* mitbekommt. Das ist kein Problem. Ich habe doch meinen Seniorenpass. Da kostet es nur fünfundzwanzig Cents.

Mein *jefito* kann sie hören. Ich weiß ja, dass sich deine Amá nie ein günstiges Angebot entgehen lässt, aber ich möchte nicht, dass sie den Bus nimmt. Da kann ihr alles Mögliche passieren.

Ich blicke hinüber zu meiner Mutter. Sie sieht sich ihre Lieblings-Talkshow an, die über Satellit direkt aus Mexico City kommt. Das Heilmittel gegen Heimweh ist nur eine Fernbedienung entfernt. Amá ist nicht aus Mexico City. Sie ist sogar noch nie dort gewesen. Trotzdem fühlt sie sich dort mehr zu Hause als in Chicago, obwohl sie seit über vier Jahrzehnten in dieser Stadt lebt.

Jetzt wird gleich das Zuschauerrezept des Tages bekannt gegeben. Den Notizblock hat sie schon in der Hand. Später wird sie mir die Liste mit den Sachen geben, die sie dafür benötigt, wie Kochwein und teure Zutaten für Sahnesaucen, Sachen, die in ihrem üblichen Essen nicht vorkommen, das gewöhnlich Fett und Mais und natürlich Bohnen enthält. Ich werde nichts sagen, aber sie werden auf ihrer Liste stehen, wenn ich das nächste Mal in den Supermarkt gehe, um einzukaufen. Sie wird nie dazu kommen, das Rezept nachzukochen. Was weiß ich, wird sie leicht verlegen sagen, wenn ich sie nach dem Gericht frage, das nie gekocht wurde, und es wieder die ganze Woche Tortillas und Chili und Bohnen gab und freitags Orangenreis mit Huhn. Nicht, dass ich mich beschweren will. Ich habe mir noch nie viel aus Essen gemacht, schon gar nicht jetzt, wo ich den ganzen Tag abgestandene Pizzas rieche. Meine Mutter schüttelt den Kopf. Es hat so gut ausgesehen, als sie es im Fernsehen gemacht haben, wird sie sagen. Aber wenn ich daran denke, wie viel Arbeit das macht, bin ich jetzt schon müde.

Sie ist nicht müde. Sie ist voll gestopft mit Medikamenten. Mit harntreibenden Tabletten und Bluthochdrucktabletten und Diabetestabletten und Herztabletten. Inzwischen ist ihr Herz tatsächlich nicht mehr in Ordnung.

Sie vertraut sich Joseph an und glaubt an ihren erstgeborenen Sohn wie an Jesus, aber sie erwartet von ihm nicht, dass er in die Stadt fährt, nur um ihr irgendwelche Gefälligkeiten zu erweisen, sagt sie, beispielsweise um sie zum Arzt zu fahren.

Ja, ich bringe sie hin, sage ich noch einmal, aber mein eigenes Herz lehnt sich dagegen auf. Nachdem ich an sechs Tagen in der Woche von mindestens einer Million Menschen umgeben bin, die durch den O'Hare Airport drängen, möchte ich an meinem freien Tag niemanden sehen, nicht einmal meine Mutter, obwohl ich bei ihr lebe. Vielleicht *weil* ich bei ihr lebe. Ich verbringe den größten Teil des Tages und des Abends in meinem Zimmer.

Amá versteht das. Wenn man ein ordentlicher, hart arbeitender Mensch ist, dann hat man diese Anerkennung verdient, so wie die Achtung, die mir mein Pizza-Job in jüngster Zeit eingetragen hat, mein Beruf als Tänzerin dagegen in zwanzig Jahren nicht, genauso wenig wie die Tatsache, dass ich mit einem kaputten Bein mir meinen Lebensunterhalt mit Tanzen verdiente. Aber wenn du einen richtigen Job hast, einen anständigen Job, dann kannst du an deinem freien Tag tun und lassen, was du willst.

Mein Bruder Abel – der von unten – ist ebenfalls arbeitsam und solide. Er ist selbstständig. Unter der Woche ist er bei gutem Wetter mit einem fahrbaren Maiskolbenstand unterwegs und samstags betreibt er einen Zeitungskiosk. An seinen freien Tagen trinkt er. Kauft sich eine Ladung Bier, schaut sich im Fernsehen irgendein Spiel an, auf das er irgendwo eine Wette abgeschlossen hat, schläft im Sessel ein. Meine Mutter sagt: Das ist völlig in Ordnung, er hat es verdient, mal auszuspannen. Aber genau wie meinen Vater hat sie auch ihn veranlasst auszuziehen, hat ihn mit ihren Nörgeleien herausgeekelt, wenn auch nicht direkt verbannt. Amá war der Ansicht, dass *elotero* keine angemessene Arbeit für jemand ist, der Englisch spricht. Abel sagt, fahrbare Maiskolbenstände sind das Ding der Zukunft für Leute mit Unternehmensgeist wie ihn. Der Zeitungskiosk, wo er arbeitet, ist auch nicht das, was sie sich für ihn vorgestellt hat. Ich hatte von diesem Sohn mehr erwartet, sagte sie. Ach, lass den Jungen in Ruhe, sagte mein Vater. Doch das tat sie nicht, und so zog mein Bruder hinunter ins Souterrain.

Um wie viel Uhr hat sie ihren Termin?, fragte ich meinen Apá. Ich bemühe mich wirklich darum, meine zweite Chance zu nutzen, eine gute Tochter zu sein.

Ich hoffe nur, es gelingt mir, bevor ich sterbe. Bevor *sie* stirbt.

Was aber nicht heißt, dass ich es gern tun muss.

Um neun Uhr. Du kannst das Auto nehmen.

Das ist gut, denke ich bei mir, denn er weiß, dass Amá und ich kein Auto haben.

Ich habe gesagt, dass ich allein hingehen kann, ruft meine Amá. Ich nehme den Bus!

Geht schon klar, Amá, sage ich. Wenn ich nicht darauf bestehe, wird mein Vater wütend auf mich. Er sagt zwar nichts, aber ich weiß, wann er sauer ist, weil sich dann für lange Zeit eine Art Eiseskälte auf alles legt. Der Gedanke an seine eisige Wut jagt mir kalte Schauer über den Rücken. Man hält Schweigen für etwas Passives, aber wie gute Krieger, entschlossene Regierungen und hochkarätige Schlichter überall wissen, ist Schweigen eine ganz besondere Verhandlungsmethode.

Obwohl mein Vater besorgt ist, kann er es sich nicht erlauben, einen Tag zu fehlen. Wie ich es sehe, haben arme Mexikaner in den Vereinigten Staaten, einschließlich der in Amerika geborenen Mexikaner, immer nur das eine Ziel: zu schuften wie ein verdammter *burro*, bis sie tot umfallen. Die Tätigkeit selbst ist unwichtig. Die Bezahlung spielt nur eine Nebenrolle. Arbeit ist Arbeit. Und ihrer braucht man sich nicht zu schämen.

Als meine *jefitos* frisch aus Texas hier ankamen, ging mein Apá sofort los, um Arbeit zu suchen. Er kam erst spät heim an jenem ersten Abend und sagte, dass er Anstellung auf einer Baustelle gefunden habe, wo er alte Ziegelsteine einsammeln und aufstapeln musste. Und das hatte er den ganzen Tag gemacht. Heißt das, sie haben dich dafür *bezahlt?*, fragte meine Amá ungläubig. Dann stimmte es also, was man sich über den Norden erzählte. Es gab wirklich Arbeit für jeden, der arbeiten wollte. Klar!, sagte mein Vater und wischte sich das geschwärzte Gesicht mit dem schmutzigen Jackenärmel ab. Griff in die Tasche und warf fünfzehn Dollar auf den Küchentisch. Siehst du?

Meine Mutter konnte ihr Glück kaum fassen. Und nicht lange danach beschlossen meine *jefitos,* in Chicago zu bleiben.

Bevor ich nicht den letzten Cent meiner Ersparnisse ausgegeben hatte, wollte ich keinen Job. Keinen geregelten Job. Mein Tanzen machte sich bezahlt, aber das war keine Arbeit. Obwohl mich Agustín bei den Proben erbarmungslos antrieb. Für dich selbst zu arbeiten ist die einzige Methode, dir deinen Lebensunterhalt zu verdienen, pflegte Agustín zu sagen, nur ein *gajo* geht für andere Leute arbeiten.

Gajo. Er hätte nicht gewollt, dass ich verrate, was das heißt, obwohl du aller Wahrscheinlichkeit nach einer bist.

Sofern du nicht eine Frau bist, denn dann wärst du eine *gaji.*

Da wären wir also wieder bei dem Thema, wie kompliziert Wörter das Leben für mich machen und das seit meinem ersten Schultag. Ich bin in Chicago geboren, aber meine erste Sprache war nicht Englisch. Meine erste Sprache war Spanisch, aber ich bin keine richtige Mexikanerin. Vermutlich bin ich eine Chicago-Mexikanerin. Als dann Agustín ein Teil meines Lebens wurde, war da auch noch seine Sprache, eine Sprache der Alten, abgeleitet aus dem Sanskrit, und seine Sprache führte mich in eine Welt, von der niemand, aber auch niemand, der ihr angehört, etwas weiß.

Die Sprache der Diebe, wie mein Vater sie jedes Mal nennt, wenn ich ein Wort von Agustín benutze. Das ist Romani, sagte meine Mutter einmal zu meiner Überraschung. Sie behauptet, den Begriff in einem alten Rita-Hayworth-Film gehört zu haben, in dem die Hayworth, die eine Hollywood-Mexikanerin war, eine Zigeunertänzerin spielte.

Amá, ich bin keine Zigeunertänzerin, sagte ich ihr immer wieder. Ich tanze Flamenco.

Was hast du denn mit diesem Zigeuner zu tun?

Er ist kein Zigeuner.

Was ist er dann?

Er ist . . . Er ist . . .

Ist er Amerikaner? Ich mag keine Amerikaner.

Deine Probleme möchte ich haben, sagte Agustín immer, wenn es um meine Identitätskonflikte ging. Du wirst immerhin bei der Volkszählung erfasst. Mexikaner haben immerhin die Green Card. Wer hat je einem Zigeuner eine Green Card gegeben?

Er selbst bezeichnete sich als *calorro. Calorro* ist, was «das Volk» ist. Der Rest der Menschheit besteht aus *payos,* aus *gajes.* Damit ist nicht nur jemand gemeint, der kein Zigeuner ist, sondern es bedeutet auch so viel wie Idiot. Für die *calorros* gibt es nur das Volk – sie selbst. Alle Übrigen sind Idioten.

Agustíns Welt anzugehören bewahrte mich lange Zeit vor dem, was ansonsten die Gesellschaft charakterisierte, wie ich sie gekannt hatte: Jeden Tag aufzustehen, um einer Arbeit nachzugehen, wie ein Irrer für andere zu schuften, sich fast umzubringen, um Dinge kaufen zu können, die man gar nicht braucht, zu glauben, man könnte in diesem Leben irgendetwas wirklich besitzen.

Gajo.

Gaji.

Damit seid vermutlich ihr gemeint. Und letzten Endes war damit auch ich gemeint.

Am Donnerstag gehe ich in die Garage und hole Vaters Auto, das er mir für den Tag dagelassen hat. Ich fahre meine Mutter in die neue fünfstöckige Poliklinik, in der ihr Herzspezialist seine Praxis hat. Nachdem er sie untersucht hat, kommt er heraus, um mit mir zu reden. Er trägt einen schwarzen Turban und hat eine ausgeprägte Hakennase. Mir gefallen seine italienischen Schuhe. Ich starre hauptsächlich deswegen auf seine Füße, weil ich darauf warte, dass er als Erster spricht. Die Untersuchungen sind noch nicht abgeschlossen, sagt er, wenn wir die Ergebnisse haben, rufen wir Sie an. Ich verschreibe Ihrer Mutter inzwischen ein Medikament für ihre Angina pectoris.

Ich würde gern fragen, was Angina pectoris ist, aber aus irgendeinem Grund fällt es mir schwer, etwas herauszubringen. Wenn ich nichts frage, stellt sich bestimmt heraus, dass ich mich nach etwas hätte erkundigen müssen, wonach mein Apá mich später fragen wird.

Polio?, fragt der Herzdoktor mit einer knappen Handbewegung in Richtung auf mein Bein. Ich nicke.

Gut. Dann bis zum nächsten Mal. Der Doktor seufzt und geht weiter.

Ich gehe in den Behandlungsraum, um meiner Mutter in den Mantel zu helfen. Sie reicht mir ihre Versicherungskarte, damit ich ihre Tabletten abholen kann. Ach, da ist ja meine Einkaufsliste, sagt sie und reißt ein Blatt Papier von dem Notizblock ab, auf dem sie sich die mexikanischen Kochrezepte aus dem Fernsehen zu notieren pflegt. Tamari-Sauce. Pinienkerne. Drei Pfund Lamm ohne Knochen zum Braten.

Okay, sage ich. Okay zu sagen ist nicht schwer. Ich weiß nicht, warum es mir manchmal so schwer fällt, etwas zu sagen. Sprache ist eben etwas sehr Kompliziertes, ganz egal, wie viele Sprachen du dir aneignest.

Dos: Samstags bin ich gezwungen, tortillas zu machen

Samstags bin ich gezwungen, *tortillas* zu machen. Das muss wohl die Strafe für die verlorene Tochter sein. Söhne erben Äcker und Geld. Frauen müssen Brot backen, dort weitermachen, wo sie aufgehört haben, sich still verhalten und dürfen keinen an ihr großes Abenteuer erinnern.

Meine Mutter weckt mich früh auf, damit ich fertig bin, bevor ich zur Arbeit gehe. Derweil beginnt Amá mit der Wäsche, wie sie es immer getan hat, solange ich mich erinnern kann. Als ich ein Kind war, hatten wir keine Waschmaschine. Samstags, an ihrem freien Tag, packte sie alle unsere schmutzigen Sachen zusammen und stopfte sie in einen großen weißen Sack und in ein zusammenklappbares Wägelchen, ging damit die Treppe hinunter und dann einen knappen Kilometer bis zum nächsten sauberen Waschsalon. Und das bei jedem Wetter, genau wie der Briefträger, denn nichts hielt meine Amá davon ab, die Sachen meines Vaters am Montagmorgen wieder bereit für die Arbeit zu haben.

Als ich ein Teenager war, kaufte sie sich auf Kredit eine Wringermaschine in Simon's Appliance Store, wo alles *«bueno, bonito y barato»* war, wie der *gajo*-Besitzer im Spätprogramm des spanischen Fernsehens zu verkünden pflegte. Samstags zog sie sie ans Spülbecken, um zu waschen. Bei schönem Wetter hängte sie die Wäsche auf dem Küchenbalkon auf die Leine. Wir wohnten im ersten Obergeschoss, und obwohl das Haus einen Hof hatte, ließen ihn uns die Eigentümer nicht benutzen. Wir konnten uns nicht einmal eine Minute auf dem Rasen aufhalten, sondern durften ihn nur schnell überqueren, um den Abfall in die Mülltonnen hinten in der Ecke zu werfen. Ihr seid nette Mexikaner, nicht so wie andere Mexikaner, sagte unsere Vermieterin immer und lächelte verlogen mit dem Rest ihrer alten Zähne. Vermutlich hoben wir uns von den nicht so netten ab, weil sie uns immer dafür lobte, dass wir uns so unsichtbar wie möglich machten.

Apá, der aus El Paso – el Norte – stammt, mag *tortillas* aus Weizenmehl lieber als die aus Maismehl. Und meine Mutter besteht wieder eisern darauf, diese Aufgabe mir zu überlassen, vermutlich als Strafe dafür, dass ich nicht verheiratet bin und dass ich keinen Sohn habe, für den ich eines Tages *tortillas* machen muss. *La jefita* sagt, wenn ich einen eigenen Mann hätte, dann wäre ich jetzt in der Lage, alles richtig zu machen, könnte gute *tortillas* zubereiten, Hosen mit anständigen Bügelfalten dämpfen und wüsste, wie man Socken zusammenlegt, indem man nämlich jedes Paar zu einem sauberen Knäuel zusammenrollt, so wie sie es jede Woche für die Männer macht.

Aber obgleich ich zu nichts zu gebrauchen bin und offenbar nichts recht mache, kannte ich doch zweimal die große Liebe, und beiden zusammen gab es nichts hinzuzufügen und nichts wegzunehmen. Sie waren ein Ganzes und größer als die Summe ihrer Bestandteile. Siebzehn Jahre lang wurde ich geliebt, zwar nicht von meinem eigenen Mann, aber von einem geborgten. Und ein Jahr lang hatte ich Manolo und hatte Manolo mich. Was macht es da, dass eines Tages alles kaputtging?

Agustín war geborgt, aber nicht wie eine Tasse Zucker. Er hätte dergleichen sowieso für typisch *gajo* gehalten. Viel von dem, was mir ganz natürlich erschien, wenn ich mit Agustín zusammen war, hielt er für *calorro* – die Art der Zigeuner. Ich weiß nicht, warum du immer behauptest, dass du indianisch aussiehst, sagte er immer, du bist zu hundert Prozent *calorra, guapa,* keine Aztekenprinzessin, sondern eine Zigeunerkönigin! Die Art, wie ich mich kleidete, wie ich sprach, wie ich tanzte. Die Art, wie ich die Tomatensauce auf meinem Teller mit einer harten Brotkruste auftunkte und meinen Burgunder auf einen Zug hinunterkippte. Nicht nur die Art, wie ich mein langes Haar trug, sondern auch seine Farbe und Beschaffenheit, sagte er und schlang es wie ein Seil um seine Finger. Ich wusste nie recht, was er damit meinte, ich sei zu hundert Prozent *calorra,* aber die Idee, überhaupt etwas hundertprozentig zu sein, sagte mir zu, und so widersprach ich ihm nicht.

Als Kind hatte ich eine genaue Vorstellung von *calorras* oder was man gemeinhin Zigeunerinnen nennt. Sie bleichten sich die Haare zu einem messingartigen Orange, hatten einen schwarz nachwachsenden Haaransatz und gespaltene Spitzen überall. Im Sommer saßen sie auf wackeligen Küchenstühlen draußen auf dem Bürgersteig in der Hitze, hatten tief ausgeschnittene Blusen an, wo sie leicht an das Geld herankamen, das sie zwischen ihre Brüste steckten, und trugen hochhackige, vorne und hinten offene Schuhe, die ihre langen lackierten Zehennägel zur Geltung brachten. *Sin vergüenzas!,* hörte ich einen meiner Onkel sie einmal nennen, Frauen ohne Scham. Ihre Stimmen waren rau von zu vielen Zigaretten, wenn sie den Passanten zuriefen und sie aufforderten, sich von ihnen aus der Hand lesen zu lassen. Komm her, Schätzchen. Ich sag dir die Zukunft voraus. Willste wissen, wie man zu Geld kommt? Willste ’n Mann? He, was is’ mit deinem Bein los? Soll ich was dagegen machen? Komm her. Ich kann dir helfen. Wo willste denn hin? He, *gaji,* was is’ überhaupt mit dir los?

Ihren Männern begegnete ich auf den Supermarktparkplätzen. Sie wollten einem immer die rostigen Stellen am Auto ausbessern. Sie hatten goldene Uhren zu verkaufen. Es konnte sogar deine eigene Uhr sein, bevor du überhaupt bemerkt hattest, dass sie dir fehlte. Sie nannten dich töricht, wenn du ihre Angebote ausschlugst, typisch *gaji.*

Zigeuner jagten mir früher Angst ein, sagte ich zu Agustín, als wir uns das erste Mal liebten. Das war auf der kaputten Couch in seinem Tanzstudio, der Couch von Agustíns tausendundeiner Nacht, einer Couch, die berühmter war als er. Und was denkst du jetzt über Zigeuner? Jage *ich* dir Angst ein?, fragte er, während er die Hose hochzog, das weiße gestärkte Hemd hineinstopfte, den Kragen zurechtrückte, in seine schöne Anzugjacke schlüpfte. Nein, sagte ich, warum solltest du? Ich saß in meinem Taillenunterrock da, die seidenen Nylons ordentlich zu den Fußknöcheln hinuntergerollt, aber oben noch immer nackt. Ich spürte, wie ein Schweißtropfen in meine Halsgrube hinunterrann, einen winzigen Moment dort verweilte, sich dann auflöste. Agustín sah mich an. Du weißt, was *mir* Angst einjagt. Was, fragte ich. Was könnte *dir* Angst einjagen? Du, sagte er. *Du* jagst mir Angst ein. Und er ging, ohne mich zum Abschied zu küssen.

Agustín war ein *calorro* und in Cleveland geboren. Das klingt vielleicht nicht gerade wie ein exotischer Ort, den man mit Zigeunern in Verbindung bringt, aber Zigeuner sind überall, wir ziehen es nur vor, sie nicht zu sehen. Oder wie Agustín immer zu mir sagte, sie ziehen es vor, nicht gesehen zu werden. Und als er die Universität abgeschlossen hatte, war er nach Europa gereist auf der Suche nach den nomadischen Wurzeln seiner Vorfahren. Auch dass er auf die Universität ging, widersprach dem Zigeunerklischee. Agustín sagte, dass in seinem Leben alles anders sei als bei den anderen Menschen seines Volkes, und zwar aus dem einfachen Grund, weil seine Mutter ihn in einem Krankenhaus bekommen habe. Da seine Geburt standesamtlich erfasst worden war, hatte sich sein ganzes Leben zu einer *payo*-Erfassung nach der anderen entwickelt. Als er in die Vereinigten Staaten zurückkehrte, war er nicht mehr August Ristich, Absolvent der Universität von Wisconsin und Sohn eines Autoverkäufers, sondern Agustín el Bailaor, der beste Flamencomusiker (und manchmal auch Flamencotänzer), der je den Fuß auf nordamerikanischen Boden gesetzt hatte.

Agustín war mein, wenn er bei mir war, jedoch nie in den Augen Gottes, von *undebel,* wie Agustín den lieben Gott nannte. Nur der Tod konnte das heilige Band zwischen Agustín und seiner Ehefrau auflösen, einer fernen Märchengestalt – Schneewittchens Stiefmutter, was mich betraf.

Einmal fragte ich Agustín: Schreibt man *undebel* eigentlich groß? Und er antwortete mir, wie er es immer tat, wenn ich ihn nach einem Wort fragte, das er gerade gesagt hatte und das ich nicht verstand: Woher soll ich das wissen? Er wiederholte noch einmal, dass «das Volk» nichts dafür übrig habe, Dinge aufzuschreiben, weil Bücher zur

Welt der *payos* gehörten und den Bedürfnissen der *payos* dienten. Alles, was das Volk wissen musste, wusste es. Es wurde von einem an den anderen weitergegeben, Jahrhundert um Jahrhundert, vom Vater an den Sohn, von Land zu Land, von Kontinent zu Kontinent. Obwohl, wie er sagte, Zigeuner von ausgedehnten Reisen zu Wasser nie besonders begeistert seien.

Und warum nicht?, fragte ich wie üblich, ohne nachzudenken.

Wann immer ein Zigeuner aufgefordert wurde, mit dem Schiff nach Amerika zu kommen, dann deshalb, weil er sonst gehenkt worden wäre. Die Behörden gingen immer davon aus, dass er es sowieso nicht schaffen würde. Und die meisten schafften es tatsächlich nicht, wie mir Agustín sagte.

Agustín und der Tanz und die Musik wurden für mich etwas Heiliges – ein Stückchen jenes Lebens, von dem ich nur durch ihn und wegen ihm ein Teil war. In jeder einzelnen Nacht, in jeder einzelnen Stunde, die ich in all den Jahren in Agustíns Gesellschaft verbrachte, war ich von seinen fremdartigen Wörtern betört, seiner fremdartigen Welt und seiner Liebe, die das Fremdartigste überhaupt war.

Und dann war eines Tages, wie man so sagt, alles so plötzlich vorbei, wie es angefangen hatte.

In all den Sommern davor, wenn Agustín wie üblich für mehrere Monate nach Spanien fuhr, um zu seiner Frau zurückzukehren, wartete ich auf Briefe, die nie kamen, wartete ich auf einen Telefonanruf, der nie getätigt wurde, wartete schließlich nur noch auf ihn, und wenn er zurückkam, fingen wir wieder von vorn an.

Um zwei Uhr morgens, nach unserem letzten Auftritt, wenn wir unser letztes Glas Carlos Primero tranken, den Agustín mitgebracht hatte, und er, zwischen Zügen an seinen stechend riechenden Rex-Zigaretten, seine selbst gebastelte Lebensphilosophie ausspann, dann klammerte sich Carmen la Coja an den Rauch, den Agustín ausstieß, an Agustíns Worte, an seine Gegenwart und sein elementares Wesen, so Sauerstoff spendend und Licht absorbierend, hing daran wie ein winziger Tautropfen an einem fahlen, nassen Blatt.

Das war unsere Art zu lieben. Das war unsere Art, die Meeresstürme unserer *calorro*-Liebe zu überstehen, die Liebe von Dieben. Das war unsere Art, alles zu überwinden, die Zeiten, in denen wir keine Engagements und wenig Geld hatten, die Zeiten, in denen wir eine Menge Engagements und genug Geld hatten, die Zeiten, in denen wir getrennt waren, die Todesdrohungen seiner Frau gegen mich und dass ich durch ihren Fluch fast gestorben wäre, das Kind, das wir nicht hatten, das ganze Auf und Ab, das nicht einmal eine mit gespaltener Zunge sprechende Wahrsagerin hätte vorhersagen können. Siebzehn Jahre lang überstanden wir alles, was man sich vorstellen kann, alles außer Manolo.

Bis Manolo erschien, genügte mir eine geborgte Liebe. Nach Manolo wollte ich und will ich nur noch die Liebe, die er mir brachte – keine absolute Liebe, aber eine Liebe, die mir ganz allein gehört.

Manolo hatte nur ein Jahr im Vergleich zu Agustíns siebzehn, und in diesem Jahr lernte ich, dass Zeit nicht alles ist. Die Zeit selbst und an sich formt dich nicht für immer, aber Ereignisse, Menschen, ein einzelner Ort können es. Irgendetwas geschieht, und plötzlich blickst du dich um und erkennst nichts wieder, nicht einmal dich selbst.

Manolo war verwöhnt, war mit Brocken nicht zufrieden und wollte alles haben. Von mir. Von Agustín. Sie waren ständig zusammen. Verbrachten mehr Zeit miteinander als jeder je mit mir. Wieso scheint sich Manolo so an dich zu klammern?, fragte ich Agustín. Ich war eifersüchtig darauf, dass er Agustín genauso viel zu brauchen schien, wie er es brauchte, bei mir zu sein. Er ist eben noch jung, grün wie ein Olivenzweig im Frühling, sagte Agustín als Entschuldigung für die Macht, die Manolo über jeden von uns hatte.

Ich möchte, dass er mich ganz hat.

Das kann er nicht, sagte Agustín. Dafür ist es zu spät.

Tres: Jahrelang lebte ich allein, herrlich allein

Jahrelang lebte ich allein, herrlich allein. Auch wenn mein kleines Apartment im Hollywood Hotel nicht gerade einer Seite aus einem Lifestyle-Magazin entsprach. Krankenwagensirenen ließen meine alten Fenster zu jeder Tages- und Nachtzeit wackeln. Nachts riss mich das Wackeln, das die S-Bahn verursachte, die alle fünfzehn Minuten vorbeifuhr, aus dem Schlaf. Der gelegentliche grauenhafte Schrei und der vorhersagbare Schuss vor Morgengrauen sorgten dafür, dass ich nie gut schlafen konnte.

Aber es war meine eigene Wohnung. Und niemand außer mir hatte je einen Schlüssel dazu.

Ein paar Mal wurde bei mir eingebrochen, aber abgesehen von dem tragbaren Fernseher und dem Radio besaß ich nichts, was ein Drogenabhängiger hätte zu Geld machen können. Armut hat auch ihre guten Seiten. Wenn du so arm bist, dann hast du wenigstens nichts, auf das ein anderer scharf sein könnte.

Außer deinem Seelenfrieden. Deiner Würde. Deinem Herzen.

Die wirklich wichtigen Dinge.

Ich gehe heute nicht mit, sagte ich zu Agustín an dem Tag, an dem ich Manolo zum ersten Mal sah. Agustín war bei mir zu Hause. Am Abend sollte er mit Manolos Vater und Manolo auftreten. Das große Treffen der authentischen andalusischen Meister, wie Agustín die Vorstellung in den Zeitungen angekündigt hatte. Auch wenn einer von ihnen ursprünglich aus Cleveland stammte. Ich wäre die Erste, die zugibt, dass Agustín so gut war wie nur irgendeiner auf der Welt. Aber vielleicht lag es daran, dass er kein echter Andalusier war und deshalb nie die Anerkennung fand, die er verdiente. Manolos Vater wiederum war Serbe, aber darüber redete eigentlich keiner angesichts dessen, was in den Ländern dort vor sich ging, da die Zigeuner immer die Ersten sind, die es zu spüren bekommen, wenn Konflikte und Kriege ausbrechen. Obwohl man in den Nachrichten nie etwas davon hört, was mit den Zigeunern passiert, nicht einmal im nichtkommerziellen Radio.

Fühlst du dich wieder nicht gut?, fragte er. Er tat so, als ob er besorgt wäre, dabei war er wegen seines wichtigen amerikanischen Debüts mit Manolos Vater aufgeregter als ein junges Mädchen beim ersten Rendezvous, und so wusste ich, dass ich ihm im Moment völlig schnuppe war. Also beschloss ich, zu Hause zu bleiben.

Die lange Zeit als Agustíns Star hatte mich zu einer Art Primadonna in unserem kleinen Flamencogoldfischglas gemacht. Es war mir nicht entgangen, dass Agustín übermäßig mit der neuen Tänzerin in der Truppe beschäftigt war, einer jungen blonden *gaji* Minnie

Mouse aus Los Angeles. Sie hatte in Sevilla studiert und hatte einen Torso so fest wie Blutwurst und längere Finger als ich, die ich für meine Hände berühmt war, so dass sie, wenn ihre weißen Arme hoch erhoben waren und ihre Hände in der Luft herumwirbelten, aussahen wie zwei sich paarende Schwäne.

Courtney. Gleich als wir uns das erste Mal sahen, war klar, dass wir uns so unerbittlich gegenüberstanden wie zwei Pitbulls, die darauf abgerichtet sind zu töten. Ich bin nur froh, dass es keine Zeugen gab. Es war gewiss nicht einer meiner stolzesten Momente, nur einer, in dem ich froh war, dass ich mit brutalen großen Brüdern aufgewachsen war.

Im Allgemeinen komme ich mit Frauen immer gut aus. Aber in der Arena, in der Tänzer auftraten, um sich gegenseitig vorteilhaft zur Geltung zu bringen, die Frauen die Frauen, die Männer die Männer, gewöhnlich beseelt vom Tanz und der Freude daran, gab es auch solche, die unbedingt dominieren wollten. Es gab immer die eine oder andere Tänzerin, die glaubte, besser als die Übrigen zu sein und es beweisen musste, indem sie alle anderen verächtlich machte. Courtney war so eine. Vielleicht lag es an ihrem für eine *gringa* typischen Konkurrenzdenken. Aber Flamenco ist nicht der Broadway. Flamenco ist nicht bloß ein Tanz. Es ist die Art, wie du schläfst, isst, träumst, denkst. Du musst nicht gertenschlank oder gar jung sein, um Flamencotänzerin zu sein. Du musst nicht noch alle Zähne haben oder glänzendes Haar. Du musst nur fühlen, was du tust, dich an den Rhythmus halten, deine Musiker führen und ihnen folgen.

Ich glaube nicht, dass Courtney das je verstanden hat; sie wollte nur immer die Einzige sein, auf die sich aller Aufmerksamkeit richtet. Der Flamenco war nicht ihr Leben. So viel hat Agustín immerhin bemerkt. Sondern eine Möglichkeit, bekannt und beliebt zu sein. Auch das wusste Agustín. Sie hat immer alles bekommen, was sie wollte, sagte er zu mir. Schon als Kind hat sie an Schönheitswettbewerben teilgenommen, dann kam Ballettunterricht. Die Eltern hatten viel Geld und nur eine Tochter, für die sie es ausgeben konnten. Wie ein High-School-Mädchen, das hinter dem Kapitän der Football-Mannschaft her ist, um sicherzugehen, dass sie im Mittelpunkt des Interesses steht, so war sie hinter Agustín her, und, was immer das auch besagen mag, Agustín war von ihren Nachstellungen sehr angetan.

Bis dahin, bis Courtney an dem bewussten Tag das Studio betrat, war er vielleicht nicht gerade mein Leben gewesen, oder war es zumindest nicht mehr, aber er hatte mir zwei Beine gegeben.

Vielmehr die Illusion, zwei herrliche Glieder zu haben, mit denen ich mir meinen Lebensunterhalt verdiente.

Und dir deinen Lebensunterhalt zu verdienen ist keine Illusion.

Courtney kam mit einem Stapel prächtiger Kostüme über dem Arm herein, dem satten Rascheln von Satin und Tüll, das Musik ist in den Ohren einer Tänzerin. Vier Paar dazu passender Schuhe baumelten an ihren Fingerspitzen. Ihre *peinetas* und ihre künstlichen Blumen steckten wild durcheinander in ihren blonden Haaren, alles zusammen, wahrscheinlich damit sie nicht ein zweites Mal zu ihrem Auto laufen musste. Sie sah aus wie ein Ein-Frau-Festwagen in einem ethnischen Umzug.

Courtney besah sich das Studio, inspizierte alles wie Nancy Reagan bei ihrem ersten Besuch im Weißen Haus, war noch nicht eingezogen und plante schon, wie sie alles ummodeln würde. Ich wartete auf Agustín, in einer mottenzerfressenen Strickjacke, an der zwei Knöpfe fehlten. Ich hatte nur die eine, und ich trug sie bei den Proben immer wegen meines schlechten Kreislaufs. Courtney beäugte mich von oben bis unten mit ihren großen, kalifornienblauen Augen. Ich weiß, wer du bist, sagte sie, aber so, wie sie es sagte, klang es wie ein Vorwurf. Zweifellos hatte sie in mir gleich ihre Rivalin erkannt. In Spanien hättest du es bestimmt nicht geschafft, sagte sie. Bist *du* deshalb hier in Chicago?, sagte ich. Ich feilte mir gerade die Nägel und hatte plötzlich den unbändigen Drang, ihr meine Glück bringende Nagelfeile in die Nase zu rammen. Ich nenne sie deshalb Glück bringend, weil sie mir schon aus so mancher Klemme geholfen hat. Mein Impuls, Courtney etwas anzutun, sagte mir, dass sie bereits mit Agustín schlief. Nein, sagte sie. Ich bin hier, weil Agustín mich in Sevilla angerufen und gesagt hat, ich soll nach Chicago kommen. Er sagte, das Ensemble bräuchte dringend eine gute Tänzerin.

Ist das der einzige Zweck, für den er dich braucht?, fragte ich. Courtney machte einen Schritt auf mich zu, blickte auf mein Bein, das ich vor mir auf einem Stuhl hochgelegt hatte, und blieb dann stehen, als wollte sie sagen, sei froh, dass du dich nicht wehren kannst.

Natürlich war es um einiges mühsamer, zu ihr zu gehen, als wenn sie hergekommen wäre und mir den Weg erspart hätte, aber als ich bei ihr angelangt war, sorgte ich dafür, dass sich der Aufwand für uns beide lohnte. Sie stand wie versteinert da, konnte nicht glauben, dass ich es wagen würde, so dicht an sie heranzutreten, die Nagelfeile weit genug in ihr linkes Nasenloch geschoben, dass sie es sich zweimal überlegte, meine Hand mit einer unbedachten Bewegung wegzustoßen.

Du kannst ihn behalten, sagte ich zu ihr, ich habe ihn schon vor langer Zeit ausgeschissen.

Ich hatte diesen reizenden Ausdruck von Agustín gelernt.

Als Agustín später auftauchte und fragte, ob wir uns schon miteinander bekannt gemacht hätten, sagte Courtney nur: Danke, wir brauchen einander nicht mehr vorgestellt zu werden.

Hat man je gehört, dass eine Flamencotänzerin Courtney heißt?, fragte ich Agustín und ließ eine gehässige Seite erkennen, von der ich selbst nichts geahnt hatte vor dieser Periode meines Lebens, als alle Frauen plötzlich jünger waren als ich und alle miteinander Agustín veranlassten, ihnen hechelnd nachzulaufen wie ein Straßenköter, der kein Zuhause hat.

Ich bleibe zu Hause, sagte ich mit Nachdruck, obwohl ich nicht glaubte, dass er versuchen würde, mich umzustimmen, was er auch nicht tat. Ich hatte sowohl Manolo als auch seinen Vater noch nicht kennen gelernt. Seit Agustín verkündet hatte, dass er Courtney dazu ausersehen hatte, statt meiner mit Manolo zu tanzen, weigerte ich mich, an den Proben teilzunehmen.

Nach der Vorstellung war eine Party in der Wohnung von José geplant, eine Riesenfete zu Ehren von Manolo und seinem Vater, zwei ganz Großen aus Andalusien, zwei echten Koryphäen. Keine armseligen Würstchen wie wir, wie Agustín in letzter Zeit zu sagen pflegte. Courtney war eine *gaji,* aber genau betrachtet war ich das auch.

José und seine Frau gehörten zu unserer Truppe, aber sie schienen nicht alles so persönlich zu nehmen, wie ich es aus verständlichen Gründen tat. Kommst du später zu José und Rocío mit?, fragte Agustín. Nein, sagte ich. Er verließ mich leicht verstimmt, als sei er deswegen verärgert, aber das war nur Schau. So war es mittlerweile um unsere Liebe bestellt, eine Liebe, die vertrocknet war wie eine

Dattelpflaume, die zu lange in der Obstschale gelegen hat, weil wir beide zu träge waren, um sie wegzuwerfen.

Am späten Abend, so gegen elf Uhr, als die Vorstellung längst vorbei war und ich mir ausrechnen konnte, dass die Party jetzt langsam in Schwung kam, und ich etwas erregt war wegen eines lautstarken Streits draußen im Flur direkt vor meiner Wohnungstür, zog ich meinen besten schwarzen Body an, meinen grellsten langen Rock, alle meine billigen Armreifen und meine Lieblingsohrringe (ein Geschenk von einem glühenden türkischen Verehrer, die Agustín immer eifersüchtig machten, wenn ich sie trug!) und verließ das Haus.

Als ich bei José und Rocío ankam, benutzte ich die Hintertreppe. Ich hatte ein schlechtes Gewissen, weil ich Rocío nicht mit dem Essen geholfen hatte, obwohl sie mich darum gebeten hatte, und hielt es daher für das Beste, direkt zu ihr in die Küche zu gehen und, wenn auch mit Verspätung, meine Hilfe anzubieten. Aber die kleine Wohnung war so brechend voll, dass ich kaum zur Tür hineinkam. Vollgestopft mit Zigeunern und Zigeuner-Groupies, Flamenco-Möchtegernen und hiesigen Künstlern und allen möglichen Leuten. Da ich Rocío nirgends sah, nahm ich mir ein Glas Vino tinto und beschloss, Agustín zu suchen.

Es war unmöglich, irgendwohin zu gehen, ohne sich durch das Gedränge zu kämpfen, und ich blieb zwischen der Küche und dem Wohnzimmer stecken. Ich entdeckte Courtney, die, wie ich zugeben musste, an diesem Abend ein klein wenig strahlend aussah, noch ganz erhitzt wegen der Beachtung, die die Vorstellung zweifellos gefunden hatte. Sie sah mich ebenfalls, wandte sich aber schnell ab. Nach unserer ersten Begegnung behandelte sie mich immer, als hätte ich nicht alle Tassen im Schrank, und wahrte die gebührende Distanz.

Endlich hörte ich Agustíns Stimme aus den anderen Stimmen heraus, was nicht weiter verwunderlich war, da er sich furchtbar gern reden hörte und alle anderen ihn ebenfalls hören sollten. Im nächsten Moment erspähte mein Adlerblick ein Gesicht, das irgendjemandem aufmerksam zuhörte – aller Wahrscheinlichkeit nach Agustín. Schwarze, tiefschwarze Augenbrauen wie Rabenschwingen über schräg stehenden Augen, eine Nase, viel zu fein vielleicht für einen Mann, ein kleiner sinnlicher Mund, dunkle Haut, nicht olivfarben, sondern wie Kupfer. Das markante fotogene Gesicht des frühen

Stummfilm-Stars Ramón Novarro, die Idealbesetzung des Matadors, des Tangotänzers, des arabischen Scheichs in den goldenen Jahren des Films, ob in Hollywood, Mexiko, Spanien oder Buenos Aires, wo immer schöne Männer wie er auf Zelluloid gebannt wurden, damit Frauen von ihnen träumen konnten, als Liebhaber, als große Kriegshelden, edle Söhne, leuchtende Sterne, die für den Preis einer Kinokarte einen Schimmer von Licht in unser ansonsten glanzloses Leben brachten.

Er sah mich ebenfalls an, und als sich unsere Blicke trafen, lächelte er.

Ich nippte an meinem Wein und schob mich reflexartig aus seinem Blickfeld. Nicht, dass es mir unangenehm gewesen wäre, von einem schönen dunklen Unbekannten angelächelt zu werden, als sich unsere Blicke quer durch ein überfülltes Zimmer trafen, aber noch während ich diesen intensiven Augenblick genoss, so klischeehaft er auch war (und auch, weil er so klassisch war), wurde mir klar, dass es *Manolo* war. Manolío! Agustíns *bailaor*-Wunderknabe und der Sohn, den er nie hatte. Als ich wieder hinsah, war er verschwunden.

Und dann stand Manolo direkt vor mir.

Jetzt blickten wir uns unverwandt in die Augen, Augapfel in Augapfel, unsere Nasen nur zweieinhalb Zentimeter voneinander entfernt.

Er war immer noch wunderschön.

Vielleicht noch schöner.

Du bist wunderschön, sagte er zu mir auf Spanisch.

Und dann, bevor ich erröten und etwas sagen konnte wie: Oh, du aber auch, zum Beispiel, oder: Vielen Dank und dabei kokett mit den Augendeckeln klimpern, oder: Lass den Scheiß, Kleiner, ich bin Agustíns Frau, und ich kenne Typen wie dich, küsste er mich mit seiner vorwitzigen Zunge, die meine Lippen auseinander drückte und in meinen Mund eindrang.

Danach starrte er mich wieder unverwandt an, und ich sagte gar nichts. Was hätte ich denn sagen sollen? Er blieb ganz nahe bei mir und lächelte mich an, bis ich zur Seite sah. Dann schob er sich mit energischen Bewegungen durch das Gedränge, um sich ein Glas Casalla in der Küche zu holen, wo Rocío Beutel mit Eiswürfeln ins Spülbecken gelegt hatte, um die Flaschen mit ihrem selbst gemachten

Gebräu zu kühlen, und verschwand dann, ohne auch nur einen Blick in meine Richtung zu werfen, wieder im Gewühl.

Ich bin tot, dachte ich. Ich schluckte schwer, obwohl mein Speichel sich total verflüchtigt hatte und selbst der Wein ihn nicht wieder zum Fließen brachte. Dann riss ich mich zusammen und ging, flüchtete wie eine Maus, die man gerade beim Schwanz in die Luft geschleudert hatte.

Cuatro: Jeder denkt gern, dass die erste Liebe eines Mädchens unschuldig ist

Jeder denkt gern, dass die erste Liebe eines Mädchens unschuldig ist. Sagte meine Freundin Chichi in jener Nacht in meinem Zimmer zu mir. Ich war von Manolos Kuss so aufgewühlt, dass ich nicht schlafen konnte. Ein einziger dummer Kuss von einem jungen Zigeuner, einem Gigolo, wenn mich nicht alles täuschte, und ich wusste, dass ich tot war. Wieso sagst du das dauernd?, sagte Chichi, die verärgert über mich klang, in Wahrheit aber deshalb, weil sie einen schlechten Abend auf den Straßen von Chicago gehabt und beschlossen hatte, für heute Schluss zu machen. Chichi hatte keinen Zuhälter, dem sie Rechenschaft ablegen musste, da sie unter dem Satinminirock, den Strapsen und dem BH, der so tief ausgeschnitten war, dass man ihre Brustwarzen sah, fast nur aus Muskeln bestand. Sie konnte sehr gut selbst auf sich aufpassen und daher Schluss machen, wenn es ihr passte. Ich lernte von ihr sehr viel darüber, was es heißt, eine Frau zu sein, denn dafür, dass sie ein Mann war, hatte sie sehr viel von einer Frau. Ich begegnete Chichi zufällig im Flur, als wir beide heimkamen.

Ich sage es, weil es so ist, sagte ich. Ich bin tot. Das ist der Anfang vom Ende. Der Junge ist mein Schicksal und ich bin seins. Und ich weiß schon jetzt, dass, wenn Agustín dahinter kommt, er uns beide gefesselt und geknebelt in den Chicago River wirft. Nein, Manolo nicht, nur mich. Einen Mann würde er nie umbringen . . . Na ja, vielleicht doch . . .

Du bist wirklich ganz schön durcheinander wegen dem jungen Mann, sagte Chichi. So hab ich dich noch nie erlebt.

Ich weiß es einfach, Chichi, sagte ich. Ich fasste an mein Gesicht, und es war heiß. Meine Hände waren kalt. Jetzt habe ich wirklich ein Problem, sagte ich. Er hat mich angesteckt! Ist das zu fassen? Der Junge hat mich mit einer Krankheit angesteckt!

Ich bekam plötzlich Schluckauf.

Chichi schüttelte den Kopf. Das ist bei der ersten Liebe immer so, ganz egal, wie alt oder wie jung du bist, wenn es dich erwischt, sagte sie. Ich verrate dir was. Ich war dreizehn Jahre alt, als mein Onkel angefangen hat, mit mir rumzumachen,und ich habe jede Minute genossen. Chichi lächelte, zog eine ihrer falschen Wimpern ab, sagte leise autsch und zog dann die andere ab.

Ich war auch dreizehn, sagte ich. Als du deine Unschuld verloren hast, Süße?, fragte Chichi. Donnerwetter! Das hätte ich dir gar nicht zugetraut! Nein, sagte ich, als ich meine Arglosigkeit verlor. Ich war total verrückt nach dem älteren Bruder meiner Freundin Vicky, sagte ich. Ich war mir nicht sicher, ob ich Chichi die Geschichte erzählen sollte, wie ich meine Arglosigkeit verlor, aber irgendwann musste ich sie jemandem erzählen. Vielleicht musste ich es nicht, aber ich tat es trotzdem.

Eines Abends, als ich bei ihnen über Nacht bleiben durfte, sagte Vicky: Heute betrinken wir uns. Ihre Eltern waren irgendwo anders. Was meine Mutter nicht wusste, denn sonst hätte sie mich nie dort übernachten lassen, sagte ich. Wir verputzten den Scotch von Vickys Vater – Vicky, ihr Bruder und ich –, und dann füllte sie die Flasche mit Wasser, als ob ihr Vater dann nichts merken würde. Mann, war das ein toller Typ!, sagte ich zu Chichi. Der Vater?, fragte Chichi. Nein! Vickys Bruder!, sagte ich. Als wir betrunken waren, sagte Vicky: Puh, ist das heiß hier drin! Kommt, wir ziehen uns aus. Los, Carmen, zier dich nicht so! Sie und ihr Bruder warfen sich einen komischen Blick zu, und da wusste ich, dass sie von Anfang an etwas geplant hatten, aber es war zu spät, um einen Rückzieher zu machen. Außerdem konnte ich auf keinen Fall betrunken nach Hause gehen. Und es war ja auch wirklich heiß im Haus. Im Übrigen stand ich auf den Bruder, aber ich hatte auch Vicky gern, nur dass ich nicht in sie verknallt war. Du weißt ja, wenn man jung ist, hat man manchmal

Freunde, die in deinen Augen so cool sind, dass du alles für sie tun würdest . . .

O ja!, sagte Chichi. Sie stand auf und ging an meinen kleinen Kühlschrank, um zwei Bier zu holen. Ich sah hinunter auf ihre Pumps Größe 43, die sie neben meinem Bett hatte stehen lassen. Mein Bett war auch die Couch in meiner Einzimmerwohnung. Ich glaube, ich weiß schon, wie die Geschichte ausgeht – aber erzähl ruhig weiter, wenn du's brauchst, sagte Chichi.

Wenn du sie nicht hören willst, dann erzähle ich sie dir nicht, sagte ich. Ich drehte mich um und blickte durchs Fenster hinaus auf das Neonschild des Hollywood Hotels, das gleich ausgehen würde. Der Himmel färbte sich schon rosa hinter dem Dunst über den Häusern. Die Morgendämmerung ist die beste Zeit, um festzustellen, was für eine Art Tag man vor sich hat. Sie war rosa und magentarot und fahl, fahlblau. Aber ich will sie ja hören!, beteuerte Chichi. Du musst unbedingt weitererzählen! Ich sah hinunter auf ihre Pumps und hob einen auf. Die sind wirklich wunderschön, sagte ich. Lass meine Schuhe in Ruhe, sagte Chichi.

Ich hatte Chichi aufrichtig gern. Sie hatte so enorm viel Stil und Klasse. Chichi schenkte mir einmal ein Paar schwarze Lederhosen zu Weihnachten. Das waren die ersten und einzigen Hosen, die ich je besaß. Ich trug sie sogar einmal.

Das Nächste, was ich weiß, ist, dass Vicky und ich nackt vor ihrem Bruder herumschmusten, sagte ich. Es hat mir sogar Spaß gemacht, obwohl ich betrunken war. Das war nämlich mein erster Kuss. Von Vicky, meiner besten Freundin. Sie ist noch immer meine beste Freundin, obwohl sie in Princeton studiert hat. Habe ich dir schon mal erzählt, wie gescheit meine Freundin Vicky ist? Auf jeden Fall ist an dem bewussten Abend eigentlich nichts weiter passiert, sagte ich. Ich konnte Chichi die Enttäuschung am Gesicht ablesen und hätte gern mehr gesagt, aber ich war noch nie eine gute Lügnerin. Ob es einem passt oder nicht. Nachdem wir schweigend unser Bier ausgetrunken hatten, sagte Chichi: Carmen, das ist mal wieder typisch für dich. Wie konntest du so naiv sein, dass du nicht gemerkt hast, dass da was nicht ganz koscher war, auch wenn du davor noch keine sexuellen Erfahrungen gehabt hast?

Woher sollte ich denn wissen, dass beide homosexuell waren?, sagte ich. Sie haben es vorher ja nicht einmal *selbst* gewusst! Erst als sie mit *mir* schliefen – jeder von ihnen und erst später –, stellten beide fest, dass sie homosexuell waren! Chichi sah mich an, als wäre ich verrückt, aber vielleicht war es nur schon so spät, dass ich ein bisschen wie eine Verrückte aussah. Ich zupfte ein bisschen an meinen Haaren herum. Ich dachte immer, ich würde andere schwul machen!, sagte ich zu ihr. Das wäre wirklich eine besondere Gabe.

Bist du lesbisch?, fragte Chichi.

Nein! Und du?, fragte ich.

Nein!, sagte Chichi, und zum Beweis, wie empört sie über meine Frage war, ging sie demonstrativ zur Tür hinaus und ließ sogar ihre wunderschönen Schuhe stehen.

3

Uno: Man könnte meinen, ich hätte für eine Goldmedaille trainiert . . .

Man könnte meinen, ich hätte für eine Goldmedaille trainiert, so hart arbeitete ich in jenen ersten Jahren bei Agustín. Ich bat ihn immer wieder, mich im Sommer einmal nach Spanien mitzunehmen, damit ich sah, wie es richtig gemacht wurde, da er alle ständig anschrie, sowohl uns, die mit ihm zusammen auftraten, als auch seine Schülerinnen aus dem Kurs, den er hinter ihrem Rücken den «Flamencotanz-für-Yuppies-Kurs» nannte. Er sagte, wir seien nichts weiter als ein Haufen «Möchtegerne». Dann nimm mich mit nach Cádiz, verdammt nochmal, sagte ich. Wenn die Frauen dort tatsächlich so tolle Tänzerinnen sind, dann lass mich von ihnen *lernen!* Natürlich wechselte er daraufhin stets das Thema. Agustín führte ein Doppelleben, und in Cádiz hätte seine Frau ihn bei lebendigem Leibe geröstet, wenn er es jemals gewagt hätte, eine Frau aus Amerika mitzubringen. So blieb Spanien für mich ein Wunderland, wo nichts und niemand real war und alles funkelte wie ein mit Edelsteinen besetztes Collier. Selbst ein Teller Schwarze-Bohnen-Suppe schmeckte dort unendlich viel besser, sagte er. Und Agustíns Frau, was war für *sie* Amerika? In Anbetracht der Gerüchte über ihn, die sich aller Wahrscheinlichkeit nach bis zu ihr ausbreiteten wie ein tödliches Virus, das der Wind weiterträgt, vermutlich Dantes Inferno. Und so kam sie nie hierher, und ich fuhr nie dorthin.

Aber ich hielt durch, bis Agustín eines Tages sagte: Ich möchte, dass du diesen Yuppie-Weibern aus dem Kurs beibringst, wie man die *sevillanas* macht. *Ich? Als Lehrerin?* Wieso nicht?, sagte er. Du hast doch bei Dorotea gelernt, einer der besten Lehrerinnen, die dieses gottverlassene Land je gesehen hat, und du arbeitest schließlich schon lange genug bei mir, stimmt's? Natürlich kannst du unterrichten – sogar mit deinem kaputten Bein bist du besser als jede von diesen Witzfiguren, die kein Gefühl für Rhythmus haben! Die wollen doch alle bloß mal was Exotisches ausprobieren!, sagte er. Ich begreife nicht, warum es ihnen nicht genügt, thailändisch essen zu gehen! Ich sag dir, so viele Thai-Restaurants gibt es nicht einmal in Thailand!

In meiner ersten Unterrichtsstunde, an einem Montagabend, zitterte ich unter meinem Rock und meinem Schultertuch. Ich band mir die Haare locker mit etwas blauem Garn hoch und versuchte zu lächeln und mit jeder Blickkontakt aufzunehmen, wie Agustín mir geraten hatte. Er sagte: Wenn du ihnen in die Augen siehst, zeigst du ihnen, wer das Sagen hat. Ich muss gestehen, dass ich das sofort klar machen musste, denn als ich eintrat und mich hinsetzte, um meine Schiene zurechtzurücken, gab es im Studio sofort ein Geraschel und Gemurmel, das mir sagte, dass eine Meuterei bevorstand. Okay, meine Damen, sagte ich und klatschte streng in die Hände, während ich entschlossen nach vorn vor die Gruppe trat, als wäre ich im Begriff, mit der Ballettstunde für kleine Prinzessinnen zu beginnen. Stellen Sie sich bitte paarweise für die *sevillanas* auf, damit wir anfangen können. Ich drehte mich zu Agustín und José um, die für uns spielen sollten, und bedeutete ihnen anzufangen. Die zehn oder zwölf Frauen in ihren diversen Kostümen und Kleidern drehten sich ebenfalls um und sahen die Männer an, die unverzüglich zu spielen begannen, und so kamen sie wohl zu dem Schluss, dass ich es ernst meinte, und begannen meine Bewegungen nachzumachen. Gerade wegen meiner offenkundigen Behinderung waren jede Geste und jeder Schritt, die ich vorführte, ganz exakt. Agustín hatte Recht. Sie besaßen fast alle kein Gefühl für Rhythmus. Warum sie Flamenco lernen wollten, war mir absolut schleierhaft, da für mich Tanzen mein Leben war. Ich bemerkte die frustrierten Blicke zweier Frauen, die mir galten. Weil sie bezahlt hatten, was immer sie dem Studio bezahlen mussten, und auch wenn sie kein Gefühl für Rhythmus hatten, dachten sie wohl, dass ihnen mehr zustand als eine verkrüppelte junge Frau als Tanzlehrerin. Nimm keine Notiz von ihnen, hatte Agustín gesagt. Amerikanische Schüler meinen immer, weil sie dein Gehalt bezahlen, hast du dazu da zu sein, ihnen zu dienen, und nicht, dass sie für das Privileg bezahlen, lernen zu dürfen.

Schauen Sie nicht auf *mich!*, brüllte ich schließlich. Ich war nur noch ein Nervenbündel. Kümmern Sie sich nicht um meine Schiene!, schrie ich und stampfte mit meinem heilen Fuß auf. Lassen Sie die *meine* Sorge sein! Hören Sie zu, was ich sage! Hören Sie auf die Musik . . ., die Gitarre versucht Ihnen zu sagen, was Sie tun müssen! Wenn Sie die Schritte wirklich beherrschen, dann können Sie der Gitarre auch Anweisungen geben! Aber im Moment kümmern Sie sich vor allem bitte nicht um *mich!*

Olé!, rief Agustín von seinem Platz aus, und er und José lachten ein bisschen. Ich finde, Sie machen das toll!, rief eine der Frauen und ein paar andere nickten und lächelten. Kommen Sie, sagte ich zu ihr, kommen Sie nach vorn und seien Sie meine Partnerin, okay? Sie trat vor und stellte sich vor mich. Ich glaube nicht, dass ich den *paso* schon richtig kann, sagte sie. Keine Angst, das werden Sie schon noch, versicherte ich ihr und half ihr, sich aufrecht hinzustellen, indem ich mit meinen Fingern sanft über ihren Rücken strich, als modellierte ich eine Tonfigur. Wenn Sie nicht die richtige Körperhaltung haben, können Sie genauso gut nach nebenan gehen und Boogietanzen belegen, sagte ich. Da können Sie einen Buckel machen, wann immer Sie Lust haben, aber nicht, wenn Sie Flamenco tanzen wollen. Und jetzt sprechen Sie mir bitte alle einmal nach, sagte ich so penetrant, wie man nur sein konnte. FLA-MEN-CO. Wenn Sie *Flamingos* sehen wollen, müssen Sie nach Florida fahren!

Einige der Frauen blieben in den Wochen danach bei der Stange, und später kamen andere dazu, um bei Carmen la Coja zu tanzen. Allmählich machte es mir sogar Spaß, den Flamingotanz-für-Yuppies-Kurs zu leiten. Gewöhnlich meldeten sich die Frauen dazu an, weil sie sich gerade mit einem neuen Boyfriend ein Carlos-Saura-Video angesehen hatten und dachten, sie könnten ihn vielleicht wie Salome eines Abends mit einer Privatvorstellung überraschen, oder sie wollten demnächst Urlaub in Spanien machen und dafür in Form sein, weil sie dachten, Flamenco sei so etwas wie Merengue und dass man in jeder Bar einfach aufsteht und ihn tanzt. Ältere Frauen belegten den Kurs als letzten Versuch, verführerisch zu sein, wie sie sagten.

Sehen Sie mich an, sagte ich zu einer trübsinnigen Vorstadtehefrau, deren Mann, wie sie sagte, eine Menge Geld verdiente, aber nie zu Hause war. Ich legte die Hand unter ihr Kinn, woraufhin ihre Augen nach links, nach rechts und dann nach unten blickten. Sehen Sie mich an, sagte ich noch einmal. Als sie es tat, ließ ich ihr Kinn los. Ihr Hals war gestreckt und ihr Kopf darauf ausbalanciert wie eine chinesische Vase auf einem Piedestal. Diese Haltung behalten Sie bei, wenn Sie auf der Straße sind, wenn Sie ins Restaurant gehen, wenn Ihr Mann nach Hause kommt. Immer schön den Kopf hoch. Würdevolles Auftreten ist so sexy, dass eine Frau nichts Besseres lernen kann.

Ich weiß nicht, woher ich das hatte und wie ich, ein abgerissenes junges Ding Anfang zwanzig, dazu kam, so mit einer reichen Dame zu sprechen. Aber als ich es sagte, warf ich schnell einen Blick auf Agustín, der mich wie immer beobachtete, und er senkte den Kopf und gab vor, seine Gitarre zu stimmen.

Der Kurs sprach sich herum, und so konnten wir ihn fast sechs Jahre lang durchführen. Manchmal half mein einbeiniger Unterricht, denen mit zwei linken Füßen Mut zu machen, während er andere abschreckte, weil sie nicht glauben konnten, dass eine Frau auch mit einem Bein tanzen kann, bis sie es mit eigenen Augen sahen.

Dos: Ich blicke lange und angestrengt . . .

Ich blicke lange und angestrengt in das Vergrößerungsglas meines beleuchteten Make-up-Spiegels, und meine eine Seite ist eindeutig jünger als die andere. Jetzt, da ich vierzig werde, fange ich an auszusehen wie eine Picasso-Fälschung.

Ich trage inzwischen nur noch selten Make-up, aber ich bekam den Spiegel von meinen *jefitos* zum fünfundzwanzigsten Geburtstag. Sie hatten mich gerade zum ersten Mal professionell auftreten sehen und schienen in jenem Jahr tatsächlich stolz auf mich zu sein. Sie wollten mir etwas schenken, das mir im Beruf nützen würde, etwas für einen Star, sagte mein Vater. Etwas richtig Schönes, sagte meine Mutter.

Das war auch das Jahr, in dem Abel, der nichtsnutzige Bruder, nach achtjähriger Verlobungszeit endlich heiratete. Die *jefitos* dachten schon, er würde nie von zu Hause ausziehen. Sie mochten ihre neue Schwiegertochter, vielleicht sogar mehr, als diese meinen Bruder mochte, jedenfalls trennten sich die beiden schon nach kurzer Zeit, und er zog wieder zu Hause ein. Wo *sie* hinging, weiß keiner. Joseph, der Erstgeborene und Erbberechtigte, dagegen machte meinen Eltern nie Sorgen. Er heiratete gleich nach der Air Force und nistete sich draußen in Calumet City ein, wo auch seine Schwiegereltern lebten. Und was Negrito, den Jüngsten, betrifft, für den hat meine Mutter immer nur gebetet. Doch in dem besagten Jahr machte Negrito irgendeine neuartige Entziehungskur, und meine Eltern sagten ständig: Er wird wieder gesund. Er wird wieder gesund.

Ich weiß, dass derzeit teure revolutionäre Lasertechniken zur Beseitigung von Falten entwickelt werden, aber die funktionieren nur bei wohlhabenden Weißen. Und da ich die Hautfarbe habe, von der Billie Holiday in *Strange Fruit* sang, und nur den Mindestlohn verdiene, muss ich mir diesbezüglich zum Glück noch nicht den Kopf zerbrechen. Älter auszusehen macht mir ohnehin nicht die größten Sorgen. Die macht mir mein Rücken, der anfängt, mir wie ein geborstener Stein vorzukommen.

Sobald ich durch meine Pizzabackerei krankenversichert war, ließ ich mir einen Termin bei einer Spezialistin geben. Ich sollte unbedingt regelmäßig Gymnastik machen, sagte ich zu ihr. Wir waren etwa im gleichen Alter, wie mir schien. Ihr braunes Haar bekam schon den typischen stumpfen Ton, den Haar bekommt, wenn es grau zu werden beginnt. Ich war früher nämlich Tänzerin, sagte ich. Ich bin sicher, dass das dazu beigetragen hat, meine Muskeln zu kräftigen, und ich habe auch die ganzen Jahre keine Krücken gebraucht.

Miss Santos, sagte sie mit einem Blick auf mein neues Krankenblatt, um sich zu vergewissern, dass sie nicht den falschen Namen gesagt hatte. Ihre Stirn war gewohnheitsmäßig gerunzelt, jede Augenbraue ein trauriges Z, das wie eintätowiert aussah, vielleicht vom jahrelangen Studieren oder von der langen Beschäftigung mit Patienten wie mir. Die fehlende körperliche Bewegung ist hier nicht das Problem. Obwohl Ihnen das bestimmt nicht schaden könnte. Sie legte das Blatt weg und setzte sich neben mich. Tänzerin, sagten Sie? Was für eine Art Tänzerin?

Flamenco, antwortete ich stolz in dem Bewusstsein, dass Flamenco eine Fertigkeit und eine Lebensweise ist, die genauso hart erarbeitet wird wie in ihrem Fall ein Abschluss in Medizin. Zwei Frauen mit guter Ausbildung. Obwohl ich zugeben muss, dass ich mir in dem Moment wünschte, dass ich die Ärztin wäre und nicht die, die im Begriff war, etwas zu hören, was ich mir bereits ausrechnen konnte.

Tatsächlich?, sagte sie. Waren sie schon mal im Olé Olé Restaurant? Da gibt es samstagabends immer Flamencovorstellungen. Plötzlich herrschte zwischen uns so etwas wie Geselligkeit.

Nein, sagte ich.

Agustín war allein schon der Gedanke verhasst, jemals in einem Restaurant aufzutreten und als musikalische Tapete zu fungieren. Zu tanzen, während die Leute aßen und sich über unsere Musik hinweg unterhielten, ohne die geringste Achtung vor dem, was wir taten, was wir ihnen darboten. Lassen sie dich vielleicht belegte Brote und Bier ins Theater mitnehmen? Nein, weil du dort nämlich aufpassen sollst, sagte er immer. Wir bevorzugten Theater und Säle und Nachtclubs, wo Drinks serviert wurden, um Geld zu verdienen, aber kein Essen. Manchmal mieteten wir den Raum sogar selbst.

Die Ärztin seufzte und nahm wieder auf ihrem Stuhl Platz. Miss Santos . . . Oder Mrs. Santos? Miss, wie ich sehe. Ich weiß nicht, ob Ihnen das bekannt ist, aber wir wissen inzwischen, dass bei Menschen, die als Kinder Polio hatten, wenn sie älter werden, die Krankheit in manchen Fällen wieder auftritt.

Ich musste blinzeln.

Es ist noch zu früh, um mit Bestimmtheit sagen zu können, ob das bei Ihnen der Fall ist. Wir müssen erst die entsprechenden Tests machen und sehen, was sie ergeben. Im Moment lässt sich leider noch nichts Genaues sagen.

Im Moment lässt sich nur so viel sagen, dass ich in den letzten Nächten davon aufgewacht bin, dass mein Bein taub wird und dass ich es den ganzen nächsten Tag über kaum gebrauchen kann. Aber wie Amá immer auf Spanisch sagt: Wer essen will, muss arbeiten!

Und so stehe ich trotzdem auf und quäle mich durch einen weiteren Tag. Aber wer kann schon wissen, ob ich wieder ein Krüppel sein werde wie damals, als ich sechs Jahre alt war und wieder laufen lernen musste, nur dass jetzt auch das andere Bein wehtut und ich mir zum ersten Mal in zwanzig Jahren ein Paar neue Krücken bestellen muss.

Tres: Das ganze Jahr, in dem ich fünfundzwanzig war . . .

Das ganze Jahr, in dem ich fünfundzwanzig war, brauchte ich meine Krücken überhaupt nicht und kam sogar eine Zeit lang ohne die Schiene aus. Man merkte wirklich nichts von meinem Bein, bis man mich gehen sah. Wenn ich tanzte, sagte ich mir, dass niemand etwas feststellen konnte. Ich tanzte immer Solos oder mit Agustín, wo ich, ob allein oder mit ihm zusammen, die Möglichkeit hatte, auf meine Weise zu tanzen. Ich wäre nicht in der Lage gewesen, mit den anderen Frauen mitzuhalten, weil es bei mehreren immer darum geht, sich gegenseitig vorteilhaft zur Geltung zu bringen. Da hätte jeder gleich gesehen, dass ich das Reh mit dem kaputten Huf war.

Dennoch war ich glücklich. Außerdem hatte es in jenem Jahr den Anschein, als ob es meinen *jefitos* gelungen wäre, ihre Ehe teilweise zu kitten, und auch sie glücklich seien. Zum Geburtstag schenkten sie mir den Spiegel, den sie sich etwas hatten kosten lassen und bei Sears gekauft hatten. Nagelneu und wie für eine Bühnenkünstlerin gemacht. War auch nicht gerade billig, sagte mein Vater. Das war schon immer seine Art, ein Überbleibsel aus seiner bettelarmen Kindheit, nehme ich an, einem immer zu sagen, wie viel er für etwas bezahlt hatte, sogar bei Geschenken. Die beiden bemühten sich wirklich. Sie waren ausnahmsweise einmal stolz auf sich, stolz auf ihr mit einer Hypothek belastetes neues Haus im Bungalowstil, stolz auf ihren neuen Kühlschrank mit automatischer Eismaschine und stolz auf ihre Kinder, bevor sich alles aufzulösen begann wie eine von Amás Acrylwolldecken, die zu oft in die Waschmaschine gesteckt worden war.

Einige Jahre nachdem unsere Familie reparaturbedürftig wurde, und vielleicht als Ersatz für die missratenen Kinder, kaufte mein Vater meiner Mutter einen Hund zum Hochzeitstag. Eigentlich hatte er ihn von einem Arbeitskollegen, der Welpen abzugeben hatte. Es war ein Chihuahua, und er hieß Macho. Macho ist noch am Leben, aber er hat jetzt Arthritis. Macho, der arthritische Chihuahua, das einzige Enkelkind meiner Eltern.

In Mexiko sagt man, Chihuahuas seien gut für Kinder mit Asthma. Ein Chihuahua hilft, Asthma zu heilen, sagte meine Mutter einmal zu mir. Toll, sagte ich.

Ich kann nicht mit Bestimmtheit sagen, welcher Art die Bombe war, die die Ehe meiner *jefitos* schließlich platzen ließ, weil meine Amá mir nie etwas erzählt. Ich weiß nur, dass ich eines Tages vorbeikam, um sie zu besuchen, und meine Mutter an niemand Spezielles gewandt verkündete, es einfach laut aussprach, dass Apá nach unten zu meinem Bruder gezogen sei. Ich war hergekommen, um mal wieder Amás selbst gemachte Tortillas mit Bohnen zu essen, und weil ich an dem Tag wirklich Hunger hatte und pleite war, ging ich der Sache nicht auf den Grund, denn sonst hätte sie vielleicht auch zu mir gesagt, ich solle verschwinden. Ich hielt es daher für das Beste, keine Fragen zu stellen.

Ich glaube, es ist die Gewerkschaftsvertreterin in Apás Fabrik, die Amá Sorgen macht, sagte mein Bruder Joseph eines Tages, nachdem mein Vater sich unten eingerichtet hatte. Meine Mutter vertraut sich gern ihrem ältesten Sohn an. Weil er so konservativ ist, glaubt sie, dass man sich auf seine Meinung verlassen kann. Wie kommst du darauf?, fragte ich Joseph. Ich wusste, dass er deshalb darauf kam, weil Amá es ihm gestanden hatte. Ach, nur so, sagte er und zuckte die Schultern, als ob er das Vertrauen seiner Mutter nicht missbrauchen wolle. Wenn er heimkommt, redet er bloß noch von dieser Frau, sagte er. Sie ist Vegetarierin. Hast du das gewusst?

Ich starrte Joseph an. Wie konnte ein Mann, der Texas als Vorschulkind verlassen hatte, nur so verdammt *tejano* sein, mit Gürtelschnallen mit Monogramm drauf, Cowboystiefeln und dieser ärgerlichen Angewohnheit, immer unnötigerweise die Hose hochzuziehen, bevor er etwas von sich gibt. Was willst du damit sagen?, fragte ich. Dass Vegetarierinnen automatisch Ehemänner ausspannen?

Ich meine ja nur, sagte er. Für wen hält die sich eigentlich?

Bloß weil sie kein Fleisch isst?, fragte ich noch immer ungläubig angesichts der Gedankengänge meines Bruders. Dann mal los, Cowboy, die wird gelyncht, auf geht's!

Joseph schüttelte den Kopf. Weißt du, was dir fehlt, Carmen? Du brauchst 'nen Mann.

Ich habe einen Mann!, sagte ich, während mir das Blut ins Gesicht schoss. Ich habe jede Menge Männer!

Das ist ja dein Problem, sagte er ruhig. Du hast keinen, wo auf dich aufpasst, wo sich um dich kümmert, dir sagt, wo's langgeht und dich an die Kandare nimmt . . .

Joseph ist wirklich alles andere als mein Lieblingsbruder.

Da ich wirklich eine gute Tochter sein will, stelle ich keine Fragen. Um eine gute Tochter zu sein, musst du das Tun und Lassen deiner Eltern einfach akzeptieren, auch wenn es dir noch so grotesk erscheint; ihre kritischen Bemerkungen, auch wenn sie noch so unbegründet und gefühllos sind; ihre Ansprüche, auch wenn sie dich noch so rasend machen; und ihre eindringlichen Erklärungen, auch wenn sie sich noch so widersprechen. Du tust alles in deiner Macht Stehende, um ihre Wünsche zu erfüllen, auch wenn sie noch so unvernünftig klingen, und du stellst deine Eltern niemals in Frage. Eine gute Tochter hat die Pflicht, ihren Eltern ein Heim zu bieten, falls sie eines brauchen. Sich um ihre Bedürfnisse und Wünsche zu kümmern. Nie zu protestieren. Sich nicht zu beklagen. Also isst du deine *tortillas* und verschwindest.

Cuatro: Als ich feststellte, dass ich schwanger war . . .

Als ich feststellte, dass ich schwanger war, war das sowohl der schlimmste als auch der glücklichste Moment, an den ich mich erinnern kann. Auch das war in dem Jahr, als ich fünfundzwanzig wurde. Meine Mutter schrie mich eine Woche lang an, bevor sie mich rauswarf und meinte, ich solle doch zu dem Halunken gehen, der mir das Kind angehängt hätte. Aber Agustín war nicht da. Kaum hatte ich ihm die Neuigkeit mitgeteilt, fuhr er zurück nach Spanien. Heute bin ich sicher, dass er Angst hatte, es könnte sich in Windeseile bis zu seiner Frau herumsprechen, und dass er dort sein wollte, bevor sie es erfuhr.

Ich mietete mir ein Apartment in der Wilson Avenue. Es war eine dieser Einzimmerwohnungen in einem so genannten Hotel, das im Grunde nichts weiter als billige Unterkünfte für Leute wie mich bot, die sonst nirgendwohin konnten. Am Ende war das Zimmer im siebten Stock des Hollywood Hotels, samt den Rissen in den Wänden, den Kakerlaken und allem, fast zwölf Jahre lange mein Zuhause, bis das Gebäude abgerissen wurde, um an seiner Stelle ein großes, funkelnagelneues, komplett ausgestattetes Sportstudio zu errichten, einen dieser Fitnessclubs, wo man Mitglied sein muss. Klar, denke ich, das ist genau das, was die verdrängten Bewohner des Hollywood Hotels – die armen Weißen, die Winnebagos aus Wisconsin, die neuen salvadorianischen Einwanderer, die Säufer, Drogensüchtigen, Strichmädchen und die So-gut-wie-Obdachlosen – brauchen, um sich wieder aufzurappeln.

Ein ganzes Jahr lang hatte Agustín davon gesprochen, wie sehr er sich wünschte, ein Kind mit mir zu haben. Inmaculada, seine Frau, könne keine Kinder bekommen, sagte er, und er wünsche sich im Leben nichts so sehr wie ein Kind. Ich dachte, er würde überglücklich sein, wenn ich ihm die Neuigkeit mitteilte. Und als meine Amá dann sagte, dass ich entweder schleunigst heiraten oder aber ihr Haus verlassen solle, zog ich aus. Ich rechnete fest damit, dass Agustín zu mir stehen würde. Dass wir nicht heiraten konnten, wusste ich, doch das war mir egal.

Aber ich hatte nicht erwartet, dass er den nächsten Flug nach Spanien buchen würde. Er tischte mir eine lahme Ausrede auf, dass er geschäftlich hinmüsse, aber ich wusste, was los war.

Erwarte nicht, dass er zurückkommt, sagte Rocío, die Sängerin der Gruppe, zu mir. Sie und die anderen waren wütend auf mich. Was sollen wir denn ohne Manager machen?, fragte sie. Als ob ich eine Antwort darauf hätte. Es sah nicht so aus, als ob er zurückkommen würde, nicht aus eigenem Antrieb, und so tat ich das einzig Logische, das mir einfiel, und ging zu einer Handleserin.

Ich kam jeden Tag an Hermana Anas handgemaltem Schild vorbei, aber ich konnte mich einfach nicht dazu durchringen, fünf Dollar auszugeben, für die ich hätte essen können, um etwas über meine Zukunft zu erfahren. Aber als Agustín reflexartig die Flucht ergriff wie eine Ente, die im Winter in den Süden zieht, ohne lange Debatte, es einfach instinktiv tut um des Überlebens der Spezies willen, war ich bereit, jeden Preis zu bezahlen, um etwas zu erfahren.

Deine Eifersucht hat ihn vertrieben, sagte sie mir. Sie hatte fünf Dollar im Voraus verlangt. Garantie gibt's nicht, klar? Sie war mir gleich unsympathisch. Aber ich gab ihr trotzdem die fünf Dollar.

Ich war noch nie eifersüchtig, log ich.

Dann ist eben eine andere eifersüchtig. Du solltest dich vorsehen. Sie kann dir schaden.

Ich wusste, dass die Wahrsagerin Recht hatte, weil Agustín mir gesagt hatte, dass er vor der Macht, die seine Frau über ihn besaß, selbst Angst hatte. Wie sollte ich da mich und mein Kind vor Inmaculadas Fluch schützen?

Ich gebe dir etwas, das du um den Hals tragen musst, um dich zu schützen. Aber das wird dich was kosten, hoffentlich kannst du es dir leisten, sagte sie und taxierte meine getragenen Klamotten. Sie waren nicht in schlechtem Zustand, weil ich ein Auge für Qualität hatte und das Glück, echte Schnäppchen zu finden, aber natürlich sah nichts, was ich trug, nach Erstbesitz aus. Wenn du dir die Frau, die dir den Mann weggenommen hat, wirklich vom Leib schaffen willst, musst du ihren bösen Zauber zu ihr zurückschicken.

Okay, sagte ich.

Das kostet dich dann zwanzig Dollar, sagte sie.

Ich hatte keine zwanzig bei mir, aber ich ging zurück ins Hollywood Hotel, wo ich meine Ersparnisse unter einer kaputten Fliese im Badezimmer versteckte, und ging damit noch am gleichen Tag wieder zu ihr.

Sie gab mir ein kleines Säckchen aus purpurrotem Stoff, nicht breiter als der Daumen eines Mannes. Die obere Hälfte war mehrfach zugenäht, so dass ich nicht sehen konnte, was sich darin befand. Binde das an eine Schnur oder an eine Kette oder was Ähnliches, wies sie mich an, und trage es um den Hals, bis er zurückkommt. Du darfst es nie abnehmen, nicht einmal, wenn du ein Bad nimmst. Und sei vorsichtig, damit du dich nachts im Bett nicht erdrosselst, fügte sie hinzu.

Was ist mit –?, setzte ich an.

Mit der Umkehrung des Fluchs?, fragte sie und stand auf, schon bereit für den nächsten Kunden. Keine Sorge, Schätzchen. Darum habe ich mich schon gekümmert.

Inzwischen meldete ich mich in der Poliklinik weiter unten in der Straße zur Schwangerschaftsvorsorgeuntersuchung an. Die Gebühren dort waren gestaffelt, und da ich keinerlei Einnahmequelle hatte, war alles kostenlos. Bei mir und meinem Baby sei alles in Ordnung, sagten sie.

Ich ging in den Laden der Heilsarmee, der ebenfalls ganz in der Nähe war, und wenn ich etwas sah, von dem ich meinte, dass das Baby es brauchen würde, kaufte ich es – weiche, saubere, wenn auch abgenutzte und ausgeblichene Wolldecken, ein Teller-und-Löffel-Set mit den drei Schweinchen drauf. Mein Lieblingsfund war ein Exemplar von *Die kleine Lokomotive.* Die Kinder, mit denen ich aufwuchs, und ich bekamen keine Gutenachtgeschichten vorgelesen. Nachdem ich das Buch im Heilsarmeeladen einmal gelesen hatte, las ich wieder und wieder, wie die kleine Lokomotive für die kleinen Kinder alles zum Guten wendete.

Natürlich war unsere Gruppe ohne Engagement, da Agustín so überstürzt abgereist war. Meine Ersparnisse begannen schnell zu schwinden, und so aß ich nur noch einmal am Tag. Ich hörte auf, Sachen im Heilsarmeeladen zu kaufen, die mich aufmunterten. Da der Strom im Hollywood Hotel jedem Zimmer extra in Rechnung gestellt wurde, sah ich auch nicht mehr fern. Mein Vater hatte mir vor längerer Zeit seine Notfalllaterne geliehen, die normalerweise im Kofferraum seines Wagens lag, und so machte ich auch kein Licht mehr an. Ich hörte Radio auf meinem Transistorgerät, bis die Batterien leer waren.

Ich gebe es nicht gerne zu, aber das Einzige, worauf ich nicht verzichtete, war der Alkohol.

Was konnte ein Glas Brandy am Abend, das mir half einzuschlafen und mich zwischen den dünnen Laken und unter der einen Decke warm hielt, denn schon schaden?, sagte ich mir. Oder ein Glas Wein, um das nur aus Dosensuppe bestehende Abendessen zu beleben?

Aber es war eben nicht nur ein Glas Brandy am Abend oder ein Glas Wein am Tag. Wann immer ich Besuch von einer Freundin hatte oder im Hollywood Hotel eine Nachbarin besuchen ging, gab es für uns nur Alkohol und Zigaretten, um uns den Tag und die Nacht zu vertreiben.

Und während so die Wochen verstrichen, fragte ich mich, ob der Zauber der Wahrsagerin für mich arbeitete.

Bis ich eines Nachts mit einem nassen Gefühl zwischen den Beinen aufwachte. Ich knipste im Halbschlaf das Licht an, dachte, dass ich vielleicht im Schlaf ins Bett gepinkelt hätte. Die Schwangerschaft ließ meinen Körper ständig seltsame Dinge tun. Doch stattdessen war es Blut, leuchtend rot, und es kam immer mehr, und die untere Hälfte meines Nachthemds war schon patschnass.

Mein Telefon war abgestellt, aber unten, gleich neben der Haustür, war eine Telefonzelle. Ich stopfte mir fast eine ganze Rolle Toilettenpapier in den Schlüpfer und zog den Mantel an. Unten rief ich den Krankenwagen und wartete draußen im Freien, bis er kam.

Wer hat den Krankenwagen gerufen?, fragte mich der Sanitäter, der heraussprang, als Erstes, nachdem ich den Wagen angehalten hatte wie ein Taxi. Ich, sagte ich.

Und warum?, fragte er. Ein Mann mit einem Arztkoffer in der Hand war ebenfalls ausgestiegen. Ich schlug den Mantel auseinander.

Wurden Sie angeschossen?, fragte der erste.

Nein, sagte ich. Ich habe Blutungen.

Heiliger Strohsack, sagte der andere. Schaffen wir sie rein.

Eine Woche nachdem ich aus dem Krankenhaus heimkam, mein Unterleib leer und ausgeschabt wie eine sorgfältig ausgehöhlte Melone, kehrte Agustín zurück. Du kannst dir nicht vorstellen, was ich durchgemacht habe, waren seine ersten Worte, als er in meine Wohnung trat.

Du?, sagte ich.

Ich hatte die ganze Woche im Bett gelegen. Manchmal brachte mir Chichi, wenn sie mit einem Freier zum Essen ausging, Reste vom Chinesen oder eine Pizza mit. Oft ließ sie auch ein Bier oder eine halbe Flasche billigen Wein für mich da. Chichi meinte es gut, aber du kannst nun mal keine Vollwertkost von jemandem erwarten, der seinen Lebensunterhalt auf der Straße verdient.

Eines Tages stand ich auf und verstaute alle Babysachen im Schrank, weil ich es nicht ertragen konnte, sie zu sehen. Nachts stand ich noch einmal auf und warf alles aus dem Fenster. Am nächsten Morgen war unten alles weg bis auf eine Babydecke, die am Zaun hängen geblieben war, aber zu hoch, um vom Boden aus dranzukommen. Und so hing sie einfach da und flatterte im Wind.

Obwohl meine Wohnung winzig war, das bisschen Mobiliar schäbig und, um die Wahrheit zu sagen, das Ganze ausgesprochen trübselig wirkte, hatte ich sie doch auf meine Weise hergerichtet. Ich sammelte gern hübsche Dinge, kleine Kostbarkeiten, die hauptsächlich aus Secondhandläden und von Flohmärkten stammten, wo ich an meinen freien Tagen gern herumstöberte. Gesprungene Hummel-Figuren, die Tonkopie einer präkolumbischen Göttin, an der ein Teil des Kopfes fehlte, ein Einhorn ohne Horn aus mundgeblasenem Glas von der Art, um die es in Tennessee Williams' Theaterstück geht. Ich sammelte Präsidententeller und Porzellantassen und dänische Kristallbonbonnieren. Vieles davon war angeschlagen oder passte nicht zusammen oder war unvollständig, und ich weiß, dass die Sachen nicht viel wert waren, aber sie waren sehr hübsch anzusehen.

Hübsch anzusehen, herrlich anzufassen, aber wenn du was kaputtmachst, musst du es bezahlen. Das pflegte Chichi gern zu sagen. Eigentlich sprach sie von sich selbst. Jahre später, kurz bevor Chichi die Operation haben sollte, die sie zu einer kompletten Frau gemacht hätte, hörte ich, dass man ihre unoperierte Leiche in einem Flur gefunden hatte, kaputt für immer. Niemand erhob Anspruch auf den Leichnam, und so kam er in die Gerichtsmedizin.

Ich vermisse Chichi noch immer.

Das meiste von dem, was ich gesammelt hatte, lag in Scherben auf dem Boden, als Agustín auftauchte. Offensichtlich war es seinetwegen nicht weggeräumt worden.

Was ist denn hier passiert?, fragte er.

Sag bloß, dir ist was aufgefallen!

Was soll das heißen? Wovon redest du eigentlich? Er holte den Besen und begann einiges davon wegzufegen, als hätte ich die Wohnung lediglich staubig werden lassen, aber ich wusste, dass er es nie zugeben würde. Ihm in diesem Moment Vorwürfe zu machen, wäre von ihm nur mit scheinheiliger Entrüstung quittiert worden.

Und was war bei *dir* los?, sagte ich ruhig. Als ob es für mich ein Zuckerlecken gewesen wäre. Ich lag in demselben Nachthemd im Bett, mit dem ich ins Krankenhaus gegangen war, ungewaschen. Neben mir auf dem Boden standen schmutzige Gläser und Teller. Geschirr in der Spüle. Agustín sah sich abermals um. Er war offenbar etwas verunsichert und schien sich über meinen erbärmlichen Zustand fast zu ärgern. Man hätte meinen können, dass ich die Rolle der verlassenen Frau nur spielte und nicht tatsächlich durchlebt hatte.

Inmaculada war sehr krank. Deshalb musste ich fahren, sagte er. Er nannte seine Frau immer beim Namen, wenn er von ihr sprach, als würde ich sie kennen. Ich konnte es dir nicht sagen, du weißt ja, warum. Aber das war der Grund, weshalb ich so schnell wegmusste.

Als ich nichts sagte, sprach er weiter. Sie hat sich wieder erholt. Aber eine Zeit lang dachten alle, dass wir sie verlieren würden.

Tja, wie schön für euch, dass es nicht soweit kam, sagte ich.

Ich stieß die Decke weg und bemerkte, dass Agustín zusammenzuckte, als er das blutbefleckte Nachthemd sah, doch er sagte nichts. Er setzte sich an den Tisch und starrte mich an. Sag was, *querida*. Bitte, sagte er.

Willkommen daheim.

Das war natürlich nicht ehrlich gemeint, und danach sprach ich drei Monate lang nicht mit ihm. Rocío kam vorbei und überredete mich, wenn nicht Agustín zuliebe, dann um der Gruppe willen ins Ensemble zurückzukehren, und auch um meinetwillen, da ich kein Geld mehr hatte und zwei Monate mit der Miete im Rückstand war. Also ging ich zurück.

In dem ganzen Jahr, nachdem mich meine Mutter aus dem Haus gewiesen hatte, sah ich keinen von meiner Familie. Außer einmal, nachdem Apá entdeckt hatte, dass ich nicht weit von ihnen lebte, und er vorbeikam, um mich zu besuchen. Es war offensichtlich, dass ich nicht mehr schwanger war, doch er fragte nicht danach. Es ist meinem Vater schon immer schwer gefallen, über persönliche Dinge zu reden. Er fragte, wie es mir gehe, und als ich ihm versicherte, dass es mir gut gehe, ging er wieder, ohne die Tasse Kaffee auszutrinken, die ich ihm aufgenötigt hatte. Zu stark, sagte er. Er ließ mir kein Geld da, obwohl ich nachschaute, zum Beispiel unter der Serviette, nur für alle Fälle. Er lud mich nicht ein vorbeizukommen. Weder zum Essen noch zu sonst etwas. Na ja, wir haben uns eben Sorgen um dich gemacht, das ist alles, sagte er. *Ich* zu sagen wäre für meinen *jefito* zu persönlich gewesen, obwohl ich genau wusste, dass er hauptsächlich für sich selbst sprach, denn nichts hinderte meine Mutter daran, mit ihm herzukommen, nichts außer ihrer Sturheit, wie ich vermutete. Es gab auch nichts, das meine Brüder oder ihre Frauen davon abhielt, mich zu besuchen, außer dass sie wahrscheinlich ihre eigenen Probleme hatten. Und was Negrito angeht – der ist selbst ein Problem. Mein kleiner Bruder ist sensibel, gescheit, ein guter Künstler, aber er würde dich auch bis aufs Hemd ausplündern. Es versteht sich also von selbst, dass niemand in meiner Familie ihm sagte, wo ich zu finden war.

Ich wurde nie wieder schwanger, obwohl Agustín und ich danach noch zehn Jahre lang ein Liebespaar waren. Ich benutzte Verhütungsmittel. Und als dann die Sache mit Aids zu einem Thema wurde, mit dem sich sogar jemand mit langjährigem Gelegenheitspartner wie ich Gedanken machen musste, brachte ich Agustín dazu, etwas zu tun, das seinem ganzen Wesen, allem, wofür er stand, zuwiderzulaufen schien und in seinem philosophischen Repertoire (das er mir oft genug vortrug) in Bezug auf das, was es heißt, ein Mann zu sein, überhaupt nicht vorkam. Entweder du nimmst Gummis, oder du kannst zu deiner Frau zurückgehen, sagte ich. Wenn es schon bei den meisten Männern schwer ist, sie dazu zu bringen, Kondome zu benutzen – Macho-Männer, Männer, die Männer sind und folglich keine Gummis benutzen –, dann kann man sich vorstellen, dass es in Agustíns Fall schier unmöglich war, in dessen Sprache es nicht einmal ein Wort für Kondom gibt.

Nach zehn weiteren Jahren mit Agustín fühlte ich mich ziemlich alt, älter als er, älter, als ich mich jetzt fühle. Komisch, dass ein Mann das bei einer Frau bewirken kann. Aber nicht ich selbst war alt. Ich fühlte mich elend wegen einer *Liebe,* die schal geworden war. Schlimmer noch, wegen einer Liebe, die mir nicht gehörte und mir nie gehört hatte. Und die ich auch nie gewinnen würde. Agustíns Frau hatte die Schlacht der bösen Flüche gewonnen, und was mich anbelangte, hatte sie auch den Kampf um Agustíns Liebe gewonnen.

Sie mochte vielleicht damit leben können, einen Ehemann zu haben, der ihr eindeutig nicht treu war, der die meiste Zeit nicht einmal bei ihr wohnte, aber für mich war das nicht genug. *Ihr* mag es vielleicht genügen, erklärte ich Agustín, als ich ihm das letzte Mal erlaubte, mich zu berühren. Aber *mir* genügt es nicht.

Was stört dich eigentlich, *mi amor*? «Mein Schatz» sagte er bloß aus Gewohnheit, ohne echtes Gefühl, und das störte mich ebenfalls. Alles an Agustín störte mich plötzlich, erstickte mich, als wäre ich bei lebendigem Leib in einen Sarg eingenagelt. Wie seine Zigaretten meine kleine Wohnung verpesteten, dass seine Nase vom vielen Trinken glühte wie eine Fackel der Freiheitsstatue, dass er bei seinen Geschichten immer maßlos übertrieb.

Du. Du störst mich, sagte ich. Ich meinte damit nicht nur in diesem Moment, da seine Hand im Dunkeln nach meinen Brüsten gegriffen hatten und ich sie wegstieß. Ich meinte damit, dass seine ganze Anwesenheit in meinem Leben plötzlich nur noch lästig war.

So ungern ich daran dachte, meine Eltern könnten noch intim sein, könnten jemals intim gewesen sein, glaubte ich in diesem Moment doch zu verstehen, was Amá dazu veranlasst hatte, meinen Vater fortzujagen, nicht nur aus ihrem Bett, sondern auch aus ihrem Haus. Die schwielige, feuchtkalte, abgearbeitete, grobe Hand eines Mannes, der aus Gewohnheit und Geilheit im Dunklen nach deinen müden Brüsten greift.

Bien, sagte er, da er dachte, meine ablehnende Haltung würde wie starke Kopfschmerzen am nächsten Tag verflogen sein. Er drehte sich um, und zwei Sekunden später schnarchte er, als wäre alles in schönster Ordnung.

Cinco: Bist du nicht Carmen la Coja?

Bist du nicht Carmen la Coja?, fragte mich einmal ein Typ in einer Bar. Eigentlich war es gar keine Bar, sondern das erste und einzige Sapogón-Restaurant in der Stadt. Sie servierten dort etwas, das für meinen voreingenommenen Geschmack ein Abklatsch mexikanischer Gerichte zu sein schien. Tatsächlich aber handelte es sich dabei um sapogonische Küche. In den achtziger Jahren zogen alle möglichen Leute von südlich der Grenze nach Chicago, ähnlich wie die Mexikaner und Puertorikaner, die ich kannte, als ich aufwuchs. Leute aus Ländern, von denen ich noch nie gehört hatte, wie zum Beispiel Sapogonien. Südlich von Mexiko gelegen und keine Insel war alles, was ich darüber wusste, als Agustín sagte: Wir sind zu einer Party zur Feier der Unabhängigkeit von Sapogonien eingeladen. Jede Menge zu essen, Wein. Das wird bestimmt ein toller Abend.

Muss ich tanzen? Ist der Haken dabei, dass wir auftreten müssen?, wollte ich wissen. Na hör mal, sagte Agustín, das würde ich dir doch sagen!

Ausnahmsweise meinte er es absolut ehrlich mit dem gemeinsamen Ausgehen nur so zum Spaß, und in Anbetracht des billigen rosa Schampus, den unser Gastgeber großzügig ausschenkte, und den Platten mit Schweinebraten und Beilagen aus importiertem Gemüse, die herumgereicht wurden, war jeder – ob Sapogonier oder nicht – bald vollauf gesättigt und bester Stimmung. Ein römisches Festgelage politischer Flüchtlinge. Es waren nicht nur Sapogonier da, sondern, wie ich schon sagte, alle möglichen Spanisch sprechenden Leute, die sich in Chicago niedergelassen hatten. Die heimwehkranken Kubaner sangen *Guantanamera* und die einsamen Mexikaner sangen *Cielito Lindo* und die Kolumbianer sangen alte Cumbias, und dann sangen die Peruaner ein Potpourri bekannter Polkas und die Argentinier krönten das Ganze mit einem Tango nach dem anderen. Und ungefähr da beugte sich ein Mann mit einer Gitarre zu mir und flüsterte: Bist du nicht Carmen la Coja? Ich lächelte ihn an. Ich bin Máximo Madrigal, sagte er, lächelte zurück und küsste meine Hand. Er hatte Gaucho-Hosen an, obwohl er kein Gaucho war. Ziemlich gewagt außerhalb der Pampas, aber er kam damit durch, da er auf Anhieb der Typ Mann zu sein schien, der so ziemlich mit allem durchkommt. Ich selbst sah auch nicht gerade schlecht aus in meinem langen Rüschenrock und dem tief ausgeschnittenen Body. Ich besaß im Grunde keine Ausgehklamotten und trug daher mein Kostüm.

Woher kennst du mich?, fragte ich auf Spanisch und ohne unter seinem direkten Blick zu erröten. Die vielen Jahre mit Agustín, und das in der Welt der *calorro,* hatten alles, was an Schamröte in mir war, längst aufgezehrt.

Du bist in der ganzen Stadt bekannt, sagte Máximo lächelnd und gab mir mit einer Bewegung seiner Gitarre zu verstehen, dass er für mich spielen würde, falls ich tanzen wollte. Du darfst es mir nicht abschlagen, sagte er. Heute ist der Geburtstag meines Landes. Nur zu, sagte Agustín von drüben an der Bar. Er hatte die Ohren einer Antilope und hörte alles, was man zu mir sagte, und wenn es am anderen Ende eines lauten Raumes war. Ich merkte gleich, dass er Máximo nicht leiden konnte. So lange zusammen, und Agustín war noch immer auf jeden eifersüchtig, der mich zweimal ansah. Also stand ich auf.

Máximo folgte mir mit seiner Gitarre, und Agustín folgte ihm. Die Leute machten Platz, als sie sahen, dass ich tanzen würde, und einige fingen schon an zu applaudieren und andere pfiffen. Trotz all der Jahre, in denen ich überall in der Stadt getanzt hatte, wurde mir erst an diesem Abend bewusst, dass ich tatsächlich in ganz Chicago bekannt war. Ein Tisch wurde mitten in den Raum geschoben und das Tischtuch abgenommen. Zwei Männer hoben mich so graziös hinauf, dass es aussah, als ob wir es den ganzen Tag geprobt hätten. Máximo begann eine Alegría zu spielen, als ich Agustín sagen hörte: Die geht aber anders. Spiel ruhig, was du willst, sagte ich zu Máximo und begann, im Takt mit den Fingern zu schnalzen, hob die Hände über den Kopf und fing an zu tanzen. Das Geheimnis meines einbeinigen Flamencostils war, nichts zu überstürzen. Ich machte einige Schritte, ohne dabei Máximo aus den Augen zu lassen. Ich fand ihn sehr stattlich in seinem absurden Robin-Hood-Hemd und den Lackstiefeln und auf eine durchtriebene Art bezaubernd. Obwohl ich Agustín zu der Zeit noch liebte, konnte man, wenn man aufmerksam lauschte, deutlich hören, wie ich mich von ihm losriss, was so ähnlich klang, wie wenn du dich hinsetzt und deine hautengen Torero-Hosen hinten an der Naht aufplatzen. Agustín blickte sich suchend um, ob auch andere es hörten. Máximo lachte und reichte Agustín die Gitarre, als jemand sagte: Rumba! Und ein anderer sagte: Tango! Ich will Merengue tanzen!, brüllte an einem der hinteren Tische ein angetrunkener Dominikaner, der allem Anschein nach nicht einmal mehr in der Lage war aufzustehen. Darüber musste ich so lachen, dass ich mein geblümtes Umhängetuch abnahm und es Máximo wie ein Netz über die Schultern warf. Komm! Tanz mit mir!, sagte ich zu ihm. Máximo hob mich wieder herunter. Zum Glück hatte ich meine Schiene an dem Abend nicht an, und so berührten meine Absätze den Boden mit einem leichten Eins-Zwei-Schritt, da mein eines Bein kürzer ist als das andere.

Ich kann aber gar nicht Tango tanzen, flüsterte ich Máximo ins Ohr. Doch da presste er mich schon so fest an sich, dass meine Brüste an seinem Oberkörper platt gedrückt wurden. Und ob du das kannst, sagte er. Denen zeigen wir's. Wie auf Kommando begann jemand am Klavier *El día que me quieras* zu spielen – Der Tag, an dem du mich liebst –, einer der unvergesslichsten Tangos, die es überhaupt gibt. Máximo legte seine Hand entschlossen auf mein Kreuz, sah mir fest in die Augen und sagte: Lass dich einfach führen. Und wir begannen uns zu bewegen wie Al Pacino in diesem Film. Als ich den Film Jahre später sah, musste ich daran denken, wie ich, zwar nicht blind (als ob man zum Tanzen Augen bräuchte), aber mit einem verkorksten Bein, das nie das tat, was es sollte, in dieser Nacht zum ersten Mal Tango tanzte. Máximo und ich tanzten nicht nur quer durch den Saal, wo uns alle Platz machten, sondern zur Tür hinaus, die jemand aus Jux für uns geöffnet hatte, als Máximo mich Wange an Wange auf sie zu führte, und dann waren wir beide wie von Zauberhand verschwunden.

Seis: Schließlich lernten wir uns kennen

Schließlich lernten wir uns kennen, Manolo und ich. Am Dienstag nach unserer ersten blitzartigen Begegnung machte Agustín uns auf der Probe offiziell miteinander bekannt. Agustín sagte nicht, das ist meine Frau, wie er es sonst tat, sondern nur, das ist Carmen, und Manolo und sein Vater taxierten mich wie eine prämierte Kuh auf der Landwirtschaftsausstellung und lächelten, sagten aber nichts. Manolo tat so, als ob wir uns noch nie gesehen hätten.

Du hast eine phantastische Vorstellung verpasst, sagte Agustín zu mir.

Vielleicht, sagte ich. Manolo lächelte, wischte sich mit der Hand einen Fussel vom Revers und blickte zur Seite.

Vielleicht?, fragte Agustín, der meine Anspielung natürlich nicht verstand, aber sofort auf der Hut war, da er ein feines Gespür für Falschheit hatte. Hintergangen und hinterhältig, falsch wie ein Zigeuner. Das mag ein ungerechtes Klischee sein, aber wie Agustín so oft sagte, wurden die Roma lange genug von allen verraten und verkauft, um ein Wachhundgen in ihrem Immunsystem entwickelt zu haben.

In meinem eigenen Fall bin ich nicht sicher, weshalb es mir an jenem Nachmittag so leicht fiel, doppelzüngig zu sein. Ich konnte noch den Kuss dieses Kerls vom Samstagabend auf meinen Zähnen spüren und rieb sie mit leicht schlechtem Gewissen ab, damit Agustín bei genauerem Hinsehen nicht noch Spuren davon entdeckte, so wie einen Nikotinfleck. Aber bei einer neuen Liebe scheint es ganz normal zu sein, auf ein reines Gewissen zu verzichten.

Du denkst, es ist deine Seele, aber das stimmt nicht, es ist dein Gewissen.

Und so kam es, dass wir drei, die wir aufrichtige Liebhaber der Liebe und des Lebens waren (auch wenn wir einander nicht immer richtig liebten), unser prächtiges Gespinst aus Betrug und Begierde zu weben begannen. Jeder von uns abwechselnd, langsam und mit großer Subtilität, bis wir ach-so-kurze-Zeit später das unvermeidliche tote Ende erreicht hatten.

Mein *compai* hier hat die Vorstellung seines Lebens gegeben!, setzte Agustín hinzu, meinte damit aber den alten Mann, obwohl er Manolo ansah, ihn forschend betrachtete, nach einem Hinweis suchte, obwohl er noch nicht sicher war, auf was.

Tut mir Leid, entschuldigte ich mich bei dem *compai.* Keine Sorge, sagte er, es wird noch genug andere Gelegenheiten geben. Manolos Vater, den Manolo *bato* nannte, hatte Magenkrebs im Endstadium. Er hatte mit einer Chemotherapie begonnen und trug daher einen Palm-Springs-Hut wie Bing Crosby, damit man seinen kahl werdenden Kopf nicht sah. Die meisten Menschen reden nicht gerne über den Tod, aber die Roma schon gar nicht. Gespräche über den

Tod sind so tabu, dass allein schon das Aussprechen dieses Wortes den Ausschluss aus dem Stamm bedeuten kann. Und so wurde die Krankheit des *bato* nie erwähnt.

Manolo, im üblichen Trauerkleidungsschwarz des Flamencotänzers, trug kurze Wildlederstiefel mit den typischen hohen Tänzerabsätzen. Sein Haar war wie gemeißelt, eine schimmernde Kaskade fester Löckchen, oben am Kopf und an den Ohren kürzer und hinten lang.

Er sah so gut aus, dass es mir in den Armen kribbelte.

Wir waren uns seiner alle mehr bewusst, als uns gut tat. Manolo war wie ein Jasminstrauch in voller Blüte, der jedem zu Kopf steigt. Rocîo begann an ihren Haaren herumzuspielen, wie sie es immer tat, wenn sie kokett sein wollte. Courtney, von der ausnahmsweise einmal keiner Notiz nahm, saß schmollend in einer Ecke und warf verstohlene Blicke auf uns.

Ich schenkte mir einen Drink ein.

Ich merkte genau, dass Agustín die berauschende Wirkung genoss, die Manolo auf alle ausübte. Wir führten uns auf wie eine Canasta-Runde alter Damen, die beim Süffeln des Kochsherrys ertappt wurde. Betrunken vor schierer Lust, wie ich war, machte es mir vermutlich nicht viel aus, dass Manolos Wirkung auf mich für meinen langjährigen Liebhaber derart offensichtlich war. Dann brach Manolo die gespannte Stimmung und fragte, an Agustín gewandt: *Hombre,* darf man mit ihr tanzen?

Ich blickte auf. Manolos Kopf deutete in meine Richtung. Jeder, ich eingeschlossen, sah Agustín an. Manolo fragte es in einem Ton, der im Spanischen scheu und gewagt klang, weil das Ganze so indirekt war, dass man genau wusste, dass er nach etwas Verbotenem gefragt hatte.

Wie Moctezuma, als ihm schließlich der Mann gegenüberstand, den er nicht für einen Gott hielt, sondern für einen Rivalen, der das Gerede über seine eigene Allmacht glaubte, so beäugte Agustín Manolo, als wüsste er, dass Manolo durch nichts aufzuhalten war. Agustín zündete sich eine Zigarette an, blickte kurz in die Runde und sagte dann: Warum tanzt du nicht mit La Courtney?

Courtney stand auf, doch Manolo drehte sich nicht nach ihr um. Keinem von uns war ganz wohl dabei, mit welcher Leichtigkeit Manolo Agustíns Angebot ausschlug, was sich sonst keiner bei Agustín erlaubte. Der Mann verlor die Kontrolle. Das löste Alarmsirenen aus, die alle Hunde und Kritiker auf den Plan riefen. Der König ist tot!, so tönte es.

Von Manolos Abfuhr peinlich berührt, warf Courtney sich ihren langen Fransenschal über die Schultern, ging zur Tür hinaus und lief die Treppe hinunter, wo ihre Schritte einige Zeit später fast im *cajón*-Rhythmus verhallten.

So klingen meine Schritte nie, dachte ich.

Die albernsten Dinge können zu einem Komplex werden. Meiner ist es, dem Widerhall meiner ungleichmäßigen Schritte zu lauschen.

Die darauf folgende Stille brannte sich in uns ein. Ich spürte richtig, wie meine Hände kalt wurden, als wäre die Temperatur im Raum plötzlich gefallen. Wir alle liebten Agustín, waren ihm jeder auf die eine oder andere Weise zu Dank verpflichtet, aber er hielt sich für Cäsar, dem alles huldigen muss, sodass braven Bürgern nichts anders übrig blieb, als für seinen Sturz zu beten.

Dann begann José, sein treuer Freund, der offenbar mehr Mitleid mit Agustín empfand als die Frauen in seinem Leben, eine Siguiriya zu spielen, um die eisige Stimmung aufzutauen. Ich blickte zur Gitarre und begann lächelnd *palmas* zu machen. Bei Josés *toque* und Rocíos *cante,* die zwischen den Strophen an ihrem Cognac nippten, fing Manolo langsam an zu tanzen, bewegte sich mit entschlossenen, schleifenden Schritten über den Boden, ließ sich vom Text des Liedes und dem Klagen der Gitarre anstecken. Dann, ich weiß nicht genau, wann, aber wie ein Funke in einem trockenen Gehölz, wenn es lange nicht geregnet hat, wurden José, Rocío und Manolo zu einem Waldbrand aus Klang und Bewegung. Die erweiterten Pupillen aller waren auf Manolo geheftet, der wie ein weiß glühender Zyklon war.

Zuerst saß ich nur da und machte *palmas,* doch dann, als hätte Manolo mich hypnotisiert, stand ich ebenfalls auf und begann mich langsam auf ihn zu zu bewegen, die Arme über dem Kopf erhoben. Ich vergaß, dass ich mich nicht so bewegen konnte wie er, aber das war egal, sowohl mir als auch ihm. Unsere Augen sahen sich unverwandt an, und alles, was sein Blick mich tun hieß, tat ich. Im Hintergrund konnte ich die Gitarre und Agustíns halbherzige Olés hören und Rocíos wunderschönen *cante* und die *pitos* des *bato,* aber sie waren alle weit weg. Es gab nur mich und Manolo auf der Welt. Vielleicht tanze ich über Sand, dachte ich, vielleicht sind meine Füße deshalb so schwer und müssen mehr tun als sonst. Doch ich folgte ihm, und er führte mich weiter vom Ufer weg, und dann nahm er mich zum ersten Mal in die Arme, Arme fest und dünn wie Kletterpflanzen. Er war nicht viel größer als ich, unsere Augen starrten sich fast auf gleicher Höhe an, und als er mich herumwirbelte, ging es gut, weil ich mich nicht auf dem Boden befand. Ich weiß nicht, wieso er sich plötzlich in Baryschnikow verwandelte, aber er tat es. Und dann landete ich wieder auf den Füßen. Auf meinem heilen und auf meinem kaputten, geräuschlos, wie eine Feder, und einen Moment lang dachte ich, er würde mich hier und jetzt küssen, doch er tat es nicht. Olé!, rief sein *bato,* und Manolo lächelte zum ersten Mal und ich lächelte ebenfalls, sah aber keinen an, auch nicht Agustín. Schon gar nicht Agustín.

Wenn eine Frau sicher sein will, dass sie wirklich geliebt wird, muss sie eine Linie auf den Boden malen, die ihr Liebhaber niemals überschreiten darf. Diese Linie ist nicht immer die gleiche und hängt von dem jeweiligen Liebhaber ab. Bei Agustín war diese Linie meine Schwangerschaft gewesen. Dass sie die Linie war, wusste ich erst hinterher. Davor wusste ich nicht einmal, dass es derartige Linien gibt. Ich wusste nur, dass er, als er sie überquert hatte, nicht mehr zurückkommen konnte. Keine Green Card, keine Einfuhrerlaubnis, nur eine einfache Fahrkarte ohne Rückfahrmöglichkeit.

Bei Manolío, der auf der Bühne die Verkörperung eines Wirbelwinds aus Feuer war, stellte der Tanz die Linie dar. Er wusste schon bevor wir miteinander zu tanzen begannen, dass er mich nie fallen oder stolpern lassen durfte, mich nie übertrumpfen durfte. Vielleicht war das sein eigentliches Talent, so gut zu sein und nie damit aufzutrumpfen. Das musste der wahre Grund sein, und nicht mein kaputtes Bein oder mein Alter oder meine Langsamkeit, verglichen mit seiner Vitalität und Jugend, und auch nicht, weil er schlicht und einfach der beste lebende Tänzer war, den der Flamenco je gesehen hatte. Zumindest meiner Meinung nach. Ich hatte andere Qualitäten, schöne Körperbewegungen, graziöse Hände. Manchmal benutzte ich Kastagnetten, aber nicht oft, wegen der Schmerzen im Handgelenk. Bei mir waren es wirklich die Hände. Sie waren meine Stärke. Aber meine Füße konnte ich natürlich nicht sehr viel bewegen.

Dafür besaß ich etwas anderes, nämlich das, was die Spanier *duende* nennen. *Duende* ist etwas, mit dem du geboren wirst, das, was die Seele für den Blues ist. Du kannst es nicht kaufen. Niemand kann es dir beibringen. Manolo wusste, dass ich nie und nimmer mit einer geschienten *pata* tanzen würde, wenn der Tanz nicht mein Leben wäre. Ich habe gleich am ersten Abend gesehen, dass du *duende* hast, sagte Manolo zu mir. Ich wusste sofort, dass du es bist, *la famosa Carmen la Coja!*

Während des ganzen Jahres, in dem wir zusammen tanzten, überschritt er nie die für den Tänzer geltende Linie. Doch manchmal frage ich mich, ob ich nicht noch andere Linien hätte ziehen sollen. Vielleicht wäre Manolo dann nicht so geschmeidig entschlüpft wie ein Seidentuch, das von bloßen Schultern gleitet. Dann wieder frage ich mich, ob Manolo und ich nicht lediglich dazu bestimmt waren, miteinander zu tanzen. Zwischen den Linien.

4

Uno: Wie gefällt dir mein Haarschnitt?

Wie gefällt dir mein Haarschnitt?, fragte mich meine Mutter heute Abend, als ich von meinem *gaje*-Job am O'Hare heimkam. Mein pochendes Bein lässt mich inzwischen den ganzen Tag Schmerztabletten schlucken. Was bedeutet, dass ich mich noch langsamer fortbewege als sonst. Ich weigere mich, die neuen Krücken bei der Arbeit zu benutzen. Ich humple einfach hinter der Theke hin und her wie eine Studentin mit einem Gips, die sich beim Skilaufen das Bein gebrochen hat. Aber unterwegs brauche ich die Krücken. Mein Lauftraining im Sommer liegt nur wenige Monate zurück, doch jetzt weiß ich kaum, wie ich allein zur Bushaltestelle kommen soll.

Als ich ein Kind war und die Arme-Leute-Kleidchen trug, in die mich Amá steckte, waren Fremde gewöhnlich nur zu gern bereit, dem bedauernswerten Ding mit dem geschienten Bein beizustehen. Sie halfen mir in den Bus und überließen mir ihren Sitzplatz. Einmal gab mir eine freundliche alte Dame sogar einen Dollar. Ein andermal versuchte ein Lustmolch, mich irgendwohin zu zerren, der meine Behinderung offenbar mit Beschränktheit verwechselte, bis ich ihm meine Krücke auf den Fuß knallte. Aber jetzt, wo ich älter bin, erregt das Arme-Leute-Aussehen auf den Straßen Amerikas kaum Mitgefühl, da die meisten darin offenbar nur ein weiteres vom Pech verfolgtes Leben sehen.

Im Übrigen mag ich es nicht, von Fremden beachtet zu werden. Zumindest nicht auf die mitleidige Tour.

Als Tänzerin, sogar als krumme, liebte ich die Bewunderung, die mir mein Publikum trotz meines Leidens entgegenbrachte. Manchmal beunruhigte mich der Gedanke, es könnte in Wahrheit nur Mitleid sein. Doch Manolo sagte, nein, es sei mein Tanz, einzig und allein mein Tanz. *Poderosa!*, flüsterte er mir nach unserem ersten gemeinsamen Auftritt ins Ohr. Manolo verstand es, mir so zu schmeicheln, dass ich es nie für bloße Schmeichelei hielt, sondern für die ehrliche Wahrheit. Ein guter Liebhaber kann das, er sieht etwas Besonderes in dir, von dem du gar nicht wusstest, dass du es hast. Und wenn es etwas gibt, was du selbst an dir nicht gern siehst, dann wird ein guter Liebhaber es ebenfalls nicht sehen.

Wie sieht es aus?, fragte Amá noch einmal in Bezug auf ihre neue Frisur. Amá hat noch nie Make-up benutzt, aber ich muss ihr alle sechs Wochen die Haare tiefschwarz färben. Die Wirkung zusammen mit dem neuen Haarschnitt ist, dass meine kleine Mutter aussieht wie ein aztekischer Jockey.

Sieht gut aus, sage ich. Ich stelle meine Krücken weg und setze mich, um die Stiefel auszuziehen.

Ich war bei dem Herrenfriseur, zu dem dein Vater geht, sagt sie und fährt sich mit der Hand unsicher über den ausrasierten Nacken. Warum mehr bezahlen? Im Frisiersalon muss man einen Haufen Geld hinlegen und dann machen sie nie das, was man will!

Sie geht in die Küche, zufrieden mit dem Geschäft, das sie heute gemacht hat. Ich versuche immer noch, meine Stiefel auszuziehen, als ich Amá sagen höre: Du solltest auch mal was mit deinen Haaren machen, Carmen. Der Herrenfriseur verlangt nur acht Pesos. Meine Mutter sagt «Pesos», aber sie meint Dollar.

Ich habe mir die Haare eigentlich seit der High School nicht mehr geschnitten. Ich schneide mir nur die gespaltenen Spitzen ab. *Falls du mich liebtest, dann wegen meines Haars* heißt mein Lieblingsgemälde von Frida Kahlo. Sie schnitt sich das Haar ab und verewigte ihre Rache an ihrem froschäugigen Schuft von Ehemann mit einem Selbstporträt. *Nun da ich kahl bin, liebst du mich nicht mehr.*

Du weißt, was ich von einer *gitana* halte, die sich das Haar abschneidet. Agustín nannte mich jedes Mal «Zigeunerin», wenn ich davon sprach, wie leid ich es war, mich mit langen Haaren abzuplagen, besonders wenn es heiß war. Man denkt nicht, dass es in Chicago heiß wird, aber es ist so.

Ich bin keine *gitana,* sagte ich dann immer.

Doch, das bist du.

Ich konnte mich wegen deiner schwarzen Mähne einfach nicht konzentrieren, sagte Manolo eines Abends nach der Probe zu mir. Und ich mich nicht wegen deiner, sagte ich.

Agustín. Manolo. Lange Haare oder nicht.

Vielleicht ist es der Stress, aber ich glaube, dass mir die Haare ausfallen. Überall lange schwarze Carmen-Strähnen. Macho kotzte neulich ein Haarknäuel aus. Es waren nicht seine eigenen Haare, wie das bei einer Katze der Fall ist, sondern meine. Macho wühlt furchtbar gern in Papierkörben auf der Suche nach Sachen, an denen er herumnagen kann. Dort hatte er meine Haare gefunden. Ich trieb ihm diese Angewohnheit umgehend aus, indem ich *jalapeño*-Schoten in Seidenpapier einwickelte und den Abfall mit scharfer Sauce bespritzte. Amá dachte nicht, dass es funktionieren würde, aber es klappte. Und zwar auf der Stelle.

Wenn Amá zu Bett geht, schläft Macho vor ihrer Schlafzimmertür und bewacht sie. Was soll das denn, Macho?, frage ich den arthritischen Chihuahua und bemühe mich, mir nicht anmerken zu lassen, wie nervös mich seine kranken gefletschten Zähne jedes Mal machen, wenn ich nach meiner Mutter sehen will. Wenn dein Frauchen stirbt, bloß weil keiner reinkann, um ihr zu helfen, dann bist du schuld, flüstere ich ihm auf Spanisch zu. Macho versteht kein Englisch. *Perro-Macho!* nenne ich ihn, da mir «Hund» und «Macho» aus irgendwelchen Gründen zusammen über die Lippen kommen.

Amá hat einen kleinen Teller für meine *cena* auf dem Herd stehen lassen. Mit einem Klacks saure Sahne schmeckt es geradezu göttlich, und ich danke dem Himmel für die kleinen Dinge in meinem Leben, die es zu etwas Besonderem gemacht haben: Amás *taquitos,* das steht fest; meine Musik – *el cante jondo;* Manolo und ich natürlich. Ach ja, und meine Erinnerungen an Agustín, die schönen, die weniger schönen und auch die, die so traurig sind, dass ich sie eigentlich verleugnen müsste. Doch das tue ich nicht. Denn sie gehören mir. Wenn du Inventur machst, sind Erinnerungen manchmal das Einzige, was du dein Eigen nennen kannst.

Dos: Manche Männer tun es nicht einmal gern . . .

Manche Männer tun es nicht einmal gern, und Agustín war einer von ihnen, außer wenn er völlig betrunken war, und weil sonst nichts mehr ging, gab er nach, und dann konnte ich ihn nicht einmal zum Luftholen stoppen. Gewöhnlich war auch ich ziemlich betrunken, sodass wir am Ende, weil wir beide so erschöpft waren, einfach einschliefen. Lange Zeit dachte ich, dass es eben Stellen gibt, an denen Männer nichts verloren haben.

Ich wusste ja nicht einmal, dass es Männer gibt, die *nicht* schnarchen, bis Manolío auf mir einschlief. Selbst wenn sie vorher getrunken haben – so wie wir beide es an dem Abend getan hatten, als ich endlich den Mut aufbrachte, ihn mit nach Hause ins Hollywood Hotel zu nehmen, oder Manolo endlich den Mut aufbrachte, sich selbst einzuladen.

Es war das erste Mal, dass wir allein waren, genauer gesagt ohne Agustín, der sich an dem Abend mal wieder klammheimlich verdrückt hatte. Ich bin gleich wieder da, sagte er, während einige von uns noch etwas in dem Club tranken, wo wir aufgetreten waren. Ist gut, sagten alle oder nickten bloß, ohne groß aufzublicken. Aber als nach einer Weile immer noch kein Agustín zurück war, wussten wir, dass er uns wieder ausgetrickst hatte. Wir leerten noch ein paar Flaschen Wein und dann noch ein paar, und dann sagte Manolos *bato,* dass er müde sei, und jemand bot an, ihn heimzufahren, weil es so eine kalte Nacht war. Nach und nach gingen alle, allein oder zu zweit, bis nur noch Manolo und ich da waren.

Was ist denn los, Manolío?, sagte ich mit leicht undeutlicher Stimme, nicht undeutlich genug, um schlampig zu klingen, aber vielleicht gerade undeutlich genug, um sexy zu sein. Zumindest hoffte ich das. Kein Rendezvous heute Abend?, fragte ich. Gewöhnlich wartete nämlich eine Frau auf ihn. Sie saß immer an der Bar und kam sich vor wie die Thronfolgerin persönlich, bis er fertig war. Man wusste gleich, dass sie diejenige war, die er sich für den Abend ausgesucht hatte, denn wenn sie eintraf, küssten sie sich immer so, wie er mich an jenem ersten Abend auf der Party geküsst hatte – mit einem Hallo-und-Tschüss-und-dazwischen-ist-allesdrin-Kuss. Sie saß den ganzen Abend allein da und nippte an einem Glas Wein, bis er schließlich zu ihr ging. Bereit?, fragten seine Augen, als hätte sie nicht schon seit Stunden Bereitschaft verströmt, doch sie nickte dann nur, und er half ihr in den Mantel, und dann gingen sie zur Tür hinaus, Arm in Arm, und ließen einen Schwall kalte Luft zurück. Wenn ich Manolo das nächste Mal sah, war es eine andere.

Statt derartige Sticheleien wie üblich mit einem frechen Grinsen zu quittieren, lachte er nur kurz und starrte in sein leeres Glas wie eine Wahrsagerin auf der Suche nach einem Omen. Und da wusste ich, dass er nachdachte. Nachdachte, aber ohne es auszusprechen, obwohl der *bato* gar nicht mehr da war, für den ich ohnehin Agustíns Frau war und sowieso nicht das passende Ehefrauenmaterial für seinen Sohn. Ich war eine Außenseiterin und zu alt für Leute, die ihre Töchter gleich nach der Pubertät verheiraten. Ganz egal in welchem Land oder in welchem Jahrhundert, man heiratet nun einmal keinen Außenseiter, ohne verfemt zu werden. Von Kroatien bis Italien, von Granada bis New York, von Indien bis Arizona waren sie durch eiserne Bande der Loyalität zusammengeschweißt.

Wenn wir tanzten, dann waren das keine folkloristischen Darbietungen längst verschwundenen ländlichen Brauchtums. Es war ein kurzer Blick durch ein winziges Fenster für ein paar Goldmünzen. Mir wurde durch Agustín Zugang zu dieser Welt gewährt, wo ich die verwässerte und, seien wir ehrlich, nicht authentische Verkörperung der Zigeunerin für ein Publikum war, das nach Agustíns Ansicht mit einer echten überfordert gewesen wäre. Eine echte Zigeunerin ist nicht nur zu primitiv, sondern in jeder Hinsicht zu viel. Und er war nicht der Meinung, dass das an Hollywood gewöhnte *gaje-gringo*-Publikum etwas sehen wollte, das derart authentisch war. Ich war nie eine von ihnen und würde es auch nie sein. Manolo hatte seine Gefühle für mich auch nicht vor Agustín gezeigt, aus verständlichen Gründen. Warum er seine Gefühle an diesem Abend zeigte, weiß ich bis heute nicht. Außer dass es Zeiten gibt, in denen man sich endlich in sein Schicksal ergibt, und es war an der Zeit.

Wo wohnst du eigentlich, Carmen?, fragte Manolo mit einem schnellen Blick auf mich unter seinen dichten Wimpern hervor. Ich brauchte einen Moment, um mich darauf zu besinnen, wegen des

Weins und der Art, wie er mich ansah, räusperte mich dann und antwortete: Ach ja, im Hollywood Hotel in der Wilson Avenue. Falls du dir die Adresse merken kannst . . . Möchtest du, dass ich dich nach Hause bringe?, fragte er mit einem kleinen Glucksen. Ich lachte ebenfalls ein bisschen, doch es kam kein Ton heraus.

Wir gingen durch die fast verlassenen Straßen des nächtlichen Chicagos, während es regnete und der hässliche Asphalt glitzerte, als wären wir in einem alten Schwarzweißfilm. Als ich einmal stolperte, nahm Manolo meine Hand, hielt sie ganz fest und ließ sie danach nicht mehr los.

Als wir vor meiner Wohnung standen, musste er mir mit dem Schlüssel helfen. Ich musste vor Nervosität kichern, versuchte es aber zu überspielen, und als ich ihm zusah, wie er den Schlüssel ins Schloss steckte, merkte ich, dass auch er nervös war. Es hätte glatter gehen müssen, dachte ich, bei zwei Profis. Er hätte mich in seine Arme reißen müssen, wie er es offenbar tun wollte, als wir uns das erste Mal sahen, wie er es ein paarmal getan hatte, wenn wir eine besonders gute Vorstellung beendet hatten. Er wirbelte mich dann herum, und die Leute klatschten lauter, und dann küsste er mich, so wie sich Tanzpartner küssen, mit geschlossenen Lippen, ganz schnell, und dann lächelten wir so angestrengt, dass man hätte meinen können, es würde uns gleich das Gesicht zerreißen. Stattdessen setzte er sich, als wir drinnen waren, im Mantel auf mein Bett wie ein schüchterner Schuljunge. Ein niedergeschlagener schüchterner Schuljunge obendrein. Da wusste ich, dass er in mich verliebt war.

Zieh den Mantel aus!, sagte ich und merkte, dass meine leicht betrunkene Stimme jetzt nicht mehr sexy, sondern lüstern klang. Das machte mich befangen, und plötzlich fühlte ich mich sehr müde neben diesen Wimpern und dem Schmollmund und konnte nur noch denken: Was für ein Fehler, was für ein Fehler. Ich ging an den Schrank, um Gläser zu holen, erschlug zwei Kakerlaken, die flüchten wollten, und beschloss, lieber auf der Kochplatte einen Espresso zu machen, um wieder nüchtern zu werden, statt noch mehr zu trinken. Was machst du da?, fragte er. Keine Ahnung, sagte ich. Es ist zu spät für Kaffee, sagte er. Ich weiß, sagte ich, aber ich glaube, ich bin betrunken. Und ich glaube, du auch. Ich bin nicht betrunken, sagte er.

Bist du doch, sagte ich, und mir war übel vom Trinken. Komm her, sagte er. Komm her zu mir. Ich will dir zeigen, wie betrunken ich nicht bin.

Bis ich das Licht ausgeknipst hatte und ans Bett kam, war Manolo schon aus dem Mantel geschlüpft. Er zog mich zwischen seinen Beinen dicht an sich, während ich noch stand, holte mein Gesicht zu sich herunter und küsste mich. Und im nächsten Moment war meine Unterwäsche weg, und mein Rock war über meinem Kopf, und er hatte mich vor sich ausgebreitet wie ein Sonntagsbrunch-Büffet. Nicht, dass ich etwas gegen diese Position einzuwenden gehabt hätte, wie ich gleich hinzufügen möchte, auch wenn meine bisherigen Erfahrungen nicht immer die gewünschten Resultate gebracht hatten. Ich schlang meine Schenkel um Manolos Hals und nahm ihn sofort in mich auf.

Die ganzen Jahre, die ich mit Agustín zusammen gewesen war, hatten mich glauben gemacht, Zigeuner seien nicht besonders scharf auf diese Art des Akts, weil sie Angst haben, die Frauen könnten sie dabei mit einem Zauber belegen, der Männer wie Wölfe unter dem Nachthimmel heulen lässt, einem Zauber, der ihren Du-weißt-schon-was abfallen lassen würde, wenn sie das nächste Mal mit einer Frau schliefen, einem bösen Zauber bis an ihr Lebensende. Aber wie ich bereits sagte, wenn er zu viel getrunken hatte, machte er es, als würde er mir damit einen Riesengefallen erweisen.

Manolo dagegen machte es nicht so, als würde er mir einen Gefallen tun. Er machte es so, als wäre er in ein tiefes Meer eingetaucht und wüsste genau, wo sich der Schatz befindet, klein und kostbar, der nur ihm und mir gehört, hauptsächlich mir, wie ich dachte, als plötzlich ein Schwall, wie ich ihn nie gekannt hatte, bei einer Frau nie für möglich gehalten hätte, aus mir herausschoss. Mir war, als wäre gleichzeitig mein Gehirn aus dem Kopf gesprungen – aus meinem Schädel geschossen, zum Fenster hinausgeflogen und auf dem blinkenden Neonschild des Hollywood Hotel gelandet. Dann kam Manolo zu mir hoch, und seine Unterwasserstimme sagte wieder und wieder meinen Namen, in mein Ohr in die feuchte Beuge zwischen meinem Hals und meiner Schulter in das Gewirr meiner Haare auf dem Kopfkissen, wieder und wieder, nicht wie eine Beschwörung, nicht süß oder hypnotisch oder mystisch, sondern schrecklich und tief, so schrecklich und tief wie alles zwischen uns immer sein würde. Doch in dieser ersten Nacht begrüßte ich unsere nasse Geburt wie ein kurz vor Tagesanbruch geborenes Kalb in einem Stall. Noch gehörte es uns, noch konnten wir damit machen, was wir wollten, uns davon ernähren oder es für eine größere Sache opfern. Lange nachdem Manolo eingeschlafen war, lag ich noch wach und nahm meine Seele Stück für Stück wieder in Besitz, den Kopf an Manolos seidenglatter Brust.

Als ich am nächsten Morgen aufwachte, war er fort.

Ich blickte mich im Zimmer um, als ob er sich in einer Einzimmerwohnung irgendwo hätte verstecken können. Natürlich kein Zettel. *Calorros* halten nichts vom Schreiben.

Später rief er an.

Warum bist du weggegangen?, fragte ich. Ich war völlig aufgewühlt vor Selbstzweifeln, aber ich ließ es mir nicht anmerken. Weißt du, ich schlafe nicht gut, wenn ich nicht in meinem eigenen Bett liege, sagte er. Dann lachte er. Manolío die streunende Katze. Ich war nicht einmal sicher, dass er überhaupt irgendwo ein eigenes Bett hatte. Es war eine gute Antwort, aber nicht die Wahrheit. Wobei die Wahrheit im Falle von Liebenden sowieso immer Ansichtssache war.

Tres: Manolo – Manolío – zu lieben hieß . . .

Manolo – Manolío – zu lieben hieß, beide Hände hinaus in die Dunkelheit zu strecken, um sich an etwas festzuhalten, das mehr war als bloße Luft, und dabei zu hoffen, dass, was immer es auch war, dich nicht beißen würde. *Mi* Manolío war dunkel, selbst im Winter, seine Haut würzig und süß wie mexikanische Schokolade, die dir das Wasser im Mund zusammenlaufen lässt, wenn du sie nur riechst, während sie auf dem Herd köchelt und darauf wartet, dass du sie zu deiner Geburtstagstorte isst. Manolo war eine Geburtstagstorte mit genau zwanzig brennenden Kerzen, als wir uns kennen lernten. Eine noch nicht ganz fertige Torte. Und ich war das Mädchen in der Torte, die Geburtstagsüberraschung.

Manolos *bato* war ein Geiger aus Jugoslawien. Seine Mutter tanzte. Sie war in Mexiko geboren, wie er sagte, aber ihre Familie stammte aus Spanien. Manolo selbst kam in New York auf die Welt, wo sich seine Eltern bei einem großen Zigeunertreffen zu Ehren der heiligen Agnes kennen lernten. Bist du nun Spanier oder Mexikaner?, fragte ich ihn eines Nachts und blickte ihm forschend in die Augen, als müsste in ihnen die Antwort liegen. Dunkle Pekannuss-Augen, fast schwarz geröstet. Waren seine gerösteten Pekannuss-Augen serbisch oder sevillanisch? Am Ende war Manolo vielleicht nur ein weiterer typisch amerikanischer Junge mit großen Ambitionen. Gewürzt mit ein bisschen Ziegenbock.

Du bist mir ein Rätsel, sagte ich schließlich, während ich ihn weiter forschend ansah. Ich schaute und schaute, aber ich wurde einfach nicht schlau aus ihm. Alles, was ich kann, ist Tanzen, sagte Manolo achselzuckend. Im Gegensatz zu Agustín, der auf alles eine Antwort hatte, sogar eine spontan erfundene, tat Manolo große Fragen manchmal mit einer Handbewegung ab. Die kleinen immer.

Er hielt fünf Finger im Dunkel meines Zimmers hoch, als wir in dieser Nacht beieinander lagen. Ich habe fünf Pässe, sagte er. Frag mich nicht, woher ich sie habe. Ich gab ihm einen leichten Stoß gegen die Schulter. Er ließ sich nach hinten fallen. Dann richtete er sich wieder auf und sagte: Das ist meine Methode herumzukommen. Und egal, wo ich als Nächstes hingehe, ich gehe einfach hin. Aber das sagt nichts darüber aus, wer ich bin.

Ich selbst war überzeugt, dass Manolo durch und durch *calorro* war. Der Zigeuner gehört der ganzen Welt, auch wenn die Welt überall nichts mit Zigeunern zu schaffen haben will, sagte Agustín über die Diaspora der Roma. Und Manolío fühlte sich nirgends willkommen, wo er hinkam, und er war auch nirgends willkommen, wo er hinkam.

Außer bei mir. *Ich* wollte ihn – diesen byzantinischen fingerschnalzenden Jungen.

Meinen muslimisch-christlich-jüdischen Heiligen mit den gotteslästerlichen Begierden, den Indo-Pakistani, in dessen Adern zumindest eine Linie möglicherweise *otomí*-amerikanischen Blutes pulsierte.

Zigeuner, Gazelle, mein Träumer mit dem verhangenen Blick, den ich, wenn ich träumen könnte, mir erträumt hätte – ich wollte ihn ganz.

Als Manolo mich zum ersten Mal nackt sah, sagte ich ihm zum ersten Mal, dass ich ihn liebte. Ich hatte überhaupt nicht vorgehabt, ihm zu sagen, dass ich ihn liebte. Genug Frauen hatten ihn schon geliebt und es ihm gesagt und würden ihn noch lieben und es ihm sagen. Es genügte, dass ich ihn auf meine eigene Weise liebte, ohne es auszusprechen. Doch einmal, als der Tagesanbruch seine Finger nach dem Bett ausstreckte, Laken auf dem Boden, mein fadenscheiniges Nachthemd auf dem Bettpfosten wie die weiße Flagge der Kapitulation, schlug er die Augen auf, bevor ich meine aufschlug, sodass ich keine Gelegenheit hatte, etwas über mich zu ziehen, um meinen langen, dürren Ast von einem Bein zu verstecken, der Fuß gekrümmt wie die Hand eines Bettlers. Noch halb im Schlaf murmelte er, die Augen kaum geöffnet: *Bella.* Meine schlafende Schönheit.

Er streckte die Hand aus und begann mich vom Hals bis zu den Zehen zu kitzeln, mich überall zu kitzeln, und ohne nachzudenken, ganz Gefühl, rief ich aus: *Te quiero,* Manolo, *te quiero,* zum Zeichen, dass ich kapitulierte. *Te quiero* heißt, ich will dich/ich mag dich sehr, aber nicht direkt ich liebe dich, und dann sah er mir in die Augen, und ohne mir bewusst zu sein, dass ich es sagen würde, sagte ich: *Te amo,* was einzig und allein «ich liebe dich» heißt, weil es die Wahrheit war.

Bei meinen Leuten, sagte Manolo in einer anderen Nacht der Nacktheit und persönlicher Bekenntnisse, kam jeder, um mich zu sehen. Wenn Manolo und ich mit anderen zusammen waren, sagten wir nie viel zueinander. Aber wenn wir allein waren, redeten wir die ganze Zeit. Als ich vierzehn war, war ich ein Star, sagte Manolo, ein strahlender Stern, der sich aber in einer anderen Galaxie befindet, sodass du ihn hier auf der Erde nicht sehen kannst. Mit vierzehn bist du bei uns schon ein Mann. Bereit, eine Familie zu gründen. Ich wollte immer nur tanzen. Weißt du, dass ich einmal eingeladen wurde, in Hongkong zu tanzen, und zwar von einem Nachkommen eines

Monarchen?, fragte Manolo lächelnd. Manolo hatte das schönste Lächeln, aber nicht das schönste Lachen. Wenn er lachte, klang es eher wie: Vorsicht!

Manolo erzählte mir seine chinesische Geschichte. Wegen der Kommunisten waren die Angehörigen der königlichen Familie gezwungen, auf den Reisfeldern zu arbeiten, aber sie hatten ererbte aristokratische Neigungen. Sie versteckten ihre Familienerbstücke in einer Höhe hoch droben in den Bergen. Er schenkte mir einen Anhänger, sagte Manolo und formte mit Zeigefinger und Daumen ein O, aus dem Stoßzahn eines Elefanten. Das Familienwappen war darauf eingeschnitzt. Ein großer, wilder Bär. Der Anhänger war prachtvoll, aber ich habe ihn verschenkt – an ein Mädchen. Sie hatte Augen wie zwei schmale Striche und eine Haut wie das dünne Papier, mit dem man durchpaust. Weißt du, was ich meine? Sie war so hübsch, aber arm, furchtbar arm. Sie bat mich darum. Ich fühlte mich wie ein König, dass ich etwas so Kostbares zu verschenken hatte, aber später bereute ich es. Besonders jetzt, wo ich ihn dir geschenkt hätte.

Prachtvoller Anhänger an Reisbauernmädchen verschwendet. Ich glaubte Manolos Geschichten über tänzerische Pracht, denn vor mir *war* Manolo prachtvoll. Man kann das über einen Tänzer sagen, kann ihn prachtvoll nennen, wenn er es ist, ohne verrückt zu klingen. Verrückt vor Liebe. Ich tanzte, bevor ich gehen lernte, sagte er. Zum einen oder anderen Zeitpunkt hatte er alles bekommen, und alles entglitt ihm, kam in anderer Form und Gestalt zurück.

Manolío mein Preis. Der funkelnde rosa Brillant am Finger des *bato,* und er war das Einzige, was seinem Vater noch etwas bedeutete, nachdem Manolos Mutter eines Nachts bei einem Autounfall ums Leben kam. Es war nicht in China, sondern auf einer anderen Straße weit fort. Wenn ich ihn nicht so verwöhnt hätte, hätte er vielleicht härter gearbeitet, sagte Manolos *bato* zu Agustín. Was glaubt der eigentlich?, sagte Manolo zu mir, aber nicht zu seinem Vater. Auf keinen Fall zu seinem Vater. Dass Tanzen keine harte Arbeit ist? Als ich sieben Jahre alt war, habe ich mit meinem Tanzen die ganze Familie ernährt! Ich wusste nie, wie es ist, gleichaltrige Freunde zu haben, zu spielen!

Wenn Manolo mich im Hollywood Hotel besuchen kam, brachte

er jedes Mal ein kleines Geschenk mit. Was manchen Liebhabern die *guasa* gibt, es für ganz normal zu halten, mit leeren Händen bei einer Frau zu erscheinen, als ob es genügen würde, dass sie ihren Du-weißt-schon-was im Schlepptau haben, ist mir unbegreiflich. *Guasa* heißt so viel wie Auftreten, Gehabe, und falls du einmal einen Zigeuner erlebt hast, der herausgeputzt und bereit für die Nacht ist, dann weißt du, was *guasa* heißt. Daneben verblasst selbst der sprichwörtliche Latin-lover. Beinahe.

Einmal brachte Manolo eine Tüte Cashewnüsse mit, die mit einem roten Bändchen zugebunden war. Ich war kein großer Fan von Nüssen, doch von da an konnte ich nie mehr eine Cashewnuss essen, ohne an ihn zu denken.

Ein andermal brachte er etwas für meine terrestrischen Augen sehr Merkwürdiges mit. Das ist ein Sanddollar, sagte er. Sei vorsichtig damit. Ich nahm ihn in beide Hände, und er brach entzwei. Aber wenn man die beiden Teile aneinander hielt, war darauf das Relief einer Art Blume zu sehen. Bestimmt hat früher etwas darin gelebt, denke ich. Er liegt jetzt auf meiner Kommode, nachdem er wieder zusammengeklebt wurde. Ich habe ihn selbst gefunden, sagte Manolo. Beim Tauchen auf den Kanarischen Inseln. Ich dachte, Zigeuner gehen nicht schwimmen, sagte ich zu ihm. Wie kommst du darauf?, fragte er mich mit seinem trockenen Lachen. Ach, wegen Agustín? Agustín ist bloß wasserscheu. Manolo tat so, als ob ich diejenige wäre, die sich albern benimmt, und nicht Agustín.

Bis dahin hatte Agustín für mich sein ganzes Volk verkörpert. Wenn er kein Bier mochte, dann deshalb, weil Zigeuner kein Bier trinken. Wenn er nicht ins Wasser ging, dann wegen der Angst der Zigeuner vor tiefen Gewässern. Und so lernte ich, dass jede Kultur ihre zwei Seiten hat. Wenn man glaubt, dass etwas Bestimmtes auf ein Volk zutrifft, dann trifft auch das genaue Gegenteil zu. In diesem Moment wurde mir ganz klar, dass meine beiden Liebhaber zwei Gesichter der gleichen antiken Münze waren. Und ich war sehr glücklich.

Da sein Fetisch die Musik war, brachte Manolo viele Kassetten mit, Musik aus all den Ländern, die er besucht hatte, Musik, zu der wir tanzten – aus Algier und Tanger, Marokko und Mexiko –, Musik, zu der wir uns liebten.

Wann immer er unerwartet bei mir auftauchte, was, nachdem ich ihn etwas länger kannte, vorherzusehen war – wenn die Bar geschlossen hatte, wenn Agustín verkündet hatte, dass für heute Schluss sei, und seiner eigenen Wege ging, oder das Geld ausgegangen war –, brachte Manolo eine einzelne langstielige rote Rose. Als ich einmal wütend war und nicht aufmachte, ließ Manolo seine Gabe vor der Tür liegen. Es war Januar und selbst im Flur bitterkalt, sodass die Rose bis zum Morgen am schmutzigen Fußboden angefroren war. Als ich sie aufhob, sah man dort noch ihre Umrisse.

Vielleicht stimmte es, was Agustín mir eines Abends entgegenschleuderte, dass Manolo in mir lediglich die Mutter suchte, die er als Kind verloren hatte. Na und? Wenn ich Manolo auch nur für einen einzigen Tag zurückhaben könnte, wäre ich gern seine Mutter. Ich wäre seine Mutter und seine Geliebte zugleich. Ich würde ihn in die Arme nehmen und füttern und ihm beim Zubettgehen einen Gutenachtkuss auf die Stirn drücken. Ich würde ihm die deutschen Märchen vorlesen, die er so liebte, die er vor mir nicht einmal kannte.

Ich las Manolo alles vor, und er wollte alles von mir vorgelesen bekommen. Er selbst las nicht gern, in keiner der drei oder vier Sprachen, die er sprach. Er hörte auch nicht gern Radio, was ich jeden Tag tat. Zu viel Geschwätz, sagte er immer. Aber er wollte, dass ich ihm alles erzählte, was ich gehört hatte, insbesondere über das, was früher einmal Jugoslawien war oder vielleicht noch immer ist, nur dass es in Stücke geschnitten wurde wie ein T-Bone-Steak fürs Abendessen. Es war das Land, wo die Angehörigen seines Vaters waren. Es ist eine Tragödie für jedermann, sagte Manolo zu mir, nicht nur für die Zigeuner, sondern auch für Christen und Moslems und Mazedonier und Bosnier. Aus seinem Mund kamen Namen, die wie Königreiche in einer düsteren Legende klangen, nur dass Kinder und Schwangere nicht von einäugigen Riesen und Feuer speienden Drachen verschlungen wurden, sondern durchbohrt und abgeschlachtet von Soldaten mit Bajonetten. Weil Moslems an Allah glauben, sagte er, wurden sie mit Bulldozern zusammengetrieben und in einen Fluss geworfen, wo sie ertranken. Der Fluss füllte sich und wurde zu Torfmoos von all den Leichen, die ihn aufsaugten. Das wirst du nirgendwo lesen, sagte mein Geliebter, ganz bestimmt nicht. Seine Geröstete-Pekannuss-Augen wurden feucht, genau wie meine. Manolo hatte diese Wirkung auf mich. Konnte mich zum Heulen bringen, wenn er mir lediglich eine Geschichte erzählte, vielleicht weil alle seine Geschichten wahr waren.

Ich kam mir albern vor mit meinen Märchen, weil mir auf einmal klar wurde, dass ihr glücklicher Ausgang nur vertuschen sollte, was damals wirklich passiert sein musste, und was wirklich passiert ist, willst du nicht wissen, sagte er immer. Aber ich wollte es wissen. Ich wollte alles wissen, was er über seine eigenen Kanäle erfahren hatte, Labyrinthe überlieferten Roma-Gemurmels, eine *caló*-Telegrafenleitung, die eine große Landmasse überspannte, eine Klage, ein Wimmern, eine Seemuschel, deren Warnton von Küste zu Küste hallte. Ich wollte etwas über Manolos Großeltern erfahren, über seine vier Onkel und drei Tanten und ihre Kinder und Enkelkinder, die alles überlebt hatten, Abfälle aßen, in Wohnungen und Baracken hausten und von allen verachtet wurden, die allem entkommen waren. Vor allem aber musste ich wissen, ob es stimmte, was ich Manolos Vater eines Abends im Gespräch mit Agustín hatte sagen hören, obwohl er sofort verstummte, als ich in Hörweite war – dass Menschen bei lebendigem Leib begraben wurden bei diesen so genannten ethnischen Säuberungen. Du weißt ja, *compai,* dass unser Volk bei denen nichts zählt, hörte ich den alten Mann mit zusammengepressten Zähnen flüstern. Seine hochgezogenen weißen Augenbrauen schienen auf seinen Sohn zu deuten, der neben ihm saß. Der Junge ist verrückt, sagte er. Er fährt bestimmt irgendwann hin, um nachzusehen, wer noch da ist . . .

Cuatro: Der Oktober – mein einziger Oktober mit Manolo

Der Oktober – mein einziger Oktober mit Manolo – war in jenem Jahr so voller Melancholie, dass es uns nichts ausmachte, dass wir längere Zeit kein Engagement gehabt hatten. Wenn mein Körper dazu in der Lage war, verbrachten wir unsere Nachmittage damit, am

Strand spazieren zu gehen. Nicht viele Großstädte haben ihren eigenen See. Wir mochten unseren See sehr. Manolo nannte ihn «Mittelmeer light». Er sagte, er sähe aus wie das Mittelmeer, so voller kleiner Boote und an sonnigen Tagen so blau und mit seinen schweren Wellen, die das Nahen des Winters ankündigen. Aber natürlich ist es nur ein kleiner See, sagte er dann lachend, um mich zu hänseln, weil ich noch nie mit eigenen Augen irgendein Meer gesehen hatte und der Michigan-See für mich groß genug war.

Tja, sagte Manolo, die *gajes* hier in Amerika denken immer, dass alles, was sie haben, größer ist als das, was die anderen haben!

Tja, konterte ich, aber wir beide wissen, dass das nicht immer der Fall ist, stimmt's? Und Manolo sah mich an, von meiner Anzüglichkeit kurz aus der Fassung gebracht, und lachte dann.

Einmal riss er sich fast die ganzen Kleider vom Leib, schleuderte Schuhe und Socken weg und sprang ins Wasser, nur wegen einer Wette. Jetzt musst du bezahlen, Carmen!, sagte er, als er zitternd wie ein nasser Hund wieder herauskam. Ich konnte es nicht fassen, dass er in den kalten See gesprungen war, nur weil wir um einen Dollar gewettet hatten. Ich koche dir was zum Abendessen, einverstanden?, bot ich an, da er mir ein bisschen Leid tat. Nix da, ich will meinen Dollar, sagte er. Er zog seine Sachen wieder an, die an seinem nassen Körper klebten, da er sich nicht abgetrocknet hatte, und nahm meinen Dollar. Er küsste ihn, murmelte etwas Unverständliches, das sich wie ein Gebet anhörte, und steckte ihn in die Tasche. Der ist für unseren Sohn, sagte er. Hmm, sagte ich.

An einem dieser launischen Herbsttage, als wir auf einer Bank im Park saßen und ausruhten und Manolo ein bisschen mein Bein massierte, sagte er plötzlich: Lass uns ein Kind miteinander haben. Bist du verrückt?, sagte ich. Verrückt nach dir, sagte er.

Ich hatte lange nicht mehr an Kinder gedacht. Meine Wirbelsäule war schlimmer geworden seit damals, als ich mit fünfundzwanzig schwanger war. Es war vermutlich keine gute Idee, aber sie gefiel mir. Der Herbst hat diese Wirkung, er macht, dass du dich nach Dingen sehnst, die du nie hattest. Ich betrachtete längere Zeit forschend Manolos Gesicht. Wenn unser Kind so aussieht wie du, wird es ein Herzensbrecher!, sagte ich.

Ein Herzensbrecher wie seine Mutter!, schnaubte Manolo. Er

stand auf und hob einige Kieselsteine auf und begann einen nach dem anderen zu werfen. Er traf aus Versehen ein Eichhörnchen, genau am Kopf. Es fiel um. Ist es tot?, fragte ich entsetzt. Wie furchtbar, Manolo, du hast das kleine Tier getötet!

Manolo kniff die Augen zusammen. Nein, es ist nur benommen, sagte er. Einige Sekunden später war das Eichhörnchen wieder auf den Beinen und lief davon. Ich halte mich nicht für eine Herzensbrecherin, sagte ich.

Aber du bist es, Carmen, sagte Manolo. Er hörte auf, Kieselsteine zu werfen, und sah mich an. Und das ist die schlimmste Sorte von Herzensbrecherin, eine, die gar nicht weiß, dass sie Herzen bricht!

Ich verstand wirklich nicht, was Manolo damit meinte. Ich war immer sehr aufrichtig zu ihm. Dass ich mit Agustín nicht Schluss gemacht hatte, obwohl ich ihn in letzter Zeit ohnehin kaum sah, lag nur daran, weil Manolo nicht zuließ, dass ich ihm etwas von uns sagte. Er wolle die Gefühle seines Paten nicht verletzen, sagte Manolo.

Ich blickte auf und schirmte die Augen gegen das blendende Sonnenlicht hinter ihm ab. Er sah aus wie ein kleiner Junge auf einem Scherenschnitt. Er war kein kleiner Junge, aber manchmal war er so empfindlich wie einer. Er wollte nicht, dass ich Agustín wehtat, aber es lag auf der Hand, dass auch er nicht verletzt werden wollte. Wer will das schon? So zäh und weltgewandt Manolo für sein Alter auch war, war er doch manchmal so zerbrechlich wie mit Blattgold-Kringeln bemaltes venezianisches Glas. Ich fragte mich, ob auch ich in seinen Augen zerbrechlich war, wenn auch nur dann und wann, zum Beispiel wenn wir zusammen auf der Bühne tanzten oder wenn er im Morgengrauen erwachte und ich noch schlief und er seine Hand auf dem Laken über meinen Körper gleiten ließ bis hinunter zu meinen Schenkeln. Im Halbschlaf konnte ich meine eigenen Umrisse fühlen, als würde mich seine Hand, die mich so liebkoste, zu einer wunderschönen Frau formen. Gott schuf Mann und Frau ihm zum Bilde, folglich musste er zwei androgyne Wesen geschaffen haben, dachte ich bei mir. Platon sagte, die Androgynen teilten sich in zwei Teile und wurden Mann *und* Frau. Mit seiner Berührung schied Manolo mich von sich. Zusammen fühlten wir uns als Ganzes, waren wir beide göttlich.

Wie können wir ein Kind haben?, sagte ich. Wir leben ja nicht einmal zusammen.

Na und?, sagte er. Glaubst du etwa, nur weil du ein Zimmer an einem Ort hast und ich eines woanders, dass wir nicht schon alles teilen?

Cinco: Meine Mutter sagt, es könnte ein Herzanfall sein …

Meine Mutter sagt, es könnte ein Herzanfall sein, sage ich zu der jungen Puertoricanerin mit dem silbernen Ring am Daumen, die hinter der Trennscheibe an der Anmeldung arbeitet. Trotzdem müssen wir erst die entsprechenden Formulare ausfüllen und etwas warten, aber zum Glück haben sie in der Notaufnahme inzwischen kapiert, dass es, wenn man «Herzanfall» sagt, nicht ratsam ist, einen erst eine Nummer ziehen zu lassen, wie es fast alle anderen müssen. Andere alte Damen, die ihre Töchter mitten in der Nacht aufwecken, sind nicht so schlau, «Herzanfall» zu kreischen, wie meine Amá das tat, sondern beteuern, sie hätten nur Sodbrennen, weil sie niemand beunruhigen wollen, bleiben brav im Wartezimmer sitzen und sterben heldenmütig.

Machos hysterisches Gekläffe weckte mich, vielleicht waren es auch die Rufe meiner Mutter um drei Uhr nachts, die von weit, weit weg zu kommen schienen, denn plötzlich saß ich senkrecht im Bett wie Frankensteins Monster nach dem entscheidenden Stromstoß. Ich wusste sofort, dass es kein Albtraum war, sondern etwas Schreckliches und Reales. Es gab Zeiten in meinem Leben, in denen real nicht unbedingt gleichbedeutend mit schrecklich war. Doch in letzter Zeit sind sie unzertrennlich geworden.

Nachdem ich die Formulare an der Anmeldung abgegeben habe, wird Amá in einen kleinen Raum geschickt, wo eine Schwester ihre Beschwerden aufnimmt. Ich … kriege … keine … Luft, sagt Amá zu der Schwester. Welche Medikamente nehmen Sie?, fragt die Schwester und beginnt, Amás Blutdruck zu messen. Amás Englisch ist wegen ihrer, wie ich es nenne, panischen Angst vor Gringos wie weggeblasen, denn statt zu antworten, deutet sie auf ihre Vinyl-Handtasche, die ich umklammere. Umklammere, während ich mich an die Wand lehne. In der Aufregung, meine *jefita* so schnell wie möglich ins Krankenhaus zu bringen, habe ich nicht nur vergessen, meine Krücken mitzunehmen, sondern bin auch ein bisschen groggy, weil ich vor dem Schlafengehen eine Extradosis Schmerzmittel genommen habe. Ich mache die Handtasche auf, aber an den Blicken der beiden Frauen merke ich, dass ich nicht schnell genug bin. Die Schwester unterbricht, was sie gerade tut, und mustert mich kurz. Man könnte meinen, sie hätte noch nie einen mit Medikamenten voll gepumpten Krüppel im Flanellnachthemd gesehen. Ich fange an zu schwitzen. Nachdem ich der Schwester die Tabletten gegeben habe, humple ich davon, um mir im Wartezimmer einen freien Platz zu suchen.

In der Notaufnahme ist es laut und schmutzig, und es herrscht viel Betrieb. Drei blutverschmierte Mitglieder einer Jugendbande machen einen Riesenradau, während sie darauf warten, dass sich jemand um sie kümmert, schmieden Pläne, wie sie sich im *barrio,* im Ghetto, in den Sanierungsgebieten, in der West Side, South Side, North Side, in den Vororten rächen, wo immer sie ihr Revier haben mögen, und machen zwischendurch kranke Frauen an. Unterdessen trifft ein ständiger Strom beängstigender Gestalten aus der Innenstadt ein. Eine Prozession mit nicht einem, nicht zwei, sondern vier Mädchen in Rollstühlen. Kleine Mädchen, eigentlich noch Kinder, Kinder mit wilden Mähnen, winzige junge Dinger mit Schlabberhosen und dicken runden Bäuchlein, die sich unter ihren karierten Oversize-Hemden vorwölben, kleine Mädchen, die im Begriff sind, ihre elfenhaften Sprösslinge zu gebären. Eine lässt sich von ihrem Boyfriend, einem schlanken Jüngelchen mit großspurigem Gehabe und schweren Schuhen, im Rollstuhl schieben, aber die anderen werden von ihren Müttern geschoben, die allesamt jünger aussehen als ich und im Begriff sind, Großmütter zu werden, bevor die Nacht vorbei ist.

In meinem Kopf ertönt ein ohrenbetäubendes Klingeln. Wo ist die Zeit geblieben?, fragt es. Wo ist die Zeit geblieben? Ich kenne diese Stadt gewalttätiger Jugendlicher nicht, die zum Spaß töten, Russisches Roulette spielen, wie ich einen Jungen vor einem anderen angeben höre, auf der Geburtstagsparty einer Sechzehnjährigen. Was mag das für eine Geburtstagsparty gewesen sein? Alle waren high, sagt der Junge, und die Kanone ist rumgegangen, bis es dann einen erwischt hat. Päng! Mann! Das war besser als jeder Trip!

Mit fünfundzwanzig hätte ich fast ein Kind gehabt. Hier werden heute Nacht, vielleicht jede Nacht, Kinder geboren von Kindern, die für den nächsten Killer-Trip leben – sei es, dass sie einem mit einer Wegfahrsperre den Schädel einschlagen, sei es, dass sie Lösungsmittel schnüffeln und ins Koma fallen, sei es eine Kugel in den Kopf, päng, Mann, das ist besser als jeder Trip!

Diese Art Leben habe ich nie gekannt. Die Kinder, mit denen ich zur Schule ging, wären schon high gewesen, wenn sie eines Morgens im Vollbesitz ihrer Sinne aufgewacht wären. Was hätten sie nicht darum gegeben, auch nur einen Tag lang hören, sehen, klar denken zu können; aufzustehen und gehen zu können. Stehe auf und wandle! wie Jesus sagte, und sie wären aufgestanden und hätten ihr Bett gemacht und ihre Haferflocken gegessen und sich für die Schule fertig gemacht, und niemand hätte sie auf die Toilette tragen und wieder abholen müssen oder gesagt: Mach schon, Beto, beeil dich, ich habe meine Zeit nicht gestohlen. Bisschen dalli! Bist du endlich fertig? Kommst du allein ans Klopapier, oder brauchst du auch dabei Hilfe?

Das war nicht die Stadt, die ich als junge Frau kannte, als ich hier ausging, ihre schummrigen Tanzschuppen und schicken Restaurants besuchte. Meine Droge war das Tanzen, damals, als ich kaum gehen konnte. Ich tanzte für ein paar Dollar die Nacht. Ich tanzte für kostenlose Brandys. Vielleicht trank ich ein bisschen zu viel. Vielleicht war das meine Art von Leichtsinn. Aber wir waren stoned von der Musik, von zeitlosen Liedern und Rhythmen und aufrichtiger Liebe, ja, auch das. Nicht nur von einer Liebe, die man nicht haben konnte, sondern von der Liebe zu einem Land, das man verloren hat, der Sehnsucht nach einem Ort zum Ausruhen und Müttern, die uns fehlten, und vergangenen Zeiten, die nie wiederkommen würden. Wir berauschten uns an Sehnsüchten.

Plötzlich beginnen die Teenager-Krieger um mich herum zu verblassen. Ich habe dieses Klingeln im Kopf, das außer mir niemand zu hören scheint. Toll, jetzt höre ich schon Stimmen, denke ich. Klar, warum auch nicht? In Anbetracht der Stimmen und meiner Abstinenz, der Sorge für die Alten und einem Leben in Armut werde ich bestimmt demnächst selig gesprochen. Mein Bein pocht schlimmer denn je. Nimm noch eine Schmerztablette, nein, kann ich nicht, nicht schon wieder. Als ich mich vorbeuge, um mein Bein zu massieren, habe ich plötzlich das flaue Gefühl im Magen, dass mir mein Leben unter den Füßen weggezogen wurde, dass eine Generation verschwunden ist und dass meine Stadt bei Nacht nicht mehr aufregend und großartig ist, sondern nur noch ein veritables Schlachtfeld, wo Jugendliche in Hinterhöfen und Parks abgeknallt werden. Wer hat unseren Kindern den Krieg erklärt? Das ist nicht *Der Herr der Fliegen,* das ist nicht Serbien oder Zaire oder Medellín. Das ist Chicago, meine Stadt, Amerika, das Land der Freien! Oder nicht? Oder etwa nicht? Ich habe die Dinge einfach nicht mehr im Griff, habe nichts mehr im Griff, aber wer weiß schon, ob das überhaupt jemals der Fall war, behütete verkrüppelte Tänzerin, die ich war, romantisch, wie ich bin, und was mich anbelangt, ist es genau das, was die Welt in Bewegung hält. Und dann fällt mein Körper kopfüber zu Boden, und ich kann mich nicht erinnern, was dann geschieht.

Seis: Es ist genau wie in der Geschichte . . .

Es ist genau wie in der Geschichte, die mein Yoga-Lehrer vor Jahren einmal der Gruppe erzählte, als ich mich noch auf den Boden setzen und nach vorn beugen konnte. Obwohl wir vom Augenblick unserer Geburt an sterben, sind wir wie der Frosch, der von der Schlange verschlungen wird, sagte er. Noch während der Frosch verschlungen wird, versucht seine zuckende Zunge eine Fliege zu fangen. Nachdem Amá in dieser langen Nacht endlich aufgenommen wurde, bekam sie eine Spritze, wurde an den Tropf gehängt und schließlich von einem verschlafenen Dienst habenden Assistenzarzt untersucht, der lediglich fragte, welche Medikamente sie nahm, und dann sagte, dass man bis morgen nichts weiter tun könne und dass dann der Arzt meiner Mutter kommen werde. Ich tätschelte ihre Hand und sagte: Mach dir keine Sorgen, und sah in ihre Augen – sah dort ihren unbezähmbaren Lebenswillen. Es war schon fast Morgen, als ich mich durch die alles andere als antiseptischen Korridore und zur Tür hinaus schleppte.

Amás Wohnung war unheimlich ohne sie, und nur Macho schnüffelte hinter der Tür herum, als ich den Schlüssel in ein doppeltes Sicherheitsschloss steckte, wie ich es mir im Hollywood Hotel hatte einbauen lassen. Damals war es für mich ein Symbol meiner Unabhängigkeit. Jetzt ist es nur noch eine Schutzvorrichtung für Leute, die in ständiger Angst leben.

Von Schutz kann kaum die Rede sein, da Negrito irgendwie hineingekommen ist und ich ihn schlafend im Bett meiner Mutter vorfinde. Macho springt zu ihm hinauf und kuschelt sich unter seinen Arm wie ein Teddybär. Wie geht's ihr?, fragt mein kleiner Bruder, den ich seit weiß Gott wann nicht gesehen habe, im Halbdunkel, ohne die Augen aufzuschlagen. Sie wird wieder, sage ich. Was machst du eigentlich hier?

Keine Angst, sagt Negrito, ich bleib nicht lange. Er setzt sich auf. Früher war er der hübsche Sohn, doch nun sind seine Augen leer, und sein Haar ist dünn geworden vom übermäßigen Konsum illegaler und legaler Drogen. Er ist so mager, dass man meint, in seinen Hosen steckt keiner. Er ist auch ein bisschen schmutziger als sonst.

Seit wann bist *du* wieder da?, fragt er zurück. Seit einem Jahr? *Pobre de ti!*, sagt er sarkastisch und legt sich wieder hin. Ich schnappe Macho, werfe den knurrenden Hund auf den Boden und lege mich neben meinen Bruder. Ich liege gern auf dem Bauch. Bist müde, was?, sagt er und wirft den Arm über mich wie den Schließbügel in der Achterbahn, der verhindert, dass man zu Tode stürzt. Falls du Geld brauchst, sage ich, kann ich dir ein bisschen was geben, aber lass die Finger von Amás Kram, klar? Keine Angst, sagt Negrito und tätschelt meinen Po. Weißt du noch, wie wir früher rumgeschmust haben?, fragt er. Mhm, murmele ich. Übrigens, sag mal, habe ich dich eigentlich schwul gemacht?

Also wirklich, *mi'ja!*, sagt Negrito, und dann schlafen wir beide ein.

Als ich morgens aufwache, ist Negrito spurlos verschwunden, auf dem Bett ist kaum noch zu sehen, wo er gelegen hat. Ich schäme mich ein bisschen, dass ich trotzdem in der Wohnung nachsehe. Natürlich hat Negrito nichts von zu Hause mitgenommen. Das tut er nie.

5

Uno: Corazón de melón . . .

Corazón de melón de melón melón melón de corazón . . . de melón heißt der flotte Chachacha, zu dem meine *jefitos* tanzten, als sie noch jung und verliebt waren. Mein *jefito* pfeift ihn leise, als er heraufkommt, während meine Mutter im Krankenhaus ist. Ich erinnere mich an die Zeit, als meine Eltern noch verliebt waren und ich nicht tanzen konnte. Ich war gerade aus dem Krankenhaus gekommen und saß im Rollstuhl. Aber ich weiß noch, wie mein Apá mich einmal bei einer Party hochhob, um mit mir einen Perez-Prado-Mambo zu tanzen. Er war damals ein schneidiger Mann, mit einem bleistiftdünnen Oberlippenbart wie der, den Pedro Infante trug, der eher wie ein singender Automechaniker aussah als wie ein Filmstar.

Apá machte viele Überstunden in der Zeit, als Amerika ein großartiges Land für Arbeiter war und du das Anderthalbfache bekamst, wenn du mehr als deine vierzig Stunden arbeitetest, nicht so wie jetzt, wo Unternehmen Kinder im Ausland wie Sklaven schuften lassen, weil von deren Arbeit das Überleben ihrer Familien abhängt, Kinder, die das Pech haben, in Ländern geboren worden zu sein, die keinen Arbeitsschutz kennen. Apá machte viele Überstunden, wie ich schon sagte, und kam sogar noch später aus der Kneipe heim, in der er üblicherweise einkehrte, sodass er erst lange nach dem Abendessen, wenn wir gewöhnlich schon im Bett waren, heimgewankt kam.

Lass das Kind in Ruhe! Genau gesagt «das Ding», denn so nannte sie mich auf Spanisch. Das war schon okay. Im Englischen sind Kinder kids. Amá, die bis dahin vorgegeben hatte zu schlafen, brüllte immer aus dem Schlafzimmer, wenn sie merkte, dass er in mein Zimmer gekommen war und mich aufweckte. Manchmal drückte er mich nur an sich und sagte: Tut mir Leid, *mi'jita*, tut mir Leid, weinte ein bisschen und wiegte mich. Er dachte, Gott bestrafe ihn für etwas, indem er mir Polio gab. Dann wieder legte er eine Schallplatte auf und machte auf fröhlich, während Amá von ihrem Bett aus Zustände bekam, sich aber weigerte aufzustehen und so zu tun versuchte, als führe er sich nicht albern und betrunken auf, ihn schließlich aber doch anbrüllte, dass er albern und betrunken sei. Um der Kinder willen, komm endlich ins Bett! Er spielte gewöhnlich einen Mambo oder einen Danzón oder eine Rumba, denn mein Apá konnte nicht nur hart arbeiten, sondern auch wirklich tanzen. Steh auf!, sagte er dann zu ihr. Komm, tanz mit mir, *vieja*! «Alte Frau» war das Kosewort meines Vaters für seine Frau. Na schön, dann wird eben *mi'jita* mit mir tanzen, sagte er dann. Ich wollte so gerne tanzen, aber ich konnte nicht, also hob er mich hoch und trug mich ins Wohnzimmer und tanzte so mit mir, Rumba oder Mambo oder ganz langsam Wange an Wange, sodass ich das Bier in seinem Atem und die Ausdünstung seines stoppeligen Gesichts riechen konnte, während er etwas Schmelzendes von Nat King Cole mitpfiff.

Ich weiß, dass es kein Zufall ist, dass die Männer, die ich später liebte, alle Tänzer waren. Man muss kein Freud sein, um das auszuknobeln. Tanzen ist das, was ich am meisten bewunderte, was für mich wegen meines Beins am weitesten außer Reichweite lag, wegen der Liebe aber doch in meiner Reichweite war.

Ich habe frühere, aus der Vor-Polio-Zeit stammende Erinnerungen, Erinnerungen daran, als ich richtig gehen konnte und Tanzen nicht alles war. Nicht direkt Erinnerungen, nicht so etwas wie Schnappschüsse, eher geistige Drei-Sekunden-Filmschnipsel wie bei einem Traum; die selbst gedrehten Filme mit der Familienkamera, die wir uns nicht leisten konnten, habe ich in den Archiven meiner grauen Substanz aufbewahrt. Die Hauptdarstellerin in meinen frühesten Reminiszenzen ist meine Mutter. Ich sitze auf ihrem Schoß, und sie kitzelt mich, hört nicht auf, mich zu kitzeln. Ich bin ein kleiner Affe, hänge mit dem Kopf nach unten, ein neuer Babyklon, ihre Hoffnung vielleicht und ihre Inspiration. Vielleicht auch nicht. Vielleicht war ich nur eine Überraschung, wie meine Tante ihren Jüngsten zu nennen pflegte. Ich dachte, Junior wäre ein Tumor! Stellt euch meine Überraschung vor! Als mir klar wurde, dass ich schwanger war, war es schon zu spät! *Zu spät?* Junior, mein Vetter, und ich sahen uns an und überlegten, was «zu spät» bedeutete.

Ich blickte auf, und Amá, die damals eine hübsche mädchenhafte Mama war, raucht eine Zigarette. Ich habe meine Mutter nie rauchen sehen, aber in dieser Szene führt sie eine Zigarette an ihren rot geschminkten Mund und macht genießerisch einen langen Zug. Ihr ebenholzschwarzes Haar mit den glänzenden Wellen ist zu einem langen Pferdeschwanz hochgebunden. Sie sieht bezaubernd aus. Wenn sie mich an sich drückt, umfängt mich der unvergleichliche Geruch von *mamitas* Sinnlichkeit, aber ich bin noch ein Kind und kann ihn damals nur mit Einreiben mit Wick Vaporub vergleichen, wenn man erkältet ist, nur besser. In einem anderen Film, den ich seither in manch dunkler Stunde habe ablaufen lassen, hat Amá einen neuen Fotoapparat. Apá hat ihn ihr zu Weihnachten geschenkt. Lächeln, *mi'jita* ruft sie mir zu. Ich lächle mit zwei Zähnen und schokoladeverschmiertem Gesicht. Ist das eine Erinnerung oder hat sie dieses Foto irgendwo? In wieder einem anderen Film gehen wir alle zur Messe. Meine beiden großen Brüder gehen feierlich wie zwei Black Muslims in ihren Erstkommunionanzügen vor uns. Mein kleiner Bruder und ich gehen neben Amá. Ich bin in der Mitte. Ich muss die Hand von beiden festhalten. Amá sagt zu jemand, vielleicht zum Priester nach der Messe: Ja, das ist unsere kleine Prinzessin. Sie wird viel zu schnell groß! Die Erinnerungsfilme brennen alle während meiner Krankheit aus und kommen später nur bruchstückhaft zurück, sporadische Bilder, bei denen ich nicht sicher bin, was tatsächlich geschah, was ich geträumt habe und wo ich die leeren Flächen ausgefüllt habe.

Macho begrüßt meinen Vater mit Schwanzwedeln, watschelt dann davon und legt sich auf einen alten Bettvorleger. Wie kommst du mit den neuen Krücken zurecht?, fragt mein Apá. Außer ihm hat niemand in meiner Familie die Tatsache erwähnt, dass ich nach all den Jahren wieder an Krücken gehe. Ganz gut, sage ich. Mein *jefito* macht ein Gesicht wie Macho. Er wirkt niedergeschlagen, seit Amá ihn zwang auszuziehen. Ich möchte ihn nicht zusätzlich belasten, da er sich schon genug Sorgen um meine Mutter macht, und gehe daher nicht näher darauf ein, was die Ärztin mir vor kurzem mitgeteilt hat, nämlich dass bei mir eindeutige Symptome aufgetreten sind, dass ich einen Polio-Rückfall habe. Die Krücken sind nur das erste Anzeichen dessen, was mein Schicksal zu sein scheint. Um die Wahrheit zu sagen, ich selbst habe die Diagnose der Ärztin noch nicht als unumstößliche Tatsache akzeptiert.

Mein Vater, der der jüngere von den beiden ist, sieht schlechter aus als meine Mutter, war aber, soweit ich weiß, seit seiner Musterung im Koreakrieg nicht mehr beim Arzt, und das war bevor ich geboren wurde. Er war nicht tauglich, aus irgendeinem banalen Grund, auf den niemand gekommen wäre, wie Plattfüße. Er ist einer von denen, die denken, wenn man zum Arzt geht, wird man erst richtig krank.

Möchtest du etwas essen?, frage ich Apá. Nicht, dass ich unbedingt kochen will, aber ich bin überzeugt, dass meine Mutter einen Topf Bohnen im Kühlschrank stehen hat. Kein anständiger mexikanischer Haushalt im Norden ist jemals ohne einen Topf Pintobohnen und Weizenmehl-Tortillas.

Er zuckt die Schultern. Er hat noch seine Arbeitskleidung an, die Thermojacke mit der eingerissenen Tasche. In der Hand trägt er seinen Henkelmann. Ich geh dann mal wieder, sagt er, ohne mich anzusehen. Falls sein Verhalten noch Mitleid erregender wird, fange ich an zu heulen. Meinst du, dass es deiner Amá recht ist, wenn ich sie besuche?, fragt er an der Tür.

Du weißt genau, dass sie es dir nie verzeihen würde, wenn du nicht kämst! Die Lüge rutscht mir einfach heraus, denn ich will nicht die Komplizin meiner Mutter sein, wenn sie die Gefühle anderer verletzt. Er war eigentlich immer sehr nett, auch wenn sich über ihn als Vater sonst nicht viel sagen lässt. Und er hat immer gearbeitet. Apá brachte früher seinen ganzen Lohn heim, bis sie ihn hinauswarf. Er kommt noch immer pünktlich jeden Freitag und gibt ihr einen stattlichen Teil davon für den Haushalt.

Komm doch später runter zum Essen!, sagt Apá. Die Spezialität meines Vaters ist *chorizo* mit Eiern. Er blickt über die Schulter zurück, sagt: Du bist zu dünn, *hija.* Du musst besser auf dich aufpassen. Sonst löst du dich noch in Luft auf.

Leider nicht. Ich habe es schon versucht. Manchmal fühlst du dich so mies, dass du dich nur noch weg wünschst, verblassen möchtest wie ein altes Foto oder ein Hologramm, auf dem du warst, aber nicht wirklich. Selbstmord erscheint mir zu selbstsüchtig, zu krass. Zu plötzlich. Ich mag Drama, aber live, am liebsten auf der Bühne. Ein fulminanter endgültiger Abgang reizt mich bedeutend weniger als die Idee, um eine Zugabe gebeten zu werden.

Und so bin ich noch immer da.

Doch eines Tages, ob du es glaubst oder nicht, werde ich bestimmt den Applaus hören, der mich ein letztes Mal hinausruft.

Dos: Schemenhaft und bedrohlich, hell und düster . . .

Schemenhaft und bedrohlich, hell und düster sind die Worte, mit denen ich meinen Bruder Abel beschreiben würde, einen geschiedenen Mann ohne gesellschaftliches Leben und ohne andere Ambitionen, als in der Tagespolitik auf dem Laufenden zu sein. Zu welchem Zweck weiß keiner, da er mit niemand viel redet. Praktisch keine Freunde, geht nicht einmal zum Bowling. Wieso Bowling? Keine Ahnung. Es scheint mir nur eine gute Gelegenheit zu sein, Freundschaften zu schließen, etwas, das mein Bruder Abel nicht tut.

Wie bei unseren kurzen Begegnungen üblich, erschreckt er mich, als ich auf der Couch aufwache und ihn über mich gebeugt sehe. Ich weiß nicht, wie oft er das schon gemacht hat. Da sind die neueste *Time* und *Newsweek,* sagt er, schon auf dem Weg in die Küche, und meint den Stapel Zeitschriften, die er vom Zeitungskiosk mitgebracht hat. Ich verfolge, wie sich der gelatineartige Körper meines Bruders Richtung Küche schiebt. Wie geht's Amá?, ruft er, als ich die Küchenschranktür aufgehen höre. Genau wie meine *jefitos* ist er unfähig, etwas auch nur potentiell Emotionales von Angesicht zu Angesicht zu fragen. Im Moment ganz gut!, schreie ich zurück, und während ich mich aufzusetzen versuche und meine Kleidung zurechtrücke, frage ich mich, warum mir mein Bruder schon immer ein bisschen unheimlich gewesen ist. Er kommt mit einem Teller kalter Reste ins Wohnzimmer zurück. Ich mach mir Sorgen um unsere Mutter, sagt er. Er setzt sich in den Lieblingssessel meiner Eltern vor dem großen Fernseher und beginnt zu essen und sich dabei den Wetterbericht anzusehen. Nie würde er herkommen und all das tun, wenn Amá hier wäre. Klar, wir sind alle mutig, wenn sie nicht da ist. Warum besuchst du sie nicht im Krankenhaus, wenn du dir solche Sorgen um sie machst?, frage ich. Unser fünfminütiger Austausch von Nettigkeiten ist vorbei und unsere lebenslange geschwisterliche Rivalität ist wieder da. Wenn er früher meinen Dumbo ohrfeigte, meinen Stoffelefanten, dann wartete ich, bis er spielen gegangen war, um dann seine elektrische Eisenbahn auseinander zu nehmen und sie Stück für Stück draußen im Hinterhof liegen zu lassen. An diesen Angriffen änderte selbst meine Kinderlähmung nichts.

Ich sehe zu, wie mein Bruder den Teller leer isst, ohne die Reste vorher warm gemacht zu haben, nicht einmal in der Mikrowelle, die Apá bei einer Tombola in der Fabrik gewonnen hat. Er beißt in die zusammengerollte Tortilla, die er in der Hand hält und die er tatsächlich auf dem Herd heiß gemacht hat, weil selbst der größte Dummkopf auf der Welt weiß, dass man Tortillas nicht kalt isst – außer den *gringo-gajes.* Und die wissen es eben nicht besser. Ich war einmal auf einer Benefizveranstaltung, wo ich mit Agustín auftreten sollte. Es ging darum, Geld für Guatemala oder Nicaragua zu sammeln, irgendeinen Staat in Mittelamerika, damals, als eine ganze Generation von Amerikanern so betroffen war, dass ihr Land während eines Großteils des zwanzigsten Jahrhunderts dort unten für so viel Ärger gesorgt hatte. Es wurde eine Platte mit kalten Tortillas herumgereicht, als Beilage zum Essen, als ob es große Hostien wären. Igitt! Das sollte denen mal jemand sagen, flüsterte ich Agustín zu, weil ich Hunger hatte und mich weigerte, Pintobohnen zu essen, die Couscous beigemischt waren, vielleicht war es auch brauner Reis, es war schwer zu sagen, als die lauwarme Schüssel angeboten wurde. Wozu?, sagte Agustín, der beim Essen immer so mäkelig war, dass er sowieso nichts aß, das herumgereicht wurde.

Habe ich schon, antwortet mein Bruder schließlich auf meine Frage nach einem Besuch bei Amá, und ich merke genau, dass es für ihn schon eine Belästigung darstellt, dass ich überhaupt gefragt habe.

Du warst dort? Ich komme mir blöd vor, dass ich an ihm gezweifelt habe, bin aber dennoch überrascht, dass er tatsächlich ins Krankenhaus gegangen ist. Ja, aber sie war nicht da. Sie war nicht da?, frage ich. Wo soll sie denn *sonst* sein? Sie ist doch im Krankenhaus! Sie haben gesagt, sie hätten sie zum Röntgen oder was gebracht. Zum Röntgen? Wieso *das* denn?, sage ich. Das ist zu viel. Ich bin überzeugt, dass er gar nicht dort war. Natürlich war er nicht dort. Er geht doch nie hin. Nach einem Moment lastenden Schweigens sagt er: Hast du von den Razzien im Dollar Mart drunten in Little Village gehört? Little Village ist voller Chicago-Mexikaner und mexikanischer Mexikaner. Wer kann die schon auseinander halten? Die Einwanderungsbehörde bestimmt nicht. Es soll dort in letzter Zeit in vielen Geschäften Razzien gegeben haben. Die meisten Angestellten im Dollar Mart kriegen sowieso nur den Mindestlohn, wenn überhaupt. Nicht alle haben Papiere. Nur manche. Aber sie haben sie trotzdem alle abgeführt, sagt Abel. Tja, sage ich, das ist schlimm. Tja, sagt er, das sind doch bloß Sündenböcke für die Großunternehmer. Behandeln Menschen wie disponible Maschinen. Mein nichtsnutziger Bruder redet tatsächlich so daher wie ein politischer Kommentator im Fernsehen. Tja, sage ich, ich mag gar nicht daran denken. Ich weiß, sagt er. Ich auch nicht. Dann steht er auf und holt sich eine zweite Portion.

Tres: Während Amá im Krankenhaus ist, begehe ich eine Todsünde

Während Amá im Krankenhaus ist, begehe ich eine Todsünde. Ich räume ihren Kühlschrank aus. Nach bestem Wissen und Gewissen behaupte ich, dass das seit dem 20. Juli 1969 nicht mehr gemacht wurde, dem Tag, an dem Neil Armstrong seinen Fuß auf den Mond setzte. Komisch, wie weltbewegende Ereignisse dazu dienen, dich an die trivialsten Dinge zu erinnern, die jedoch, weil sie dein eigenes kleines Leben betreffen, einen nachhaltigeren Eindruck bei dir hinterlassen als die Weltgeschichte. Ich weiß noch genau, wie meine Mutter sagte: Wenn ein Mann auf den Mond fliegen kann, dann kann ich auch nachsehen, was hinten im Kühlschrank ist.

Ich hole mir eine Erkältung und kann zwei Tage nicht zur Arbeit gehen, als mir der Gedanke kommt, dass ich jetzt, da Amás Diabetes schlimmer wird, unbedingt ein wachsameres Auge auf meine Mutter haben muss. Abel kommt herauf, als ich gerade alle Bratpfannen und Kochtöpfe mit Deckeln samt den darin steckenden Schöpflöffeln, die Amá aufbewahrt hat, herausgeholt und auf den Tisch gestellt habe. Großer Gott, ich möchte nicht hier sein, wenn Amá heimkommt, sagte er und ging auf der Stelle wieder, obwohl meine Mutter in dem Moment noch in sicherer Entfernung in ihrem verstellbaren Krankenhausbett lag.

Ein kaputter Ablagerost ist behelfsmäßig mit einem Stück Holz und zusammengerolltem Zeitungspapier repariert.

Ich werfe einen Blick in die Gefriertruhe und beschließe, dass ich sie mir ein andermal vornehmen werde.

Ich finde alte Ketchup-Flaschen und Salsa-Gläser, deren Verfallsdatum längst überschritten ist, und diverse Behälter mit recyceltem Fett, schwarze mumifizierte Serrano-Schoten und versteinerte Limonen, alte Sojasaucen-Packungen und chinesischen Senf in einer Plastiktüte noch aus der Zeit, als meine *jefitos* sich freitags in der Regel Essen ins Haus bringen ließen, als Amá noch in der Fabrik arbeitete und sie sich dergleichen leisten konnten.

Ich schrubbe sämtliche Ablageroste und Gemüseschalen. Ich hole einen neuen Satz Tupperware aus dem Vorrat, den wir Amá jedes Jahr zum Muttertag schenken und der nie benutzt wird. Ich empfinde geradezu hausfraulichen Stolz, wenn ich es schaffe, eine Dose genau richtig zu füllen. Als ich fertig bin, trete ich einen Schritt zurück und bewundere mein glorreiches Meisterwerk. Genau wie Neil Armstrong würde ich am liebsten eine Fahne aufpflanzen und das neue Gebiet im Namen des Friedens reklamieren.

Dabei weiß ich die ganze Zeit, was mir bevorsteht. Die hellblauen Tupperware-Dosen – die in jedem anderen Kühlschrank ganz harmlos wirken würden – sehen aus, als wäre Attila mit seinen Hunnen in das Territorium meiner Mutter eingefallen.

Trotzdem mache ich weiter. Später tausche ich die süßen Limonaden gegen echten Grapefruitsaft aus. Entferne alle Salzstreuer aus dem Gewürzregal und die Salzpackungen aus der Speisekammer. Kaufe frisches Obst und Gemüse und spende die ganzen Konserven einer Suppenküche. Ich bin glücklich und stolz, all das für meine Mutter zu tun, die sehr krank ist und vielleicht gestorben wäre, wenn ich sie nicht rechtzeitig ins Krankenhaus gebracht hätte, und die ganz bestimmt merken wird, wie sehr sie von mir umsorgt wird, nicht ihrem besten Kind, vielleicht nicht ihrem Lieblingskind, aber von jemandem, der sie trotzdem liebt, so unbeholfen zwar, wie mein Gang ist, aber trotzdem.

Meine Erkältung wird schlimmer, und ich muss einen weiteren Tag zu Hause bleiben und kann meine Mutter nicht im Krankenhaus abholen, als sie entlassen wird. Mein Vater muss sich den Nachmittag freinehmen – für einen Mexikaner vergleichbar mit einer lässlichen Sünde. Auch er möchte nicht hören, was sie sagen wird, wenn sie den Kühlschrank aufmacht, und so geht mein Apá wieder, kaum dass sie da ist.

Wie sich herausstellt, verliert meine Mutter kein Wort darüber. Aber wann immer ich in den darauf folgenden Wochen anbiete, die Küche zu putzen, lehnt sie ab. Das mache ich selbst, sagt sie mit so argwöhnischer Miene, dass ich anfange, mir ein bisschen wie Bette Davis in *Was geschah wirklich mit Baby Jane?* vorzukommen. Die Pfannen tauchen wieder auf. Die Töpfe mit Deckel und den Löffeln darin. Auch das Salz findet allmählich in die Küche zurück, und nicht zu knapp.

Meine Mutter beginnt auf Grund ihrer neuen Diät abzunehmen. Meine Tochter lässt mich nichts essen, raunt sie eines Tages à la Joan Crawford einer meiner Tanten am Telefon zu. Ich werde mich noch in Luft auflösen! Schließlich beginnt sie sich zu Fuß aus dem Haus zu schleichen und ihre Lebensmittel selbst zu besorgen, um meine fettfreien, zuckerfreien, natriumarmen, kohlehydratarmen, biologischen, gut gemeinten Einkäufe zu hintertreiben, die im Kühlschrank und in der Speisekammer vor sich hin gammeln. Iss du sie doch, sagt sie zu mir.

Wenn ich zur Arbeit gehe, kocht sie Sachen, die vor Fett nur so triefen und die ich seit meiner Kindheit nicht mehr gesehen habe, Gerichte aus der Zeit der Wirtschaftskrise, mit denen sie aufwuchs:

Gebratene Innereien, Schweinsfüße, Nackenknochen mit Grünkohl in scharfer Chilisauce. Ich finde sie, in kalter Salsa oder Fett erstarrt, in ihren Töpfen und Pfannen im Kühlschrank vor.

Warum bringst du mir eigentlich nie mehr Apfelkuchen von der Arbeit mit so wie früher?, fragt sie mich in einem Ton, der eher wie eine Anklage als eine Bitte ist.

Weil das nicht gut für dich ist, sage ich.

Ein Stück kann ja wohl nicht schaden! Ich esse morgens gern was Süßes. Das macht mich munter. Ich bin tagsüber immer so müde.

Du bist müde von den Medikamenten und weil du solches Zeug isst, sage ich zu ihr.

Quatsch!, sagt sie fast unhörbar. Ich wäre sonst auch müde.

Als ich wieder zur Arbeit gehe, denke ich daran. Wider besseres Wissen kaufe ich auf dem Heimweg einen Apfelkuchen. Amá ist glücklich. Wenn ich vor der Wahl stehe, dass Amá ein bisschen glücklich ist, sei es auch nur vorübergehend, weil sie das isst, worauf sie Lust hat, und ich dafür sehr unglücklich bin, nicht nur wegen ihres Sträubens, ihre Essgewohnheiten zu ändern, weil es dazu, wie sie sagt, ohnehin zu spät ist, sondern weil sie glaubt, dass ich gegen ihr Wohlergehen konspiriere, entscheide ich mich für den Weg des geringsten Widerstandes. Außerdem glaube ich inzwischen, dass es nicht selbstsüchtig ist, so zu handeln.

Wann ist meine Mutter eigentlich so eine alte Frau geworden?

Wann habe ich aufgehört, eine junge zu sein?

Meine Mutter ist vor meinen Augen zu einem Hutzelweibchen zusammengeschrumpft, und ich habe es nicht einmal bemerkt. Ihre Arme sind verschrumpelt wie Essiggurken. Dennoch weiß ich, dass es meine Mutter ist, denn es ist noch immer ihre Stimme, die Stimme, der ich, egal was sie von mir verlangt, nie widerspreche. Na ja, manchmal widerspreche ich ihr schon, aber ich lehne mich nicht offen gegen meine Mutter auf, wage es nicht, dieser noch immer volltönenden Stimme Widerstand zu leisten, die früher wie ein in Amás Kehle nistender Vogel sang, wenn sie den Teig für ihre Samstagvormittag-Tortillas auswellte, als ich ein kleines Mädchen war, der Stimme, der ich meine Liebe zum Gesang verdanke.

Wann hat meine Mutter eigentlich aufgehört zu singen?

Eines Nachts, als ich mich deswegen unruhig im Bett hin und her wälze, komme ich zu dem Schluss, dass mein Gewissen rein ist. Da ich nicht schlafen kann, weil ich mir darüber Sorgen mache, was Amás Ärzte uns mitgeteilt haben, nämlich dass sie eines Tages vermutlich ans Dialysegerät muss, überkommt mich eine Erleuchtung, eine Feld-Wald-und-Wiesen-Offenbarung, und ich weiß, dass ich mir Amás wegen keine Vorwürfe mehr zu machen brauche. Ich muss die Schuldgefühle ablegen, sie jetzt enttäuscht zu haben, sie so vollauf enttäuscht zu haben, ohne mich auch nur anzustrengen, ohne auch nur zu wissen, wie ich das anstellte, während sie im Zimmer nebenan tief schläft. Und am nächsten Morgen finde ich mich mit mir ab, mit der unzulänglichen Tochter, die ich bin, nach innen wie nach außen, und mir wird klar, dass ich, auch wenn ich Amás Liebe nicht immer gespürt habe, mich selbst doch genug für uns beide geliebt habe.

Cuatro: Die Iden des März brachten . . .

Die Iden des März brachten den Prärien des Mittleren Westens in jenem Frühjahr schwere Stürme und Regen. Am Samstag arbeitete ich wie gewöhnlich und schaffte es gerade noch nach Hause, nicht wegen des Wetters, sondern weil ich so langsam war wie eine sich durch den Sand buddelnde Schildkröte. Ich hatte mich mühsam durch den Tag gequält, da am Flughafen Hochbetrieb herrschte, ständig Pizzas, Getränke und gefrorenes Joghurteis verlangt wurden und uns noch dazu eine Person fehlte, was ununterbrochene Hektik bedeutete. Abends hatte ich das Gefühl, als ob mein linker Schenkel geschrumpft sei.

Doch als ich am Montag zu meiner Ärztin ging, sagte sie, dass ich nicht bloß das *Gefühl* hätte, meine Muskeln seien geschrumpft, sondern dass dies offenbar tatsächlich der Fall sei. Ausgeschlossen, Frau Doktor, protestierte ich, bei allem gebührenden Respekt. Ich bin sicher, dass es nur eine leichte Arthritis oder etwas Ähnliches ist. Könnte nicht vielleicht eine Salbe helfen? Es macht mir nichts aus, alt zu riechen. Ich kenne eine *sobadora,* die Vaters Schleimbeutelentzündung behandelt und die bestimmt alles wegmassieren wird.

Nein, Miss Santos, sagte die Ärztin mit Nachdruck. Was Sie im Moment tun, wird als Verdrängen bezeichnet, und je früher Sie sich mit Ihrem degenerativen Zustand auseinander setzen, desto früher können wir einen Ihren Symptomen entsprechenden Behandlungsplan aufstellen.

O nein, sagte ich, ganz leise, fast unhörbar, so gedämpft wie das Platzen einer Seifenblase. Aber die Wahrheit war, dass ich am Samstag darauf, als ich abends von der Arbeit heimfuhr, in der S-Bahn nicht aufstehen konnte, um auszusteigen, es zweimal versuchte, bis mir ein junges Mädchen aufhalf.

Und wenn du alle deine guten motorischen Einheiten aufgebraucht hast, die fast dein ganzes Leben lang die nicht mehr existenten Funktionen ersetzt haben, dann passiert es dir, dass du eines Tages zwischen Frühling und Sommer auf dem Sozialamt landest. Zu meinem Glück, wie ich annehme, wissen die Ärzte inzwischen, dass Polio das Opfer Jahrzehnte nach dem ersten tückischen Anfall erneut heimsuchen kann, und schreiben Patienten, die an Postpoliosyndrom leiden, nicht mehr einfach als psychisch gestört ab oder schieben es bei betroffenen Frauen schlicht auf die Wechseljahre. Zu meinem Pech sind die Mediziner zu dem Schluss gelangt, dass das, was ich habe, echt ist und dass es keine Heilung gibt. Keine Auffrischimpfung diesmal. Keine intensiven Reha-Maßnahmen. Das Einzige, was bleibt, ist, zu versuchen, die Muskelreserven, die ich noch habe, nicht aufzubrauchen. In Anbetracht des strapaziösen Berufs, den ich mir ausgesucht habe, versteht es sich von selbst, dass meine Reserven praktisch gleich null sind.

Alles Gute zum vierzigsten Geburtstag, Carmen.

Da ich keine öffentlichen Verkehrsmittel mehr benutzen kann und da den ganzen Tag Stehen sowieso unmöglich geworden ist, ist es aus mit dem Pizzajob.

Ich kann nicht sagen, dass ich ihn vermissen werde, denn die Bezahlung liegt kaum über dem, was ich an Sozialhilfe beziehen werde, sage ich zu meiner Busenfreundin Vicky, die von bitterer Armut etwa so weit entfernt ist, wie ich es vom Reichtum bin. Sie war schon immer gut in Mathe und ist jetzt in der Geschäftsleitung einer Bank in der City tätig. Aber es bedeutet, dass ich meiner netten Lieblingsärztin Adieu sagen muss.

Und dass du dich darauf einstellen musst, deine Tage mit Warten zu verbringen, um irgendwann bei einem endlosen Strom ständig wechselnder Assistenzärzte dranzukommen, seufzt Vicky. Genau wie mein Bruder, sagt sie. Man sollte meinen, dass das Gesundheitssystem die Behandlung von Aids-Patienten inzwischen besser im Griff hat. Da Vickys Bruder so krank ist, sehe ich sie nur selten. Aber auch deshalb, weil Vicky gern Geld verdient und sehr viel Zeit darauf verwendet.

Als wir Teenager waren, lud Virgil seine kleine Schwester und mich sonntags zu seinen Fußballspielen ein. Er spielte in einer mexikanischen Mannschaft, Los Toros oder so ähnlich. Jedes Wochenende kamen wir uns wie ganz normale Mädchen vor, wenn wir auf einer Bank saßen und Vickys süßen, sportlichen Bruder anfeuerten. Und da Virgil ein Star war, wurden auch wir von den anderen Mitgliedern der Mannschaft entsprechend umworben. Aber ich war so verknallt in Virgil, dass ich außer ihm keinem Beachtung schenkte. Die Vernarrtheit war gegenseitig, obwohl er es sich sehr viel weniger anmerken ließ, als ich es manchmal tat. Vielleicht weil er eine Sportskanone oder aber weil ich noch minderjährig war. Nach dem bewussten ersten Mal schmusten wir drei nie mehr zusammen herum. Aber ich schmuste mit Virgil allein herum und manchmal mit Vicky. Vicky liebte mich wie ein Mann und Virgil liebte mich wie eine Frau, oder anders ausgedrückt, ich verlor meine Unschuld bei meiner Busenfreundin Vicky. Dann ging Virgil nach Mexiko, um professionell zu spielen. Vicky ging nach Princeton. Ich begegnete Agustín, und das war das Ende meiner hermaphroditischen Romanze mit Bruder und Schwester.

Als Virgil vor etwa einem Jahr nach Chicago zurückkam, hatte er Aids. Wir gingen ein paarmal miteinander aus, aber nur als Freunde. Unsere Affäre war lange vorbei. Aber ich weiß noch genau, wie er mir früher auf dem Rücksitz seines Autos zuflüsterte: Du bist die einzige Frau, die ich je lieben werde, Carmen. Damals glaubte ich ihm nicht so recht. Später wurde mir klar, dass kein Mann je wahrere Worte zu mir sagen sollte.

Die meisten meiner *cuates* in der Mannschaft sind an Aids gestorben, sagte Virgil an dem Abend, als wir zum ersten Mal ausgingen. Wir waren in einer von Latinos frequentierten Transvestitenbar namens La Luna Llena. Das Vorderfenster war nach einer Schlägerei in der vergangenen Nacht mit Brettern vernagelt. La Luna Llena war von der Polizei schon mehrmals wegen «Gefühlsüberschwangs» der Gäste geschlossen worden. Virgil blickte weg. Er blickte weg, trommelte mit den Fingern auf der Bar den Donna-Summer-Klassiker in der Jukebox mit und nippte an seinem Sodawasser. Er trank keinen Alkohol mehr, aber dafür rauchte er wie ein Schlot. Das habe ich mir während meiner Zeit in Mexiko angewöhnt, sagte er zu seiner Entschuldigung, da rauchen alle, sogar die Straßenkinder.

Du solltest dich mal fein machen und hier auftreten!, sagte ich. Einfach so zum Spaß! Ich wusste, dass er krank war. Ich dachte, er bräuchte wieder etwas Spaß in seinem Leben. Abgesehen von seinen Prinz-Charles-Ohren sah er noch immer wie ein griechischer Gott aus. Er wurde rot. Du weißt doch, dass ich kein Exhibitionist bin. Ich begann zu husten, da ich mich an einem Stück Eis aus meinem Drink verschluckt hatte. Nachdem wieder alles in Ordnung war, sagte ich: Zuerst warst du der Star deiner eigenen Band und hast diese hautengen Hosen getragen. Erinnerst du dich? Mit Pailletten dran? Dann hast du in glänzenden knappen Sporthosen professionell Fußball gespielt – Schon gut, schon gut! Virgil hob lächelnd die Hände hoch, um mich am Weitersprechen zu hindern. Vielleicht habe ich wirklich ein bisschen was von einem Exhibitionisten . . . Und erzähl mir nicht, dass du dir nie die Beine rasiert hast, nicht einmal damals!, frotzelte ich. Sein Gesicht wurde so rot wie eine Runkelrübe. Ich weiß, dass es eigentlich «wie eine Tomate» heißt, aber mir gefällt Runkelrübe besser.

Nachdem ihm ständig übel zu werden begann, sahen wir einander nicht mehr. Ich rief ihn ein paarmal an, ohne dass er zurückrief, dann Funkstille. Ich höre von ihm nur noch über seine Schwester.

Was mir an Vicky in den letzten Jahren am besten gefällt, ist, dass sie mich nie spüren lässt, wie erfolgreich sie im Vergleich zu mir geworden ist. Zum Geburtstag schenkte sie mir eine wirklich hübsche Uhr. Sie hat einen kleinen Brillanten, den man herauszieht, um die Zeit einzustellen. Letzten Endes, sage ich zu Vicky, werden mir die ganzen Assistenzärzte auch nur das sagen, was jedes Gelenk in meinem Körper mir jetzt schon zuschreit: Alle Mann von Deck! Das Schiff fliegt in die Luft! Vicky schüttelt den Kopf und nippt bedrückt an ihrer Erdbeer-Margarita. Ich weiß, Süße, sagt sie, es tut mir Leid.

Cinco: Regelbeschwerden sind anders, als Sportler denken . . .

Regelbeschwerden sind anders, als Sportler denken, keine Verspannung in der Achillessehne, die man mit ein paar Liegestützen wegtrainieren kann. Eines frühen Morgens, gerade als das Neonschild des Hollywood Hotels ausging, wache ich mit furchtbaren Krämpfen auf. Ganz furchtbaren. Jeden Monat plagt die Periode eine Frau Jahr für Jahr genau auf die gleiche Weise. Sie hasst sie. Sie wartet ängstlich auf sie. Ist erleichtert, wenn sie sie bekommt, erleichtert, wenn sie sie hinter sich hat. Dann kommt der Tag, wie meine Mutter immer ankündigte, an dem sie endlich aufhört, und du heulst andauernd, kannst es nicht fassen, dass du sie tatsächlich vermisst.

Ich versuchte mich an eine Zeit zu erinnern, als meine Mutter ständig heulte, und kann es nicht. Aber es gab eine längere Phase, in der sie viel herumbrüllte. Jetzt weiß ich, dass es die Wechseljahre waren. Ich hatte gedacht, es sei meine Pubertät, die ihr so zu schaffen machte.

Ich hatte eine in ein Handtuch gewickelte Wärmflasche auf dem Bauch liegen gegen die Krämpfe, als Manolo klopfte. Ich wusste, dass es Manolo war, denn inzwischen kannte ich sein Klopfen, sanft wie das Pochen in meiner Brust. Als ich die Tür aufmachte, sah ich, dass er zwei große Milchkaffees in der Hand hatte, *cafés con leche,* wie er gerne sagte. Warte!, sagte er. Er ging zum Kühlschrank und füllte zwei Gläser mit Eiswürfeln. Er summte vor sich hin wie ein Milchmann, der seine Runden macht, froh ist, Arbeit zu haben, im Morgengrauen aktiv zu sein. Was er summte? Ein Lied über eine Frau aus Málaga mit schönen schwarzen Augen unter herrlichen Brauen. Zwei Brauen, die man nicht vergisst. Falls sie ihren Geliebten verachtet, weil er arm ist, dann versteht er es. Er bietet ihr keine Reichtümer, er bietet sein Herz.

Er hat nur sein Herz zu bieten. Das summte Manolo und sah mich dabei immerzu an. So sehr ich dieses Lied auch liebte und mir immer wünschte, dass ich die Stimme hätte, um die hohen Töne zu erreichen, wollte ich doch nur eins, nämlich, dass er den Mund hielt. Krämpfe machen dich sehr übellaunig. Aber obwohl ich ihn hätte umbringen können, lächelte ich nur, hörte zu und überlegte, ob in dem ganzen langen Lied nicht irgendwo jemand ermordet wird.

Er brachte mir den eisgekühlten Kaffee mit einem schwungvollen kleinen Schlenker seiner schmalen Hüften. Hier, *guapa,* sagte er und reichte mir ein Glas. Meine Schöne nannte er mich, kleine Taube, mein Leben, mein kleines Herz, und das mit einer solchen Selbstverständlichkeit, dass man hätte meinen können, es sei bei ihm üblich, alle Leute mit Koseworten zu bedenken, so wie bei einer alten *calorro*-Großmutter, die sich nicht mehr damit abgibt, sich die Namen der Leute zu merken. Aber abgesehen von mir hörte ich Manolo nie jemanden anders als beim Vornamen nennen.

Ich setzte mich aufrecht ins Bett, und er stopfte mir die Kissen in den Rücken. Als ich bequem saß, sagte er: Trink, *mi amor!* Komm! Probier mal! Er wartete mit dem Trinken, bis ich meinen Kaffee gekostet hatte. Er lächelte wie ein kleiner Junge im Kindergarten, voller Stolz, dass er ausnahmsweise einmal etwas für einen anderen tat. Der Kaffee schmeckte sehr gut, was bedeutete, dass er eine Menge Zucker hineingetan haben musste, aber ich versuchte, weder an den Zucker noch an meine Krämpfe zu denken, und er schien zufrieden zu sein, mir zuzusehen, wie ich trank und dabei seine Hand an den Fingerspitzen hielt, die sich meinen entgegenstreckten.

Es massierte meinen Bauch. Mein armer Schatz! Mein armer kranker Schatz! Vielleicht haben wir im nächsten Monat mehr Glück, sagte er und beugte sich vor, um mich zu küssen. Und dann beugte er sich noch etwas weiter vor und küsste meinen schmerzenden, geschwollenen Bauch so behutsam, wie man den Kopf eines Babys küsst, legte anschließend seine Wange darauf, ruhte sich dort nach einer vermutlich langen anstrengenden Nacht aus, in der er weiß Gott was getrieben hatte. Er blickte unter Augenbrauen und Wimpern zu mir hoch, die noch unvergesslicher waren als die in dem Lied.

Erst da merkte ich, dass sein Hemd an der Schulter zerrissen war. Was ist passiert?, fragte ich. Ach das, sagte er, hielt den Riss kurz mit der Hand zu und ließ den losen Stoff dann wieder wie eine schlaffe Zunge nach unten fallen. Du wirst es nicht glauben, aber ich bin doch tatsächlich in eine Schlägerei mit so einem Typ geraten.

Eine Schlägerei? Manolo war ganz und gar nicht aggressiv. Ich bin kein Schläger, sagte er. Ich glaube, als ich mich das letzte Mal geprügelt habe, war ich etwa so groß, und hinterher hat mir mein *bato* den Hintern versohlt! Er mochte es nicht, wenn ich in Schwierigkeiten geriet. Manolo sprang auf und begann mir alles vorzuspielen. Ich war da auf einer kleinen Party, eigentlich war es gar keine richtige Party, nur ein paar Leute, die sich gestern Abend getroffen haben, mit Agustín, es war eine Abschiedsparty für einen Freund von uns. Du erinnerst dich doch an Silvio, du hast ihn mal kennen gelernt. Der arme Silvio hat wirklich viel Pech gehabt. Sein Taxi wurde gestohlen, sagte Manolo. Seine Frau hat ihn wegen einem anderen verlassen. Sie hat sein ganzes Geld mitgenommen. Da hat er beschlossen wegzugehen. Wieder nach Spanien zu gehen. Auf jeden Fall kommt da so ein Kerl rein, so breit, der mich sprechen will. Manolo stolzierte eine Weile aufgeplustert im Zimmer herum. Er sagte, ich hätte ihm seine Braut ausgespannt. Was denn für 'ne Braut, hab ich den Kerl gefragt. Ich hab's nicht nötig, Bräute auszuspannen.

Wie schön, sagte ich und nippte etwas weniger begeistert an Manolos Kaffee.

Er war sauer, weil seine Braut in mich verliebt sei. Dabei kenne ich sie gar nicht. Sie kommt her, um mich tanzen zu sehen, und das Einzige, was da läuft, ist, dass er deswegen eifersüchtig ist. Er hat mich sofort gepackt. Ich war völlig überrumpelt! Mir blieb nichts anderes übrig, als zuzuschlagen. Er fiel hin und *pas!* Hat sich den Kopf an einem Stuhl angeschlagen! Seine Freunde haben ihn rausgetragen. Schau dir meine Hand an. Manolo zeigte mir seine purpurrote Faust. Sie war geschwollen und an den Knöcheln aufgeschürft. Kannst du dir vorstellen, dass sich jemand wegen einer Braut prügeln will?

Ich musste blinzeln. Keine Ahnung, sagte ich. Aber ich würde gern glauben, dass du dich wegen *mir* prügeln würdest.

Manolo sah mich an und stellte sein Glas ab. O nein! Und er lachte kurz auf. Er schüttelte seine langen ungekämmten Haare, fasste sie hinten zusammen und band sie zu einem Pferdeschwanz. Für *dich* – würde ich *töten.*

Seis: Was ist der Unterschied zwischen Flamingos und sagen wir – dem Tango?

Was ist der Unterschied zwischen *Flamingos* und sagen wir – dem Tango?, fragt mich eine zierliche blasse Kundin, als ich ihr erzählte, dass ich früher Flamenco getanzt habe. Ihr Kopf ist nach hinten über das Waschbecken gebeugt, und ich wasche ihr die Haare Farbton Nr. 47 mit goldenen Strähnchen. Vicky hat mir diesen Samstagsjob als Schamponiermädchen bei Chez Diva in der Oak Street besorgt. Vicky ist eine gute Freundin der Besitzerin und samstags Stammkundin. Sie lässt immer irgendetwas machen, Tönen, Schneiden, Maniküre, Pediküre, hier Enthaaren, da Enthaaren. Es ist nicht leicht, eine Diva in der Finanzwelt zu sein, sagt Vicky.

Und nicht billig, wenn man mich fragt.

Aber ich verstehe nichts vom Haarewaschen!, sagte ich, als sie mir erzählte, dass ihre Freundin mich an den Wochenenden brauchen könnte, weil ihr reguläres Schamponiermädchen in Mutterschaftsurlaub ging. Du hast doch Haare, oder? Du wäschst sie dir doch, oder?, fauchte Vicky, als wäre sie auf einer Vorstandssitzung statt mit mir in meiner Küche Kaffee zu trinken, während ich mich ein bisschen erschöpfter fühlte als sonst. Stimmt, sagte ich, aber ich glaube, ich werde kahl. Es muss der Stress sein. Je mehr Sorgen ich mir mache, weil ich nichts verdiene, desto mehr gehen mir die Haare aus.

Stimmt doch gar nicht!, faucht Vicky wieder. Meine Freundin Vicky kann nur noch fauchen. Sie greift in mein Haar und zieht die Finger durch. Mir scheint eher, dass dir völlig neue Haare wachsen!, sagt sie. Fühlt sich irgendwie komisch an.

Ich stoße ihre Hand weg und fahre mir selbst mit den Fingern über den Kopf. Sie hat Recht. Mir wächst tatsächlich ein völlig neuer Haarschopf, und er fühlt sich tatsächlich ein bisschen komisch an, aber auch gut. Das Ganze ist überall zwei bis drei Zentimeter hoch wie frisch gemähtes Gras. Also einverstanden!, sage ich und füge mich meiner Freundin, die versucht, irgendeine Beschäftigung für mich zu finden, für die ich qualifiziert bin.

Vicky sitzt mit einer dicken *Vogue* in der Nähe, während ihr Haar unter einer Plastikhaube mit irgendeiner Packung behandelt wird, als die Kundin, der ich gerade die Haare wasche, mich nach dem Unterschied zwischen Flamenco und Tango fragt. Ich sah, wie sie mich aus den Augenwinkeln betrachtete, mit einer Mischung aus Mitleid und Verlegenheit wegen meines geschienten Beins. Stört Sie das sehr?, fragte sie leise, als sie vor mir Platz nahm. Was soll mich stören?, sagte ich. Dann begann sie mir Fragen über mein Leben zu stellen. Vielleicht erwartete sie, dass ich sagen würde, ich hätte zuletzt in einer behüteten Werkstatt gearbeitet, also sage ich ihr gleich, dass ich Flamencotänzerin war. Ich kenne mich bei «spanischen» Tänzen nicht so aus, sagte sie. Was ist der Unterschied zwischen *Flamingos* und sagen wir – dem Tango? Ach, ich sehe furchtbar gern zu, wenn Tango getanzt wird!, sagt sie und errötet.

Na ja, zunächst einmal, sage ich zu ihr, braucht man beim *Flamenco* nicht unbedingt einen Partner. Während beim Tango . . . Sie kennen doch die Redewendung, zum Tangotanzen gehören zwei. Sie starrt mich verständnislos an. Ich versuche es anders: Na ja – so ähnlich wie der Unterschied zwischen einer Blondine und einer Brünetten. Beiden wird das Herz gebrochen, aber aus unterschiedlichen Gründen. Sie starrt mich noch immer an, lächelt jetzt aber ein bisschen wie ein Vorschulkind, das etwas unbedingt verstehen will, während die Lehrerin nicht weiß, wie sie es den Kindern begreiflich machen soll.

Ich bin fertig mit dem Waschen und wickle ihr strähniges nasses Haar in ein dickes Handtuch, das warm und flauschig ist, denn für uns bei Chez Diva ist der Kunde König. Ich zeige es Ihnen, sage ich, und ich sehe, wie Vicky aufblickt und leicht nervös lächelt. Die Besitzerin, die gerade mit Schneiden beschäftigt ist und mich noch nie hat tanzen sehen, blickt ebenfalls auf. Das Einzige, was ich an den letzten zwei Samstagen bei meiner Arbeit im Salon gelernt habe, ist, dass Friseusen so ziemlich die am härtesten arbeitenden Menschen in Amerika sind und dass du, sofern dir das Geschäft nicht gehört, nicht viel mehr bezahlt bekommst, als wenn du kellnerst.

Schamponiermädchen verdienen sogar noch weniger. Ich werde nur deshalb bis zum Monatsende bei der Stange bleiben, weil ich nicht möchte, dass Vicky sich vorwerfen lassen muss, einen undankbaren Trampel als Freundin zu haben.

Während die Kundin weiterhin jede Bewegung von mir verfolgt, bleibe ich stehen und führe die Hände zusammen. Man sagt, Tanzen sei reine Gefühlssache, aber alles, was wirklich gut werden soll, verlangt vorher ein bisschen Nachdenken. Also denke ich nach. Tief drinnen in meinem Hinterkopf höre ich einen meiner liebsten Soleares – *Qué afortuna soy,* heißt er, «Was bin ich für ein Glückspilz.». Ich blicke mich um. Wunderschöne Frauen, ein wunderschöner Samstagnachmittag, warum also nicht tanzen? Warum nicht singen? Und ich beginne mich zu bewegen, zuerst noch sehr langsam, so wie der Zeiger auf dem rollenden Tischchen eines Ouija-Boards sich mysteriöserweise zu bewegen beginnt, ehrfürchtige Scheu verbreitend, um dann wild kreisend Buchstabe für Buchstabe seine Botschaft aus dem Jenseits zu übermitteln. Ich bewege mich von dem Waschbecken und den Haartrocknern weg auf eine kleine freie Fläche zu, wohl wissend, dass ein Schönheitssalon nicht gerade der beste Ort für Tanzdarbietungen ist, ob improvisiert oder nicht, aber das Publikum ist so ziemlich das Einzige, das ich heutzutage kriegen kann. Niemand kann die Gitarre hören, die ich höre, und so beginne ich zu singen. *Sale el sol cuando es de día – para mi sale de noche – hasta es sol va en contra mia . . .*

Ich glaube, dass die meisten Kundinnen keine Ahnung haben, was ich da singe. Ich glaube sogar, dass sie überhaupt keine Ahnung haben, was ich hier vorhabe, als meine Arme nach oben gehen und meine Stimme lauter wird. Live-Unterhaltung, während man sich die Haare machen lässt, dürften wohl die meisten vermuten. Einige der Kundinnen sehen hinüber zu der Besitzerin, aber als sie mich nicht aufhält und mich nicht behandelt, als hätte ich vergessen, meine Pillen zu schlucken, setzen sie sich bequem hin, um die Show zu genießen. Natürlich leistet mein gutes Bein die Hauptarbeit, aber ein Solear verlangt nicht viel Fußarbeit. *Y sentí escalofrío cuando pusiste tus labios flamenco sobre los míos . . .* Und dann übersetze ich die Worte spontan, weil ich unter diesen improvisierten Bedingungen mein Publikum ganz bei mir haben muss. Agustín als mein Lehrer schien sich nie darum zu scheren, ob unser *gaje*-Publikum irgendetwas verstand, aber ich habe plötzlich das dringende Bedürfnis, jede Frau im Raum spüren zu lassen, dass es beim Flamenco darum geht, wie Frauen lieben und geliebt werden. Genau wie beim Tango. Wie bei allen

Tänzen. Selbst wenn der Tanz auf der Straße geboren wurde, geboren wurde von Männern, die mit Frauen nichts zu schaffen hatten. Denn mal ehrlich – wem wollen wir eigentlich etwas vormachen? Das ist doch das Einzige, worum es auf der Welt geht. Um ein bisschen Liebe. *Ay! Und mich überlief ein Schauder, als du deine Flamencolippen auf meine legtest!*, singe ich. Heutzutage halte ich mich mehr ans Singen und an *palmas* als ans Tanzen, und ich raffe meinen langen Rock, und zum Vorschein kommen Tennissocken und meine abgenutzten Turnschuhe. Absolut das Falsche beim Flamenco. Alles, was man auf dem Linoleum hören kann, ist ein gedämpfter Ton und das leichte Quietschen von Gummi. Mir wird plötzlich bewusst, dass ich mich wieder einmal auf der hauchdünnen Linie befinde, auf der ich mich stets bewegt habe – irgendwo zwischen ungemein mitleiderregend und unerträglich grandios. *Und ich beklage mich nicht bei meinem Stern . . .* singe ich. *So groß ist mein Glück – ich beklage mich nicht!*

Olé!, platzt Vicky heraus, als ich meine Mini-Vorstellung beende, und ihre Augen werden ein bisschen feucht, weil es lange her ist, seit sie mich zuletzt tanzen gesehen hat, oder aber, weil auch sie sich nicht über ihre Schmerzen beklagt und jeden Tag ihren eigenen Tanz in ihrer eigenen Welt tanzt. Erstaunlicherweise legt Bianca, die Besitzerin, die Schere weg und beginnt zu klatschen, strahlend wie eine Mutter, und auch ihre Kundin mit den in Zellophan verpackten Haaren klatscht begeistert. Bravo!, sagt Bianca und nicht: Du bist gefeuert, du arme Irre. Sagenhaft! Sagenhaft! Gene, der Stylist mit der gepiercten Zunge, sagt: Ist sie nicht echt toll? Ich bin ganz aufgeregt, als auch die anderen Frauen applaudieren, und wir alle lachen mit Tränen in den Augen, alle miteinander, ich weiß nicht, aus welchem Grund, fühlen uns einfach wohl und sind einfach glücklich, dass die Sonne tagsüber für uns scheint und nicht nachts wie für die verliebte Frau in meinem Lied.

Siete: Sie hat angefangen, jeden Tag in der Mittagspause . . .

Sie hat angefangen, jeden Tag in der Mittagspause für ihre guatemaltekische Freundin die Telefone in der Zahnarztpraxis zwei Block weiter unten zu bedienen. Sie sagt nur – auf Spanisch –, der Herr Doktor ist beschäftigt, rufen Sie in einer Stunde wieder an, aber für den Zahnarzt scheint es sich zu rentieren. Selbst nach ihrem Krankenhausaufenthalt hat meine Mutter unerschöpfliche Reserven. Ich kann es kaum glauben, dass sie sich jeden Tag fertig macht, sich mit dem Kamm durch das Haar fährt, etwas Lippenstift aufträgt und *zur Arbeit geht,* wie sie es nennt, aber es ist so. Dr. Montevideo, dessen Patienten allesamt spanischsprachig sind, gibt meiner Mutter zehn Dollar in bar und kostenlose Kontrolluntersuchungen, wenn auch keine kostenlose Behandlung. Als sie vor einiger Zeit einen vereiterten Zahn hatte, schickte er sie wegen ihres Diabetes vorsichtshalber zu einem Kieferchirurgen. Amás Versicherung kommt nicht für Zahnbehandlungen auf, und so legte die ganze Familie zusammen und bezahlte die Rechnung.

Die zehn Dollar sind gewöhnlich schon ausgegeben, wenn sie nach Hause kommt. Sie kauft in schwimmendem Fett ausgebackene *pupusas* in dem neuen salvadorianischen Imbiss neben der Klinik oder auf dem Heimweg *nopalitos* im mexikanischen *supermercado.* Wir wohnen zwar nicht direkt in einem lateinamerikanischen Viertel, aber neben anderen Nationalitäten leben doch viele Latinos hier, denn inzwischen sind wir überall in der Stadt zu finden. Daher die panische Angst vor der hispanischen Machtübernahme, von der man immer liest. Wundere dich nicht, wenn wir als die neuen billigen Arbeitskräfte in Hongkong auftauchen, sagt Abel.

Meine Mutter leistet ihren Beitrag zum Haushalt und auch ich möchte meinen leisten. Und so nehme ich, nachdem ich meinen Job als Schamponiermädchen aufgegeben habe, Abels Angebot mit dem Restaurant-auf-Rädern an und ziehe am Samstag mit seinem *elote*-Karren los. Sei vorsichtig, *hija,* sind die letzten Worte meines Apá, als er mich in einer Hauptverkehrsstraße an der Bank einer Bushaltestelle absetzt, der *elote*-Karren gefüllt mit dampfenden Maiskolben. Samstags ist mein Bruder voll und ganz mit seinem Zeitungskiosk beschäftigt. Er sagt, das hier sei ein guter Platz fürs Geschäft. Stammkunden. Ich hole dich um drei Uhr ab, sagt Apá. Mein Mittagessen habe ich in einer Tüte bei mir. In einem Geheimfach des Karrens entdecke ich die neueste Ausgabe des *Economist.* Ich blättere sie durch. Ich habe keine Ahnung, wieso ich mich dazu überreden ließ, einen Tag lang *elotera* zu sein, aber ich kann das Geld brauchen.

Ist es hier sauber?, fragt mich mein erster Kunde. Er hat den fiesesten Fünf-Uhr-Bart, den ich je aus der Nähe gesehen habe, und dabei ist es erst elf Uhr vormittags. Mit einem starken nahöstlichen Akzent sagt er: Ich habe gehört, die Mayonnaise, die ihr verwendet, ist verdorben. Ich will schließlich keine Lebensmittelvergiftung bekommen. In Mexiko verwenden die *eloteros* eine ganz spezielle Rahmsauce, aber die ist hier entweder schwer zu bekommen oder wäre zu teuer, wenn sie importiert würde, und so benutzen wir stattdessen Mayo, Mayonnaise mit – was ihr diesen speziellen Cholesterin-Touch gibt – geriebenem Käse.

Die Frau des Kunden ist von Kopf bis Fuß in Schwarz gehüllt. Sie hat schöne, mit Kohl umrandete Augen. Ich lächle sie an. Ich weiß nicht, ob sie zurücklächelt. Die Mayonnaise ist gut, sage ich zu dem Mann. Ich selbst habe sie heute Morgen unter Aufsicht meiner Mutter zubereitet. Sie sprechen gut Englisch, sagt der Mann und hält zwei Finger hoch. Ich mache ihm zwei *elotes* zurecht. Danke, sage ich, Sie auch. Danke, sagt er. Ich habe in London studiert. Ich bin ausgebildeter Wirtschaftsprüfer. Aber ich bekomme hier keinen Job, sagt er. Ich weiß, was Sie meinen, sage ich zu ihm. Er gibt seiner Frau ihren Maiskolben, und nachdem er bezahlt hat, schüttelt er mir die Hand. Viel Glück, Lady, sagt er.

Ich habe noch zwei oder drei weitere Kunden, bevor zwei junge Burschen von etwa fünfzehn bis sechzehn Jahren aus dem Nichts auftauchen und plötzlich neben meinem Karren stehen. Ich rolle die Zeitung zusammen, als ob mir das etwas helfen würde. In meiner Handtasche habe ich einen Pfefferspray, aber ich habe nicht vor, meine Handtasche herauszuholen. Meine Glück bringende Nagelfeile ist in meiner Jackentasche, aber es steht zwei gegen eine. Ich blicke mich um. Weiter unten auf einer Querstraße entdecke ich ein Polizeiauto. Die würden mich nicht hören. An der Bushaltestelle ist niemand, und es kommt auch kein Bus. He, du Schlampe, sagt einer der beiden. Wo haste dein Geld? Er steht direkt vor mir. Sag du nicht Schlampe zu mir, sage ich und hole die Geldkassette meines Bruders aus ihrem Fach. Der andere lacht kurz über seinen Freund. Fick dich ins Knie, sagt der Freund zu mir und schnappt sich die Kassette. Er macht sie auf. Insgesamt sind gerade mal achtzehn Dollar drin. Und ein bisschen Kleingeld. Jetzt ist alles aus, denke ich. Getötet wegen achtzehn Dollar. Er steckt das Geld in die Hosentasche und wirft die Kassette weg. Fick dich ins Knie, sagt er noch einmal, und dann gehen die beiden weiter, rennen nicht einmal, gehen ruhig weiter wie Schutzmänner, die in ihrem Revier auf Streife sind. Sie bleiben stehen und betrachten ein Schaufenster, gehen weiter. Beide lachen ein bisschen, drehen sich um, blicken zu mir zurück. Schlampe, sagt einer von ihnen, und sie gehen weiter.

6

Uno: Amá und ich nähten den ganzen Sommer Glöckchen an …

Amá und ich nähten den ganzen Sommer Glöckchen an Weihnachtspullover aus Acryl. Das Gute daran war vielleicht, dass es mir half, die Koordination zwischen Hand und Auge zu verbessern, nun, da die Leistungsfähigkeit meiner unteren Gliedmaßen schneller dahinschwindet als ein Wintertag. Aber selbst Amá, die immer gesagt hat, Arbeit ist Arbeit, musste schließlich zugeben, dass es durch nichts zu rechtfertigen war, *diese* Arbeit gegen derart miserable Bezahlung zu machen.

Der Glöckchenjob begann damit, dass sie sich wegen unserer Arztrechnungen Sorgen machte und ihre guatemaltekische Freundin vom Empfang ihr von einem koreanischen Großhändler erzählte, der für seine Herbstkollektion Frauen zum Nähen brauchte. Amá ist keine besonders gute Näherin, aber sie kriegt es irgendwie hin. Mit Stricknadeln ist sie geschickter, und die Empfangsdame sagte Amá, das sei genau das, was der Mann suche, *Mädchen,* die mit Garn umgehen können. Ich konnte mir meine siebzigjährige Amá nur schwer als Mädchen für welche Arbeit auch immer vorstellen, ganz abgesehen davon, dass ich mit meinen vierzig Jahren auch kein Frühlingsküken mehr war. Und was hieß überhaupt *mit Garn umgehen?*

Es handle sich um leichte, einfache Arbeit, beteuerte Amás Freundin. Alles, was wir tun müssten, sei, die letzten Feinheiten anzubringen, ein paar Stiche und fertig. Ein netter Anlass, um ein bisschen rauszukommen – fast so, als würde man sich einem Nähzirkel anschließen. Das *Wir* hatte sich ergeben, ohne dass ich gefragt wurde. Amá kam einfach eines Nachmittags von ihrem Ein-Stunden-Tag beim Zahnarzt heim und sagte, *wir* würden morgen einen Spaziergang machen und mit diesem *chino* wegen eines Jobs reden. Wie die meisten Mexikaner bezeichnet Amá alle Asiaten als Chinesen. Sie wusste, dass er Koreaner war.

Das Geschäft des Koreaners lag in einer belebten Straße voller ähnlicher Großhandelsbetriebe. Der eine führt tonnenweise Sportkleidung, der andere Taschen jeder Art und Größe, ein dritter Damenoberbekleidung und Hüte. Afrikanische Amerikaner von der South Side scheuen den Weg nicht, um sich günstig einzudecken. Spanischsprechende und Kunden aus dem Nahen Osten kauften en gros für die sonntäglichen Flohmärkte ein. Im Laden selbst gab es billige, glitzernde Klamotten, eine Menge Krimskrams in Gold- und Silbermetallic. Manches davon gefiel mir, so die Paillettengürtel, die durchsichtigen Tanz-der-sieben-Schleier-Tücher. Alles durchaus erschwinglich. Wir sind nicht hier, um einzukaufen, sagte Amá, und so folgte ich ihr an dem Schild NUR FÜR PERSONAL vorbei nach oben.

Aber nichts, was ich je in den Zeitschriften meines Bruders gelesen oder im öffentlichen Rundfunk gehört hatte, bereitete mich auf das vor, was mich im ersten Obergeschoss erwartete. Es war wie etwas, das ich in der Schule über das Industrielle Zeitalter gelernt hatte, eine Seite direkt aus Dickens. Aber wir stehen doch kurz vor dem einundzwanzigsten Jahrhundert, dachte ich. Und das hier ist kein Buch, sondern mein Leben. Mein Leben hier in Chicago – nicht Juárez, wo, wie ich gehört hatte, derartige primitive, Hungerlöhne zahlende Produktionsstätten existierten, sondern gleich um die Ecke von der Straße, in der wir leben. Ich trat einen Schritt zurück, und Amá packte meinen Arm und hielt mich fest, als wäre ich vom Treppensteigen benommen und könnte mich nicht auf den Beinen halten und würde nicht versuchen, von da wegzukommen, was ich tatsächlich wollte.

Ich rieb mir die Augen. Aber als ich wieder hinsah, war die Frau, die hinten an der Bügelpresse schuftete, immer noch da, und jedes Mal, wenn sie sie auf ein Kleidungsstück senkte, schoss ihr eine kochend heiße Dampfwolke ins Gesicht. Ich sah junge Mädchen, ungefähr fünfzig an der Zahl, mit Bergen von Acrylgarn vor sich, bedrückt und geduckt. Das waren keine englischen Waisenkinder oder jüdische Einwanderer wie in meinen Schulbüchern, sondern Chinesinnen und Indias – das heißt im Grunde Frauen von überall –, schmal und dunkel, feingliedrige jüngere Ausgaben von mir, die in Grabesstille nähten, mit geschickten Fingern und flinken Augen, Leibeigene, die im Austausch für ihre Freiheit arbeiten. Ich dachte: Das kann man mit Menschen doch nicht machen, das kann man ihnen doch nicht antun! Die Sklaverei wurde vor langer Zeit abgeschafft. Oder etwa nicht?

Im Raum lag ein widerlicher Geruch. Wahrscheinlich von der Gemütsverfassung der Mädchen. Etwas tief drinnen in mir ging plötzlich in Fäulnis über. Mir gefällt es hier nicht, flüsterte ich meiner Mutter zu, die uns mit Fließbandarbeit ernährt und gekleidet hatte und daher über den Anblick nicht so entsetzt zu sein schien wie ich. Sie gab keine Antwort, schien sich aber nicht ganz wohl zu fühlen. Alles in Ordnung?, flüsterte ich. Sie legte die Hand auf ihr Herz. Ja, alles in Ordnung, sagte sie auf Englisch. Meine Mutter zum ersten Mal Englisch mit mir sprechen zu hören bestürzte mich, und mir wurde klar, dass es ihre Arbeitssprache war.

Das Erste, was der Boss zu mir sagte, war, dass es mit mir auf Dauer wohl nichts werden würde wegen meiner Behinderung, auf die er sofort deutete, und da ich so lange gebraucht hatte, um die Treppe heraufzukommen, sollte ich mich darauf einrichten, in Zukunft eine halbe Stunde früher zu kommen. Amá war der Meinung, dass mir die körperliche Bewegung gut tun würde, und sagte ihm das auch.

Du setzt dich da hin, sagte er und schickte Amá an einen anderen Tisch, als wären wir kleine Kinder, die man auseinander setzen müsste, damit sie anständig arbeiten. *Qué tal?*, sagte ich zur Begrüßung zu der jungen Frau rechts von mir und merkte sofort daran, wie sie keine Antwort gab, sondern mich nur von der Seite ansah, dass Reden nicht erlaubt war. Aber bald nachdem ich zu nähen begann und der Großhändler mir meinen Kassettenrecorder und die Kopfhörer wegnahm und sagte, die Musik würde mich langsamer machen und schlechte Arbeit abliefern lassen, war ich bereit heimzugehen.

Dabei war noch längst nicht Mittagspause.

Amá, die, wie er sagte, viel zu alt war und unmöglich das Soll erfüllen konnte, das er von seinen Arbeiterinnen forderte, wurde mit mir nach Hause geschickt. Du solltest lieber wieder hingehen, riet mir meine Mutter, als wir daheim ankamen, nachdem wir für den Weg fast die ganzen dreißig Minuten gebraucht hatten, die uns als Mittagspause bewilligt wurden. Amá hatte fast fünfzig Jahre lang ohne zu klagen wie eine *burra* gearbeitet, damals in der Blütezeit der Chicagoer Fabriken, hatte in Friedenszeiten Autoteile hergestellt und in Kriegszeiten Handgranaten, selbst wenn es keine Kriegserklärung gegeben hatte, und so schickte sie mich während der nächsten drei Tage wieder an die Front, bis zur Razzia der Einwanderungsbehörde.

Ich wünschte, ich könnte sagen, dass ich diejenige war, die sie informierte, aber es war Vicky, meine alte Schulfreundin, erfolgreiche Geschäftsfrau mit sozialem Gewisssen und in ihrer Freizeit Allround-Anwalt der Unterdrückten. An Vicky ist ein Strafverteidiger verloren gegangen. Sie hat immer irgendein Unrecht in der Gesellschaft wieder gutzumachen, und das obwohl sie sich so aufs Geldverdienen versteht. Deine Mutter kann dich doch nicht losschicken und so eine Arbeit machen lassen!, sagte Vicky, als ich ihr von dem Laden erzählte. Wir wollten nicht, dass die Arbeiterinnen in Auffanglager geschickt oder deportiert wurden, aber wir wollten diese schändliche Behandlung auch nicht länger mit ansehen. Und als drei Tage später fünf Männer und zwei Frauen hereinstürmen und die ganze Belegschaft zu Tode erschrecken, auch die *chinos,* vor allem aber die armen Arbeiterinnen, bin ich die Einzige, die sitzen bleibt. Ich habe meinen Pass bei mir.

Einer der Männer kommt her und scheint ein wenig überrascht zu sein, als ich ihm meinen Pass reiche. Man kann nie wissen, sage ich, und er nickt, stimmt, man kann nie wissen. Er studiert den Pass und dann mich. Warum arbeiten Sie in so einem Betrieb? Sein nach hinten gekämmtes Haar unterstreicht den zurückweichenden Haaransatz etwas zu sehr, wie ich finde, aber schließlich kann keiner von uns etwas für das, was er geerbt hat. Ein Kompaktmodell von einem Mann mit einem netten Lächeln. Außerdem ist er *pocho* wie ich, gibt lauthals Anweisungen in einem lange vergessenen Spanisch, wie meine Brüder es sprechen.

Alles in allem ist die Begegnung beunruhigend vertraut, etwas, worauf ich nicht gefasst war, da ich mir unter *la migra* nicht jemanden vorgestellt hatte, dem ich bei der Hochzeit eines Verwandten begegnen könnte, sondern einen herzlosen Roboter oder Zombie. Ich bin mir auch gar nicht sicher, ob ich überhaupt jemanden nett finden soll, der für die Einwanderungsbehörde arbeitet, weil diese Leute meinen Freund Julio César aus Guanajuato verschwinden ließen, der mit mir im El Burrito Grande arbeitete. Aber wer bin ich, über die Berufswahl eines Menschen zu richten? Arbeit ist Arbeit, stimmt's? Meiner Mutter würde der Typ als Schwiegersohn vermutlich gefallen. Feste Anstellung und alles.

Wenn Vicky hier wäre, würde sie mich darauf aufmerksam machen, dass es hier nicht um Julio César geht, klar? Sondern darum, was mit den ganzen Frauen passiert, die in diesem Moment abtransportiert werden, ein bisschen durcheinander sind, aber vielleicht auch erleichtert, dass das Unvermeidliche endlich passiert ist, denen aber mit Sicherheit einiges bevorsteht, eine Busfahrt Richtung Süden ohne Rückfahrkarte, wenn sie Glück haben. Wenn nicht, erwartet sie ein Aufenthalt in einem Auffanglager auf unbestimmte Zeit. Was passiert mit ihren Kindern? Wer wird es ihren Männern und ihren Müttern sagen? Wie soll sie jemand finden?

Ich deute mit dem Kopf auf meine Krücken, die an der Wand lehnen. Er blickt unter den Tisch auf meine ausgestreckten Beine, das eine metallbewehrt, das andere glatt rasiert, braun gebrannt in abgeschnittenen Jeans. Er nickt und gibt mir meinen Pass zurück. Ich hoffe, das klingt jetzt nicht komisch oder so, sagt er, aber Sie sind sehr attraktiv. Ich meine, vielleicht hätten Sie Lust, mal mit mir auszugehen, zum Essen oder so. Mögen Sie Nudeln?

Ich blicke kurz nach unten auf das, was beinahe mein Soll gewesen wäre, das aber, wenn es Gerechtigkeit auf der Welt gäbe, als Beweismaterial für Verbrechen auf dem Gebiet Frauenarbeit sichergestellt werden müsste. Ich möchte nicht zu schnell antworten, damit er nicht denkt, ich bräuchte dringend ein Rendezvous oder was. Ich bin ohnehin unentschlossen. Schon wegen des Einwanderungsbeamtenimages, das ich sofort wieder im Kopf habe, wenn ich den Blick von ihm und seinem netten Lächeln abwende. Aber manche Männer machen es einem leicht, nein zu sagen. Typen, die sich für Männer von Welt halten, für gebildet und amüsiert, weil sie einen Geschmack für Erdnusssauce entwickelt haben. Ich meine, ich kann mir nicht vorstellen, dass Sie viel rauskommen, behindert, wie Sie sind, sagt er.

Ich bin so daran gewöhnt, dass ich kaum zusammenzucke. Stattdessen lächle ich und sage: Da täuschen Sie sich aber! Ich gehe jedes Wochenende tanzen, im Club Tropicana, im Casino Royale! Ich habe mehrere feste Partner, hervorragende Tänzer! Ich taxiere ihn abschätzig von oben bis unten und sorge dafür, dass er merkt, wie ich seinen schwabbeligen Bauch beäuge. Aber es sieht nicht so aus, als würden *Sie* viel rauskommen. Pech gehabt!

Ich weiß nicht, ob die Koreaner so hart arbeiten wie die Mexikaner, aber sie scheinen wirklich ein Talent für das freie Unternehmertum zu haben. Ich dagegen habe noch nie im Leben eine lukrative Idee gehabt, und wenn ich eine hätte, würde ich es nicht einmal merken. Aber laut Vicky, die im Begriff ist, die Finanzgruppe Victoria Lomas und Partner zu starten, kommt ein eigenes Geschäft nur in Frage, wenn man Kapital hat. Wenn du das nicht hast, dann *bist* du das Geschäft.

Eine Woche nach der Razzia, als ich mich darauf einrichtete, wegen Erwerbsunfähigkeit Urlaub für immer zu nehmen, machten Amás Freundin und Amá einen Deal mit dem ausbeuterischen Großhändler, der in null Komma nichts mit einer völlig neuen Belegschaft wieder im Geschäft war. Amás Freundin sollte uns Säcke mit Pullovern bringen, und wir würden daheim arbeiten und pro Kleidungsstück statt nach Stunden bezahlt werden. Wir sollten Glöckchen an die Nase des Weihnachtsmanns und des Rentiers Rudolph nähen, alles wieder in die Säcke packen, und Amás Freundin würde sie wieder abholen. Ein toller Plan.

Zunächst kamen uns zehn Cents pro Nasen-Glöckchen nicht schlecht vor. Natürlich würden wir damit nicht reich werden, sagte Amá, und sie hatte Recht, aber sie wollte ja nur ein paar Dollar dazuverdienen, um mit unseren Rechnungen Schritt zu halten. Da ich ihrer Meinung nach gar keinen Job mehr finden wollte und da es für sie selbst nicht ganz, aber doch fast unmöglich war, einen zu finden, hielt sie Heimarbeit für die ideale Lösung. Wir konnten fernsehen, Pausen machen, um aufs Klo zu gehen, wann immer es sein musste, eine heiße Mahlzeit zu uns nehmen, ohne zusätzliche Kosten zu haben. Alles Dinge, die wir sonst nicht hätten tun können, wenn wir im Betrieb selbst arbeiten würden.

Aber hundert Bimmelnasen später waren wir nur zehn Dollar weiter. Kannst du nicht ein bisschen schneller nähen?, schimpfte Amá. Nein, sagte ich.

Wenn ich Amás *telenovelas* nicht mehr ertragen konnte, in denen es immer nur um hinreißende Schönheiten mit feinen Nasen und langen aufgeklebten Fingernägeln und ihre galanten europäischen Latin Lovers ging, die am laufenden Band auf Grund irgendwelcher durchsichtigen Missverständnisse nicht zueinander kommen konnten, bis sie sich zum Schluss dann doch kriegten, glücklich und zufrieden lebten bis an ihr seliges Ende und die nächste Generation blauäugiger Seifenopernstars produzierten, ging ich zum Nähen in mein Zimmer. Sie mochte es nicht, wenn ich das tat, weil ich als Nächstes bestimmt ein Nickerchen machen würde, was auch der Fall war.

Ich hatte gute Lust, irgendjemandem irgendwo einen empörten Brief über die unvorstellbaren Bedingungen zu schreiben, unter denen die Frauen in dem Ausbeuterbetrieb jetzt wieder arbeiteten, aber sosehr es mich auch reizte, ich wollte Amá nicht schon wieder enttäuschen, und da ich keine Gewerkschaftsführerin bin, machte ich eben mit den Weihnachtspullovern weiter. Bis Amá eines Tages sagte: Jetzt reicht's.

Inzwischen war es September, und der Großhändler war bereits mit seiner Frühjahrskollektion beschäftigt, was bedeutete, Rüschen an die Krägen und Ärmel von Blusen aus Chiffon-Imitat zu nähen. Wir haben nur eine Nähmaschine für uns beide, redete sich Amá bei ihrer Freundin heraus, als sie uns fragte, ob wir das machen wollten. Warum soll ich ihr sagen, dass du nicht nähen kannst und dass meine Augen nicht mehr gut genug sind, um den ganzen Tag an der Nähmaschine zu sitzen?, sagte Amá zu mir, als ihre Freundin gegangen war. Der Mann würde uns nur für faul halten und uns nächstes Mal nicht mehr in Betracht ziehen.

Dos: Der kälteste Winter, den ich je erlebt habe . . .

Der kälteste Winter, den ich je erlebt habe, war ein Sommer in San Francisco. Ich glaube, es war Mark Twain, der das gesagt hat, vielleicht war es auch Woody Allen. Offenbar war keiner der beiden jemals im Januar in Chicago. Das einzige Mal, dass ich im Winter jemals weggefahren bin, war, als ich mit Manolo nach San Francisco fuhr, wo es im Januar überhaupt nicht Winter war, obwohl man, wenn es jeden Tag genau um vier Uhr nachmittags kalt wurde, vor Kälte zu schlottern begann. Das Wetter in der City, wie sie dort ihre Stadt nennen, erinnerte mich an ein kubistisches Gemälde, aus dessen grauen Flächen man plötzlich von einem Wirbelwind auf ein sonnenbeschienenes warmes Fleckchen zugeschoben wird.

Ich weiß etwas über die Kubisten, weil man sich früher, wann immer man wollte, im Art Institute kostenlos Kunst anschauen konnte. In meinem letzten Jahr an der Schule für Geistig- und Körperbehinderte, kurz vor dem Schulabschluss, ging ich fast jedes Wochenende hin. Andere Mädchen meines Alters gingen einkaufen oder trieben sich mit ihren Boyfriends herum. Ich nicht. Ich hatte kein Geld, und kein Junge würdigte mich je ernsthaft eines Blickes. Im Winter verbrachte ich meine Sonntage in Museen. Manchmal kam Vicky mit oder unser Klassenkamerad Alberto. Wenn wir mehr als nur das Geld für den Bus hatten, leisteten wir uns in der Cafeteria ein Sandwich und taten so, als seien wir reiche Kids aus den feinen Vororten. Eines Tages werde ich eine große Künstlerin, sagte ich dann zu Vicky, obwohl ich nicht malen konnte. Und ich werde deine Finanzberaterin, sagte sie dann. Alberto sagte natürlich nichts, denn er konnte nicht sprechen.

Als wir die Schule für Geistig- und Körperbehinderte abgeschlossen hatten, ging Alberto zurück nach Puerto Rico. Dort studierte er an einer weiteren speziellen Schule und wurde Lehrer für Taubstumme, wofür man ihn selbst fälschlicherweise gehalten hatte. Ab und zu bekomme ich von Alberto eine Postkarte aus seiner karibischen Heimat. Zu Weihnachten schickt er mir ein Foto von sich und seiner Frau und den zwei Kindern.

San Francisco waren meine Flitterwochen oder zumindest das Flitterwochen-Ähnlichste, das ich je hatte. Natürlich hatten wir nicht viel Geld für schicke Unternehmungen, aber am liebsten waren uns die Sonnenuntergänge am Ozean. Manolo kaufte gewöhnlich zwei halbe Flaschen Sekt, den wir dann jeder direkt aus der Flasche tranken, während wir zusahen, wie die Sonne hinter den donnernden Wellen des Pazifiks unterging. Ich hatte vorher noch nie das Meer gesehen. Ich hatte vorher auch noch nie Sekt getrunken. Es gab vieles, was ich zum ersten Mal mit Manolo erlebte, obwohl er so viel jünger war als ich. Es war genau so, wie Chichi gesagt hatte. Wenn die große Liebe zuschlägt, dann erwischt es dich fürs Leben.

Aber wir hingen auch gern in dem schäbigen viktorianischen Salon in der engen Wohnung in Haight-Ashbury herum, in der wir wohnten. Manolos Freunde erschienen und verschwanden wie Hippies in den sechziger Jahren und hatten nichts anderes zu tun, als zu reden. Aber es ging dabei nicht um Verschwörungen gegen den Staat. Die Männer verbrachten viel Zeit damit, miteinander zu wispern und Geld hin und her wandern zu lassen, und die Frauen traktierten mich ständig mit persönlichen Fragen, warfen Manolo verstohlene Blicke zu und lachten mit weit aufgerissenem Mund, wenn ich sie dabei ertappte. Manolo war immer absolut cool. Was ist denn los, *bella?*, fragte er dann und fuhr mit der Hand durch mein Haar, mit diesem unschuldigen Blick, der von unverzeihlich gutem Aussehen kommt. Wenn es dunkel wurde und wir nicht ausgingen, verwandelte sich das Ganze in eine Party.

Alle verkauften auch eine Menge, um sich über Wasser zu halten, meist billige und unnütze Dinge. Hilda legte jeden Tag die Tarot-Karten auf der Straße, benutzte dazu eine Milchpackung, über die sie ein Tuch warf. Dancaïre verkaufte Schlüsselanhänger mit den Tierkreiszeichen darauf und unechte Goldketten. Manolo klimperte auf einer Gitarre und ging mit dem Hut herum. Ich selbst lernte, wie man bunte Perlenketten macht, um etwas Geld für uns zu verdienen. Ob ich nun eine Zigeunerin oder ein Hippie oder beides oder keines von beiden war, ich wusste nur, dass ich glücklich und traurig zugleich war, solange Manolo und ich zusammen waren. Ich wollte, dass San Francisco so lange dauerte wie ein Tag ohne Ende, zusehen, wie der Sonnenuntergang die Welt einhüllt, und zusammen mit ihm einschlafen und nie mehr aufwachen, aber das lag nur an dem, was ich bei Manolo geworden war – eine Frau, die liebt.

Mati, eine der Frauen, die in der gleichen Wohnung lebten, lehrte mich die Kunst, Schmuck herzustellen. Ich machte Ohrringe, Unisex-Armbänder, Halsketten aus Bruchstücken von gelbem Glas, schwarzem Onyx, Tigerauge, sogar aus echtem Türkis und Jade, aber das waren nur winzige Splitter und insgesamt nicht furchtbar viel wert. Sonntags nahmen mich Manolos Freunde zwei- oder dreimal auf einen Bazar in Berkely mit. Sein Freund Aldo ging herum und nahm Bestellungen für Kochtopf-Sets entgegen, für deren Antihaftbeschichtung eine Firma in Two Rivers, Wisconsin, unbegrenzte Garantie übernahm, während seine Frau Natalia Duftwasser in kleinen blauen Fläschchen verkaufte. Inmitten der Rastas mit ihren selbst gemachten Räucherstäbchen und Ölen und der kaputten Typen reiferen Alters, die allen möglichen Krempel verkauften, während im Hintergrund immer irgendwo frühe Carlos-Santana-Songs dröhnten, die irgendwer auf Trommeln zu begleiten versuchte, breiteten wir ein buntes Tuch aus und verkauften unsere Ware.

Gibt es eigentlich irgendetwas, was du nicht kannst?, fragte mich Manolo einmal, als ich ihm eine Partnerkette aus Lapislazuliperlen um den Hals hängte. Noch die unbedeutendsten Dinge, die ich tat, schienen ihn zu beeindrucken. Ja, kochen, sagte ich. Verlange nie von mir, dass ich koche. Er starrte mich einen Moment lang an. Ich wusste nicht, was er dachte. Man kann nie wissen, wie Männer über Essen denken, aber in Manolos Fall wusste ich ohnehin nie, was er dachte. Dann sagte er: Okay, dann lerne *ich* es eben. Es muss doch wenigstens *etwas* geben, das ich besser kann als du. Wie sollen unsere Kinder sonst Respekt vor mir haben? Und an dem Abend machte er seine erste *tortilla española.* Er machte sie aus dem Gedächtnis nach all den Kartoffelomeletts, die er in Spanien gegessen hatte. Zu viel Knoblauch. Aber Knoblauch ist gut für dich.

Wenn der Mann, den du liebst, für dich kocht, ist das ebenfalls gut für dich.

Manolo hatte das Angebot bekommen, einen Monat lang in der Bay Area aufzutreten, wo alte Bekannte von ihm einen Tänzer seines Kalibers brauchten, und er hatte mich gebeten mitzukommen. Genau wie bei der Idee mit dem Baby dachten wir nicht lange darüber nach, was wir den anderen erzählen sollten, sondern fuhren einfach los. Auf dieser Reise bekam ich einen flüchtigen Eindruck von den herrlichen Dingen, die Manolo auf seinen Reisen in aller Welt erlebt hatte. Er war schon überall gewesen, während ich noch nie aus Chicago herausgekommen war. Außer zur Beerdigung meiner Großmutter in Texas, als ich ein kleines Mädchen war, aber das war nichts weiter als zwei Tage mit wildfremden Verwandten und mein erster Besuch auf einem Friedhof, wo der Geruch von Nelken sich mir für immer einprägte. Nelken lassen mich immer an den Tod denken. Ich muss wieder arbeiten, sagte mein Vater trotz der Proteste der Familie, und so fuhren wir alle heim nach Chicago.

Was brauchte ich angesichts einer Stadt wie Chicago jemals etwas anderes zu sehen, dachte ich früher immer. Wir haben hier doch alles, sagte ich immer. Komm doch mit, sagte Manolo. Und so kam ich mit und schmeckte zum ersten Mal Salzwasser, kalt wie Eis, und bestand trotzdem darauf, ins Meer zu gehen, obwohl mir Manolo über den mit Muschelschalen übersäten Sand helfen musste. Ich sah blaue und gelbe und pinkfarbene Häuser, die in der Ferne die Hügel sprenkelten, als wären es Gummibärchen, und man hatte das Gefühl, als könnte man die Hand ausstrecken und sich einige nehmen, um sie zu essen. Und sah auch zum ersten Mal Palmen und Seemöwen. Ich komme mir vor wie in einem anderen Land, sagte ich.

Es *war* einmal ein anderes Land, sagte Manolo. Früher war das hier Mexiko, hast du das nicht gewusst? Wie kannst du so viel lesen und das nicht wissen? Ich habe nichts für Geschichte übrig, sagte ich. Er blickte plötzlich finster drein. Nicht wegen Mexikos Verlust. Seine Angehörigen lebten derzeit in einem Nicht-Land, weit weg, wie er sagte. Zumindest hoffte er, dass sie noch lebten.

Lass mich nicht betteln, sagte Manolo eines Abends zwischen zwei Auftritten in einem Nachtclub in San Francisco zu mir. Aber ich mochte es, wenn er bettelte. Er wollte, dass ich auf der Bühne tanzte. Wir hatten längere Zeit nicht geprobt, und ich fühlte mich nicht gut in Form. Da ich inzwischen Mitte dreißig und nicht bei bester Gesundheit war, sah ich mich schon kurz vor dem vorgezogenen Ruhestand. Ich wollte nur noch tanzen, wenn es unbedingt sein musste; das hatte ich Manolo mehrmals klar gemacht. Es gab zwei sehr nette junge Tänzerinnen im Ensemble. Tanz mit Lola oder Maria oder wie sie sonst heißen!, sagte ich und nahm einen kräftigen Schluck Brandy. Pah! war alles, was Manolo sagte, wie immer, wenn er wütend wurde.

Manolo ging zu den Musikern am anderen Ende der Bar hinüber und ließ sein halb ausgetrunkenes Glas auf dem Tisch stehen und mich vor einem leeren Stuhl sitzen. Ich sah zu ihm hinüber, und alle sahen zu mir her. Dann kam einer von ihnen rüber. Carmen! Carmencita!, sagte er und küsste mich leicht auf beide Wangen. Ich lächelte ebenfalls, als ob ich nicht genau wüsste, dass er im Auftrag hier war. Er setzte sich und griff nach Manolos Glas. Er lachte unsicher, entweder weil er einen Auftrag hatte oder weil er Manolos Wein trank, und sagte dann: Warum tanzt du nicht mit uns? Was ist denn los? Du kannst doch nicht müde sein! Du hast doch den ganzen Abend gesessen! Ist es wegen der anderen Tänzerinnen? Wegen der Mädchen? Vergiss sie! Wir geben ihnen für den nächsten Auftritt frei, okay? Wir räumen die Bühne für dich!

Okay, okay!, sagte ich schließlich. Ich blickte an mir hinunter. Ich trug ein schlichtes, langes, schwarzes Kleid. Das Kleid war kein Problem, aber ich hatte nicht die richtigen Schuhe an. Manolo hat deine Schuhe, verkündete mir der Gitarrist. Ich schüttelte den Kopf. Das ist zu viel. Als Manolo herkam, schien er nicht mehr sauer zu sein, denn er hatte seinen Willen durchgesetzt. Er setzte immer seinen Willen durch. Mach mir diese Freude, Carmen!, flüsterte mir Manolo ins Ohr. Lass uns nur das eine Mal hier zusammen tanzen, damit sie sich immer und ewig an Manolo und Carmen erinnern. Einverstanden? Ist das zu viel verlangt?

Als die Darbietung kurz darauf begann, saß ich oben auf der Bühne. Der Gitarrist begann eine Malagueña zu spielen, während Manolo und ich uns mit *palmas* einstimmten. *Ich trage dich in meinem Herzen* hieß das Lied, aber keiner sang es. Manolo lächelte mir zu und stand als Erster auf. In meinem schlichten Kleid, das Haar zu einem Knoten zusammengedreht, aber ohne Kämme, ohne Schmachtlocken, ohne Blume hinter dem Ohr, sah ich bestimmt eher wie eine Witwe aus und nicht so, wie man sich gemeinhin eine Flamencotänzerin vorstellt. Aber obwohl ich meine Schiene zum Tanzen abgenommen hatte, merkte man doch sofort, dass etwas mit mir nicht stimmte, schon als ich den ersten Schritt machte. Was hatte ich überhaupt da oben verloren? Ich spürte genau, wie die Zuschauer sich diese Frage stellten, natürlich ohne sie auszusprechen, dafür waren sie zu höflich, zu politisch korrekt, wie man es nur in der Bay Area sein kann, aber ich konnte es trotzdem spüren. Beim zweiten Vers, *Du bist meine einzige Liebe,* begann ich ganz leise vor mich hin zu singen wie in einem Traum, wie mir, ob kitschig oder nicht, alles, was ich mit Manolo tat, erschien. Ich bewegte mich auf ihn zu, so gerade aufgerichtet wie er, der auf mich wartete.

Aus einer anderen Quelle werde ich nicht trinken, flüsterte er zurück. Die Ablehnung des Publikums schlug in erregtes Raunen um, als unsere Magie zu wirken begann, zwei *brujos* sich gegenseitig verzauberten. Ich hob meinen Rock ein klein wenig hoch. Manolo hatte sogar meine abgetragenen Schuhe geputzt, da er wusste, dass ich an diesem Abend ja sagen würde, und nach einem Blick nach unten sah ich zu meinem Geliebten auf, und wir lächelten uns an. Ich schob einen Fuß vor. Klick, komm her, sagte ein Absatz, und dann wiederholte der Absatz, der immer hinterherhinkte, den Befehl. Manolo kam auf mich zu. In dem Moment, als ich schon fast seinen Atem auf meinem Gesicht spüren konnte, drehten wir uns voneinander weg und wirbelten, nicht nur einmal oder zweimal, sondern sogar ein drittes Mal herum, und das absolut synchron.

Nun verwandelte sich das Raunen im Saal in knisternde Spannung. Manolo nahm seinen Hut ab und setzte ihn mir auf, während wir tanzten, und ich riss mein Umhängetuch ab und warf es ihm über, zog ihn dicht an mich heran und ließ ihn dann wieder los. Er lachte, schnappte sich das Tuch und benutzte es als Springseil, sprang in die Luft wie ein Grashüpfer und legte es mir dann wieder um die Hüften und zog mich an sich. *In mein Herz nehme ich dich – du bist meine einzige Liebe – und bin ich auch fern von dir – aus einer anderen Quelle werde ich nicht trinken, und sollte ich auch verdursten . . .* Der *cantaor* sang die kurze Strophe im Stehen. Und die ganze Zeit blickten Manolo und ich uns unverwandt in die Augen. Sein Blick sagte mir, was ich als Nächstes tun musste, wie ich mich auf ihn zu oder von ihm weg bewegen sollte, wann ich stehen bleiben und wann ich ihm mit *palmas* folgen sollte. Es war eine kurze Nummer, aber unsere Vorstellung endete in hohem Tempo, sodass Manolos Schweiß alle auf der Bühne wie mit Weihwasser besprengte. Ich schwitzte ebenfalls, aber da ich nicht so wie Manolo herumwirbelte, lief mir der Schweiß nur über das Gesicht und in mein Kleid, den Gesetzen der Schwerkraft folgend, wie es inzwischen alles in meinem Leben tat. Er beendete den Auftritt auf einem Knie und zog mich auf das andere, als das Publikum applaudierte und jubelte und überglücklich zu sein schien, mit eigenen Augen gesehen zu haben, dass Carmen la Coja sich tatsächlich die Seele aus dem Leib tanzte.

Um so zu tanzen, wie wir es an diesem Abend taten, musste Manolo meinetwegen entsprechend langsamer machen, während ich das Doppelte leisten musste. So war es immer, wenn wir auf der Bühne standen, wo ihm alles leicht fiel und ich doppelt so hart arbeitete. Aber bei allem anderen, sagte Manolo, war es immer genau umgekehrt. Alles andere, was mit uns zu tun hatte und für mich ganz selbstverständlich war, wie immer am gleichen Ort zu leben, sich jede Nacht im gleichen Bett zu lieben, es auszudiskutieren, wenn man nicht sicher ist, was man fühlt oder was der andere denkt, war geradezu ein Ding der Unmöglichkeit für den jungen Zigeuner, der eines Nachts in mein Leben trat, beinahe rein zufällig, und schon bald genauso wieder verschwand.

Als ich aus der Stadt am Meer zurückkehrte, glücklich wie eine junge Braut, samt Fotoalbum und einem mit silbernen Drachen bemalten Teeservice aus Chinatown, obwohl ich Tee gar nicht mag, kam mir zu Ohren, dass Agustín wegen meines verdächtigen Verschwindens ziemlich aufgebracht war.

Außerdem bekam ich Wind davon, dass er jetzt mit seiner Schwanenmaid, La Courtney, zusammenlebte, die inzwischen der Star seines Ensembles war.

Doch das machte mir nichts aus. Ich war fest im Herzen meines neuen Geliebten eingeschlossen. Ich wollte nicht mehr an Agustín denken. Ein Teil von mir war ihm natürlich zu Dank verpflichtet und würde es auch immer sein, der Teil, der der Musik gehörte. Aber obwohl ein anderer Flamenco-Maestro niemals gesehen hätte, was Agustín einmal in mir gesehen hatte, war doch klar, dass er es jetzt nicht mehr in mir sah.

Wie ich höre, warst du in Kalifornien, sagte er, als er mich im Hollywood Hotel abfing.

Wie ich höre, hast du eine neue Zimmergenossin, erwiderte ich.

Du musst nicht alles glauben, was du hörst. Dann grinste er.

Du verlogener Hund, sagte ich.

Agustín gab einen kaum hörbaren Laut von sich. Und mit was für einem Hund treibst du dich rum?, fragte er.

Frag Courtney, sagte ich.

Ich frage *dich.*

Ich stand auf und humpelte zum Fenster. Manchmal machte er mich so müde, dass ich nicht einmal gehen konnte, ihn nicht mehr anschauen, geschweige denn mit ihm reden konnte.

Du wirst es bereuen, sagte Agustín warnend.

Aber ich bereute es nicht.

Ich bereue gar nichts.

Tres: Wohin gehst du, schöne Jüdin?

Wohin gehst du, schöne Jüdin? So lautet die erste Zeile von *La Petenera,* meinem Lieblingslied aller Zeiten. La Petenera, die schöne Jüdin, war aus Peterna de la Ribera, einer Stadt in Cádiz in Südspanien, wie Agustín sagte, der mich das Lied lehrte. Es wird im Zweivierteltakt einer Siguiriya gespielt, nur anders akzentuiert, eine alte sephardische Weise und der erste *cante,* zu dem ich bei Agustín tanzen lernte. Es gibt dazu zahllose Texte, zahllose Versionen, die im Laufe zahlloser Jahre gesungen wurden. Aber er ist nicht so alt wie die Geschichten, auf die die Texte zurückgreifen, und genau wie die Geschichte entwickelt sich auch der *cante* weiter – ein darwinistischer Gesang, der alles verändert und alles überdauert, von grenzenlosem Vertrauen bis zu abscheulichen Verdächtigungen.

La Petenera war eine reiche und wunderschöne Erbin, die wegen ihrer semitischen Religion nicht heiraten konnte in einer Zeit, als die katholischen Spanier das Land gerade von den Mauren zurückerobert hatten. Sie hätte ihrem Glauben entsagen müssen, wenn jemand davon erfahren hätte. *Ich gehe Rebeco suchen, der in der Synagoge wartet,* singt sie. Doch was mit Rebeco, wer immer er war, geschah, weiß niemand, da ein verschmähter Liebhaber sie tötete.

Die meisten *gitanos* führen es nicht einmal mehr gern auf, sagte mir Agustín, als er es zum ersten Mal für mich spielte. Und warum nicht?, fragte ich. Es ist doch ein wunderschönes Lied! Stimmt, sagte er, aber es bringt Unglück. Jedenfalls hat man in letzter Zeit diesen Eindruck. Die erste Frau, die es je bei einem Auftritt tanzte, starb auf der Bühne.

Ach, sagte ich. Später, sagte Agustín, bekam die nächste Frau, die damit auftrat, gleich nach der Vorstellung ein Telegramm. Ihr Bruder war gestorben.

Ach, sagte ich wieder. Aber wie kann ein Lied Unglück bringen, dachte ich. Dennoch dauerte es lange, bis ich mich entschloss, *La Petenera* vor Publikum zu tanzen, und als ich es tat, war es mit Manolo. Wie man sieht, bin ich nicht gestorben. Aber nicht lange danach verließ mich Manolo.

Der französische Schriftsteller Prosper Mérimée stahl die Geschichte der schönen Jüdin, sagte Agustín, und nahm sie mit zurück in sein Land. Hat man jemals so etwas gehört, dass eine *gitana* im neunzehnten Jahrhundert ihre Sippe verlässt, um in einer Fabrik zu arbeiten?, sagte Agustín. In der Erzählung von der Zigarren herstellenden Verführerin heißt sie Carmen, denn Carmen bedeutet Zauberin, Hexe. Ich heiße auch Carmen, aber ich bin sicher, dass mir meine Eltern diesen Namen nicht deswegen gaben.

Mérimées Carmen wird zu einer spanischen Zigeunerin, weil eine Zigeunerin für die Franzosen exotischer und sexyer ist als ein nettes jüdisches Mädchen. Auch das war eine von Agustíns Theorien. Frauen, die sexy sind, sind immer Heldinnen, so lautet *meine* Theorie. Heidnisch ist auch ein anderes Lied, ein mexikanisches mit vielen, vielen Strophen, das mich meine Amá lehrte, über eine weinende Frau. Ein Indio besingt *la llorona.* Er hat die weinende Frau eines Tages aus dem Tempel kommen sehen, wunderschön in ihrem himmelblauen *huipil,* einem indianischen Kleid. Er sehnt sich danach, dass seine unerwiderte Liebe erwidert wird, aber er glaubt, dass er nicht gut genug für sie ist, weil er ein armer Indio ist. Alle nennen mich den Schwarzen, sagt er, schwarz, aber voller Liebe. Das war fünfhundert Jahre nachdem La Petenera von einem Bewunderer getötet wurde.

Carmen wird im 19. Jahrhundert von ihrem eifersüchtigen *gajo*-Geliebten getötet. Tod und begehrenswerte Frauen sind ein wichtiges Thema in der Musik wie auch im Leben. *Liebe mich nicht so sehr,* heißt es in einem anderen mexikanischen Lied. Ich musste oft daran denken, als Selena, die hübsche texanische Künstlerin, damals vom Präsidenten ihres Fanclubs erschossen wurde.

KANNST DU DAS NICHT LEISER MACHEN?, brüllt Amá aus dem Wohnzimmer, wo sie fernsieht. Ich singe in meinem Zimmer laut Maria Callas auf meinem Kassettenrecorder mit, weil sie alles in ihre *Madame Butterfly* hineinlegt. Ich glaube, dass auch Maria Callas wegen ihrer Schönheit und ihrer verbotenen Beziehungen gelitten hat. WAS TREIBST DU DENN DA DRIN?, brüllt Amá wieder. Ich stelle den Ton leiser, aber so leise ist es nicht dasselbe. Trotzdem wandere ich im Geist zurück, denke über Frauen nach, die von unerfülltem Sehnen gepeinigt werden, an die flügellosen schauerlichen Sirenen, die ihre eigenen Meeresarien herausschreien, bestraft von Aphrodite, weil sie weder Götter noch Männer lieben und Männer ihnen dennoch nicht widerstehen können. Odysseus ließ sich an den Mast seines Schiffes binden, um ihrem mittäglichen Gesang zu widerstehen, der ihn lockte, sich mit ihnen auf dem Grund des Ozeans zu vereinen. Mérimée. Bizet. Agustín. Manolo. Ganz ehrlich, manchmal ist es einfach zu viel, und dann kann ich nicht einschlafen.

All die Texte und wiederkehrenden mörderischen Albträume wallten in der Nacht in mir auf, als Agustín sagte, er würde nach dem letzten Auftritt vorbeikommen. Ich sagte, ich hätte Kopfschmerzen, dass ich wahrscheinlich meine Periode bekäme und allein sein wollte. Die Wahrheit war, dass Manolo und ich uns für später verabredet hatten. Das macht nichts, versicherte mir Agustín. Ich möchte nur bei dir sein.

Ich war schon im Begriff, Manolo zu sagen, dass er nicht zu mir kommen solle, als ich es mir plötzlich anders überlegte. Aphrodites Zorn hatte mich dazu verdammt, unter dem Meer inmitten der Gebeine von Männern zu hausen, und davon hatte ich offen gesagt genug. Meine beiden Lover waren weder Götter noch echte Männer. Sie hielten sich nur dafür. Und falls Manolo, wenn er denn je ein Mann wurde, meine Liebe verdienen sollte, dann würde er es mir beweisen müssen. Wir sehen uns später, flüsterte ich ihm zu, als ich meine Sachen zusammenpackte. Ja, *preciosa,* flüsterte er zurück und gab mir einen flüchtigen Kuss auf jede abgeschminkte Wange. Agustín rauchte eine Zigarette an der Tür und nahm meinen Ellbogen, als wir hinausgingen. Ich blickte über die Schulter, um zu sehen, ob Manolo es bemerkt hatte, aber er war nirgends zu sehen.

Gegen vier Uhr morgens, als ich hellwach in der schwarzen Stille meines Zimmers lag, die Uhr wie eine Zeitbombe tickte und Agustín neben mir schlief, hörte ich das Poch-Poch von Manolos vertrautem Klopfen. Poch-Poch, leicht wie Regen, doch ich rührte mich nicht. Falls ich aufstand, konnte Agustín wach werden. Falls ich im Bett blieb, würde er irgendwann das Klopfen hören, das von Mal zu Mal etwas ungeduldiger wurde. Poch-Poch, pas-pas, bis Agustín sich schließlich regte. Mach die Tür auf, sagte Agustín plötzlich mit einer Stimme so klar wie Glas, sodass ich sofort wusste, dass er gar nicht geschlafen, sondern vielleicht gewartet hatte so wie ich. Worauf wartest du?, fragte er, als ich zögerte, auf meiner Seite des Betts liegen blieb.

Mach *du* doch auf, sagte ich schließlich. Der trotzige Ton in meiner Stimme überraschte mich selbst. Es ist deine Wohnung, sagte er. Aber wenn du nicht aufmachst, tue ich es. Und noch immer rührte ich mich nicht. Mach deinem Liebhaber die Tür auf, sagte er schließlich, und da setzte ich mich auf und knipste das Licht an. Warum machst nicht du auf?, fragte ich noch einmal und verschränkte die Arme vor meinen nackten Brüsten. Wenn du nicht aufmachst, tue ich es, sagte er noch einmal. Nur zu, ich kann's kaum erwarten, sagte ich.

Und da sah er mich mit einem Ausdruck an, den ich noch nie an ihm gesehen hatte. Mit in alle Richtungen zuckenden Augenbrauen und wild blitzenden Augen. Es war ein beunruhigender Anblick, aber obwohl ich Agustín fest in die Augen sah, wusste ich nicht, was er zu bedeuten hatte. Das Klopfen hatte inzwischen aufgehört. Schließlich stand Agustín, noch in Unterhose und ohne Hemd, auf und ging zur Tür und riss sie mit einem Schlag auf. Niemand. Ich dachte, was ich in Agustíns Augen gesehen hatte, sei Angst gewesen, Angst vor einer Konfrontation, bei der, egal wie sie ausging, drei Menschen das Herz gebrochen würde. Der Blick, mit dem er mich angesehen hatte, bevor er aufstand, blieb mir lange in Erinnerung. Er erfüllte mich mit *susto. Susto* heißt Schrecken.

Ich gehe runter und hole Apás *tequila,* sage ich zu Amá und denke an Agustíns Augen. Willst du auch einen? Okay, sagt sie. Mein Angebot scheint sie etwas zu überraschen, aber zu einem *tequila* vor dem Schlafengehen kann sie nun mal nicht nein sagen. Welche lebenslustige Frau könnte das schon?

Cuatro: Der Teufel ist nicht immer so schwarz, wie er gemalt wird

Der Teufel ist nicht immer so schwarz, wie er gemalt wird. Das sagte Agustín oft zu mir, als wir uns noch nicht lange kannten. Nicht weil er hellhäutig war und von sich selbst sprach, auch wenn er der Teufel in meinem Leben war, sondern weil ich so lieb aussah und er trotzdem noch nie eine Frau gekannt hatte, die immer tat, was sie wollte. Du kannst sagen, was du willst, Carmen, verkündete er mir immer, aber ich weiß genau, dass du nicht mir gehörst. Weder jetzt noch jemals. Also war ich der Teufel, in anderen Worten eine Frau, die nie kapitulierte.

Der Teufel ist nicht immer so schwarz, wie er gemalt wird!, sagte er wieder einmal eines Abends, als er nicht erst lange anklopfte, sondern einfach die Tür aufstieß. Das war, bevor ich das doppelte Sicherheitsschloss hatte, und es war auch der Grund, warum ich es danach anbringen ließ. Hinterher ist man immer klüger.

Kurz nachdem er das erste Mal versucht hatte, Manolo in meiner Wohnung zu ertappen, stürmte er eines Nachts herein wie einer von der Drogenfahndung. Ich sprang auf. Doch ich fasste mich rasch, um ihn nicht die Oberhand gewinnen zu lassen. Als die Tür aufflog, dachte ich, dass wieder einmal ein Junkie einbrechen wollte, aber nein, es war Agustín. Ich hätte es mir denken können, sagte ich und versuchte, mir nicht anmerken zu lassen, dass er mir mit seinem theatralischen Gehabe Angst einjagte. Hast du mich erwartet?, fragte er, und ich merkte, dass er getrunken hatte. Bist du deshalb allein?

Ich sagte nichts, aber Agustín, der mir gegenüber noch nie die Stimme erhoben hatte, den ich noch nie die Hand oder die Faust gegen jemanden hatte erheben sehen, ließ mich erschauern, da ich nicht wusste, wozu er nach seinem dramatischen Auftritt fähig war. Noch während ich das dachte, hörte ich, wie alles auf meinem Bücherregal, die Nippessachen, der Anrufbeantworter, Kassetten, die Pendeluhr, an die Wand flog. Er riss die aufgehängten Plakate von unseren Vorstellungen herunter und dann unsere gerahmten Fotos, und als er damit fertig war, wurden meine Teller und Gläser zu Wurfgeschossen und gingen in tausend Stücke. Die ganze Zeit über rührte ich mich nicht, sondern blieb zitternd am Fenster sitzen.

Es ging tief hinunter vom siebten Stock, und ich konnte nur hoffen, dass Agustín genug geworfen hatte, bevor er in meine Nähe kam. Er sagte nichts, möglicherweise sagte er auch etwas, aber nichts, was ich wiederholen könnte, da alles in Romani war und laut und undeutlich, und dann hämmerte einer meiner Nachbarn an die Wand und brüllte SCHLUSS JETZT DA DRÜBEN, und so hörte Agustín auf.

Du wirst es bereuen, Carmen!, sagte er vom anderen Ende des Zimmers zu mir, brachte seine Haare und seinen Hemdkragen in Ordnung, bemüht, seine Haltung zurückzugewinnen. Nein, das werde ich nicht, sagte ich, noch immer ohne mich von meinem Stuhl zu rühren, aber mir noch immer wünschend, ich säße nicht so nah am Fenster. Er angelte sich einen Stuhl, holte seine Zigaretten heraus und bot mir automatisch eine an. Nein, danke, sagte ich.

Chichi steckte den Kopf zur Tür herein. Alles in Ordnung, Schätzchen?, fragte sie mich, ohne von Agustín Notiz zu nehmen. Ja, sagte ich und lächelte. Sie sah sich kopfschüttelnd im Zimmer um. Oh-oh! Dann ging sie wieder. Ich konnte mich im Hollywood Hotel immer darauf verlassen, dass Chichi für mich da war. Darum konnte ich, als sie einige Monate später ermordet wurde, es auch nicht ertragen, noch länger dort zu wohnen.

Ich sah mich ebenfalls um. Was für ein Chaos, sagte ich. Das ist nur deine Schuld, sagte er. Und wenn ich nun in deine Wohnung gehe und alles kurz und klein schlage? Was würde deine Courtney dazu sagen?

Vergiss Courtney, sagte Agustín. Und vergiss um Gottes willen Manolo, hörst du, Carmen?

Nein!, sagte ich. Nein!, sagte ich noch einmal. Ich werde Manolo nicht vergessen. Vergiss du ihn. Lass uns in Ruhe.

Kriegst du das denn nicht in deinen *calorra*-Schädel?, sagte er und deutete auf seine Schläfe. In unseren leidenschaftlichen Momenten behauptete Agustín immer, dass ich in Wirklichkeit eine *gitana* sein, die einzige Art Frau, die ihm wirklich unter die Haut gehen konnte, wie er sagte. Manolo ist nicht gut für dich!, sagte er finster, und die Adern an seinem Hals traten hervor.

Du bist derjenige, der nicht gut für mich ist, sagte ich. Ich zitterte nicht mehr, war aber immer noch sehr aufgewühlt. Hau ab, Agustín! Es ist aus zwischen uns! Krieg *du* das um Gottes willen endlich in *deinen* Schädel! Hör auf, mich wie eine Idiotin hinzustellen! Denn das bin ich nicht!

O doch!, widersprach er. Das bist du, und das wirst du auch noch einsehen. Ich habe dir schon früher gesagt, dass du es bereuen wirst. Manolo ist mein Patensohn. Er ist wie mein eigenes Blut. Er ist ein *calorro.* Wir betrügen einander nicht auf diese Weise. Denn wenn wir es tun, müssen wir einen hohen Preis dafür bezahlen. Gott steh der Frau bei, die sich zwischen zwei Brüder stellt!

Ach, halt den Mund, Agustín! Du lebst im einundzwanzigsten Jahrhundert! Agustín starrte mich an, als erwartete er von mir eine Erklärung, was ich mit 21. Jahrhundert meinte. Halt den Mund, sagte ich noch einmal und nahm mir eine Zigarette. Dabei rauchte ich gar nicht mehr.

Cinco: Welcher Spieler der Bulls hat sechs NBA-Meisterschaften gewonnen?

Welcher Spieler der Bulls hat sechs NBA-Meisterschaften gewonnen?, fragte ich Manolío mío, als er an dem Tag, nachdem Agustín meine Wohnung demoliert hatte, zu mir kam. Er hatte eine Tüte mit

Lebensmitteln dabei. Ich werde *gazpacho* für dich machen!, verkündete er in einem seltenen Anfall von Häuslichkeit. Er sah sich um. Wo sind denn die ganzen Schüsseln?

Komm schon, Manolo, sagte ich. Das ist keine Fangfrage! Erzähl mir bloß nicht, dass du nicht weißt, wer der größte Spieler der Basketballgeschichte war! Ich zündete mir eine Zigarette an und ließ mich auf einen Stuhl fallen. Natürlich weiß ich es, sagte Manolo. Wieso fragst du mich das überhaupt? Und was ist mit den ganzen Tellern passiert? Er blickte sich um, von dem Durcheinander wie benommen. Und mit den anderen Sachen? Er hörte auf, Tomaten und Knoblauch und Zwiebeln aus der Tüte zu ziehen. Moment mal ... Wann hast du wieder angefangen zu rauchen?, fragte er. Du weißt, dass das nicht gut für dich ist, Carmen! Manolo riss mir die Zigarette aus den Fingern und drückte sie aus. Zwischen uns lag die große unausgesprochene Frage, warum ich noch nicht schwanger geworden war, wobei meine alles andere als tolle Gesundheit unsere nächstliegende Vermutung war.

Ich schnitt ihm eine Grimasse und zündete mir eine neue Zigarette an. Nach dem Beinahe-Zusammentreffen meiner beiden Lover hatte ich nächtelang darauf gewartet, dass Manolo zurückkommen würde. Als er dann kam, war ich überzeugt, dass die beiden sich in einer Zeitschleife befanden und ein Duell zwischen ihnen unvermeidlich war. Gehen Sie zehn Schritte zurück, meine Herren, drehen Sie sich dann um und schießen Sie. *Ein Duell?* Vielleicht in meinen Träumen! Trotzdem hielt ich mich bei beiden an den Grundsatz «im Zweifel für den Angeklagten» und gab jedem die Chance, für seine Liebe zu mir einzutreten, zu bleiben.

Ich weiß, worauf du hinauswillst, *querida,* sagte Manolo. Ich weiß bei weitem mehr davon, wie es da draußen zugeht, als du denkst. Aber das hat alles nichts mit *uns* zu tun ...

Wer ist *uns? Dein Volk?* Was ist mit mir, Manolo? Was bedeute *ich* dir?

Ich weiß, dass es Dinge bei den *calorros* gibt, die du nicht verstehst oder die du nicht glauben willst, versuchte Manolo mir zu erklären. Ich weiß, ich hätte neulich nachts nicht weglaufen sollen, aber ich weiß auch, dass ich nicht hätte herkommen dürfen. Bevor Agustín nicht sagt, dass die Sache zwischen euch aus ist, kann ich nicht anders ...

Aber *ich* kann doch sagen, dass es aus ist!, protestierte ich. Ich hätte ohne weiteres mit Agustín Schluss machen können und hätte es auch getan, aber Manolo hatte mich gebeten, es nicht zu tun. Er wollte nicht, dass Agustín etwas von unseren Plänen erfuhr. Ich hätte dem Mann, mit dem ich siebzehn Jahre zusammen war, unumwunden sagen können, dass ich nichts mehr für ihn empfand und basta, aber das hätte Agustín nicht akzeptiert. Selbst jetzt, nachdem er sich alles selbst zusammengereimt hatte, was Manolo und meine Gleichgültigkeit gegenüber unserer Beziehung in letzter Zeit betraf, hatte er nicht vor, mich gehen zu lassen.

Manolo schüttelte den Kopf. Er blickte sich im Zimmer um und nahm nochmals das Bild der Verwüstung in sich auf. Was ist denn hier passiert, Carmen? Wurde bei dir eingebrochen?

Ich stierte ihn wütend an. Dreimal darfst du raten, Manolo! Rate mal, was hier passiert ist! Er starrte mich einen Moment an und blickte dann zu Boden, holte plötzlich mit dem Arm aus, dass Tomaten und Knoblauch und zwei oder drei Kakerlaken, die über die Arbeitsplatte huschten, durch die Luft flogen. Ich bin gleich wieder da!, sagte er, und dann ging er.

Ich starrte auf die Tür, die er hinter sich zugeknallt hatte, und fühlte mich noch etwas erschöpfter als sonst davon, ständig harte Nüsse mit so wenig Inhalt zu knacken. Ich weiß nicht, wer von den beiden der größere Blender und Angeber war, Manolo oder Agustín, doch ich wusste, dass er nicht bereit war, sich ihm zu stellen. In der *calorro*-Gemeinschaft war Agustín ein ganz Großer. Er war nicht der Mann, dem man etwas wegnahm und dem man auch noch sagte, dass man es zu behalten gedenke. Manolos *bato* war noch größer gewesen, doch er war dem Tod nahe. Für sie war Größe etwas anderes als zwei Vorstandsmitglieder, die auf dem Golfplatz eines schönen Tages feststellten, dass sie die gleiche Büroangestellte vögeln. Entweder feuern sie die Dame am Montag oder aber sie lachen nach dem Spiel bei einer Zigarre über die Sache. Groß für meine beiden Männer bedeutete, dass du dich dem an Jahren Älteren oder dem, der sich bei seinem Volk bewährt hat, besser unterwirfst, da du sonst eine Menge riskierst. Denn andernfalls konnte dir alles Mögliche zustoßen, und keiner hätte etwas gesehen. Ein geächteter *gitano,* wie Agustín mir im Laufe der Jahre viele Male gesagt hatte, ist eine wahrhaft verdammte

Seele. Manolo mochte bei Chicagoer Sportvereinen auf dem Laufenden sein, doch ansonsten lebte er in einer anderen Sphäre.

Aber so waren eben die Gesetze, die ihr Leben bestimmten, nach denen sie lebten und starben. Und ich war immer nur so allein und auf mich selbst gestellt wie mein auf mich zugeschnittener Tanzstil, keine *calorra,* bloß eine Frau mit zerschlagenem Geschirr. Ich wusste, dass Manolo nicht gleich zurückkommen würde, wie er gesagt hatte. Er war davongelaufen wie schon so oft, um in einer wilden Nacht alles zu vergessen.

So viel zu der *gazpacho* zum Abendessen.

Ich weiß nicht, was mit diesem Haus los ist, Schätzchen, sagte Chichi, als sie herüberkam, um mir beim Aufräumen zu helfen, aber hier wird alles früher oder später kaputtgemacht, zerquetscht oder aus dem Fenster geworfen! Bitte keine Predigt, sagte ich leise, und dann schlug ich mit der Faust auf eine Tomate und schmierte mir den Matsch an die Bluse. Chichi war so entsetzt, dass ihr, als sie sich den Tomatensaft aus den Augen rieb, die Kinnlade herunterfiel und sie ausnahmsweise einmal keine Worte fand.

7

Uno: Zu zwei Ereignissen werden gajes nie eingeladen . . .

Zu zwei Ereignissen werden *gajes* nie eingeladen von den Roma: zu Hochzeiten und zu Beerdigungen. Als Manolos Vater starb, dauerte es folglich eine Weile, bevor ich davon erfuhr. Neben der Tatsache, dass sie dich nicht einladen, an der Beerdigung teilzunehmen, möchten sie auch nicht, dass du über den Toten sprichst, den Namen des Toten nennst, an den Toten erinnerst. Als Manolo mich schließlich wieder besuchen kam, erwähnten wir seinen Vater mit keinem Wort. Es war, als hätte der Mann nie existiert.

Manolo trank ein bisschen mehr als sonst, obwohl er sich nie viel aus Alkohol gemacht hatte. Selbst nüchtern wirkte er irgendwie abwesend, unbeteiligt. Er spielte, verschleuderte Geld beim Billard, beim Kartenspiel. Ständig sagte er, dass er vorbeikommen würde, und kam dann nicht. Dann wieder tauchte er unerwartet auf und hatte später einen Wutanfall, wenn er mich nicht zu Hause angetroffen hatte. Er beschuldigte mich, einen anderen zu haben, obwohl er keine Beweise dafür hatte. Dann wieder bat er mich wegen seiner Anschuldigungen um Verzeihung. So ging das mehrere Wochen lang – die üblichen Reibereien, zu denen es zwischen Liebenden kommt, wenn der strahlende Glanz ihrer Vernarrtheit ineinander matt wird und man sich entscheiden muss, ob man weitermachen will oder nicht.

Doch eines Tages im Frühsommer war die Wolke, die Manolos unausgesprochene Trauer begleitete, plötzlich fort, und wir waren wieder verliebt. Ich weiß, dass du mich das nie fragen würdest, sagte er mir eines Nachts leise ins Ohr, aber ich war mit keiner anderen Frau zusammen, seit ich mich in dich verliebt habe.

Und wann genau war das?, fragte ich.

Als wir uns das erste Mal geküsst haben, weißt du das nicht mehr? Er fasste nach meinem Kinn und bewegte es hin und her, wie um mein Gedächtnis wachzurütteln. Auf dieser Party . . . Sag bloß nicht, dass du dich nicht erinnern kannst! Ich bin einfach zu dir hingegangen . . . du warst so wunderschön, wie du da ganz allein gestanden hast, ein bisschen verloren, fehl am Platz, und ohne nachzudenken bin ich zu dir gegangen und habe dich geküsst . . . Und du hast mich ebenfalls geküsst! Soll das heißen, dass du dich nicht mehr daran erinnerst, wann wir uns ineinander verliebt haben?

Natürlich erinnerte ich mich daran. Ich erinnerte mich an den verwirrenden Kuss, an die kühle Nachtluft und wie sie mein Gesicht liebkoste, als ich hinterher hinausrannte. Ich erinnerte mich, wie Chichi an dem Abend zur gleichen Zeit nach Hause kam und ich ihr alles erzählte und wir miteinander kicherten wie zwei Studentinnen im Wohnheim. Und an den Abend Monate später, als sie Manolo zufällig im Flur begegnete. *Jetzt* ist mir alles klar, Schätzchen!, sagte Chichi. Mann-o-Mann. Ein Typ, der so toll aussieht, wenn der herkäme und seine Lippen auf meinen Mund pressen würde, dann würde ich auch verrückt spielen!

Und dass ich dich liebe, sagte Manolo an einem anderen Abend, dich aus ganzer Seele liebe, das wusste ich, als mein Vater starb. Der Mond war wolkenverhangen, und wir waren gerade von einem langen Spaziergang zurückgekommen. Daheim in meinem kleinen Zimmer hielt er mich plötzlich so vorsichtig, als wäre ich ein Kolibriei, etwas unglaublich Zerbrechliches und Kostbares. Denn Verliebtsein und Lieben sind zwei verschiedene Dinge, stimmt's?, sagte Manolo. Das habe ich von dir gelernt. Vielleicht hast du das nicht gewusst, aber es ist so. Und es machte mir Angst, so sehr zu lieben, es bereitete mir Qualen. Was ist das?, habe ich mich immer wieder gefragt. Was ist das, was mich drängt zu trinken, wenn ich gar nicht trinken will. Ich tanze mit Frauen, und danach verliere ich das Interesse. Und die ganze Sache mit Agustín. Wie kann ich vergessen, wie lange du ihn geliebt hast?

Ich ging nachts weg, weil ich nicht schlafen konnte und es nicht aushalten konnte, nur wachzuliegen und in einem fort darüber nachzudenken. Die Hahnenkämpfe mit Agustín, das Geld, das ich beim

Spielen verlor, das war alles nur ein Mittel, um zu vergessen. Deshalb bin ich nicht zu dir gekommen. Als meine Mutter starb, sagte mein Vater oft zu mir, dass ein Teil von ihr in mir weiterlebt. Deshalb tanzte ich so, wie ich tanzte. Ich tanzte für zwei. Aber als dann mein Vater starb, da starb ein Teil von mir mit ihm. Das ist ganz normal. Alle sagten mir das. Etwas starb, als hätte ein langer Winter es für immer zerstört. Und dann erinnerte ich mich an dich, *mi amor.* Aus dem Nichts erschien dein Gesicht vor mir, und ich wusste nicht mehr aus noch ein. Aber dann wurde mir klar, dass ich *deshalb* nicht vor dir weglaufen konnte, weil ich nicht mehr allein war, und ich wusste, dass ich nie mehr allein sein werde, solange ich dich liebe. Solange ich dich liebe. Du kannst aufhören, mich zu lieben, und vielleicht wirst du das eines Tages. Ich könnte es dir nicht verübeln. Ich weiß, dass ich dir viel angetan habe. Ich weiß, dass ich nicht bei dir war, als du mich brauchtest. Ich weiß, was ich bin. Aber ich werde nie aufhören, dich zu lieben – das Einzige, was mich an diese Erde bindet. Niemals.

Dos: Eins muss ich hier klarstellen

Eins muss ich hier klarstellen. Von allen Toden, die ich durchlebt habe, ist dies der, der am schwersten ins Gedächtnis zurückzurufen ist, der, mit dem ich mich nicht abfinde, nicht ohne Leiche als Beweis.

Eines Abends, als Manolo wieder wie aus dem Nichts auftauchte und ich wieder einmal gewartet hatte, hörte ich mich wie aus dem Nichts heraus sagen: Ich will dich nicht mehr in meinem Leben haben, Manolo. Das Wasser schoss in Manolos dunkle Augen und begann herabzulaufen, nicht einzelne Tränen, sondern ein stetiger dünner Strom aus jedem Auge.

Warum musste ich dich jemals kennen lernen?, sagte er fast unhörbar, ohne mich anzusehen, als fragte er sich selbst und nicht mich, und so erwiderte ich nichts darauf. Dann bereust du es also?, fragte ich stattdessen. So knapp davor waren Manolo und ich noch nie gewesen, Schluss zu machen, so harte Worte waren nie gefallen, da Worte ohnehin nicht die beste Art waren, wie wir uns verständigten.

Er legte die Hand an die Stirn und bedeckte seine Augen, als habe er einen Kater und jedes Geräusch verursache ihm Kopfschmerzen. Ich stand auf und legte die Hände auf die Hüften. Mir war bewusst, dass ich auf ihn hinabsah, der linkisch auf einem Schemel hockte, von Minute zu Minute kleiner wirkte, während ich plötzlich groß und böse wie Aphrodite wurde. Und das gefiel mir nicht. Ich wollte, dass etwas von mir ausströmte, aber es sollte nicht Angst sein. Angst war das Einzige, was wir drei noch in uns zu haben schienen, das Einzige, was wir beieinander auslösten. Ich werde Agustín anrufen, sagte ich. Wir drei sollten die Sache ein für allemal ausdiskutieren. Ich habe euch beide satt.

Was gibt es dann noch zu bereden?, fragte Manolo und sah zu mir auf. Ich wandte mich ab. Angst und Liebe zusammen sind ein bisschen zu viel.

So verharrten Manolo und ich eine Weile schweigend, und als er *amor mío* sagte, schien jedes Wort eine Tonne zu wiegen. Wen nennst du hier deine Liebe?, fragte ich. Mich darfst du das nicht mehr nennen! Und dann, ohne auch nur darüber nachzudenken, sagte ich noch einmal: Ich will dich nicht mehr, hörst du? Ich will dich nicht mehr.

Wir sahen uns an, und es war, als würde eine giftige Spinne ihr Netz zwischen uns weben, so dass wir sterben würden, falls sich einer von uns bewegte. Dann sank er auf die Knie und fiel sacht, wie ein zu Boden fallendes Kissen, nach vorn. Seine Arme hielten meine Röcke fest, und er weinte hinein, durchnässte den plissierten Satin. Versuch mich zu verstehen. Bitte, *amor mío.*

Was soll ich denn verstehen?, fragte ich. Ich wollte es wirklich wissen. Manolos *bato* hatte ihn Agustín anvertraut, aber es war ja nicht so, als ob Agustín frei wäre, um mit mir zusammen zu sein, als ob Manolo Agustín seine geisterhafte Ehefrau in Spanien wegnehmen wollte. Es ging doch nur um mich. Um Carmen. Die Frau, die keinem gehörte und hin und wieder jedem und letzten Endes nur sich selbst. Ich hatte mich entschieden, nur mit Manolo zusammen zu sein, aber niemand schien sich für meine Stimme zu interessieren, und Manolo wurde von seinen Gefühlen hin- und hergerissen.

Sein langes lockiges Haar war offen und schimmerte wie Seetang unter Wasser. Ich fuhr mit den Fingern hindurch. Was ist es denn?, fragte ich nach einer Weile noch einmal, diesmal mit sich leicht überschlagender Stimme. Als er wieder ruhig zu sein schien, sein Gesicht aber weiter meinen Rock durchtränkte, sagte er: Ich kann dich nicht haben.

Ich wartete auf eine Erklärung, doch das war alles, was er sagte.

Ist es denn so ungeheuerlich, sich zu mir zu bekennen?, fragte ich Manolo, als er zu weinen aufhörte, vielleicht etwas zu abrupt, als dass ich mir seine Tränen doch noch zu Herzen genommen hätte. Damit keine Missverständnisse aufkommen. Ich war damals wirklich gerührt, aber nur weil ein Mann auf den Knien liegt und weint, heißt das noch nicht, dass er einem Leid tun muss. Manolo streckte die Hände hoch und zog mich hinunter, riss mir dabei den langärmeligen Body von den Schultern. Ich hatte Probleme hinunterzukommen, weil ich meine Schiene anhatte, und so ließ ich mich auf dem Schemel nieder, wo meine feuchten Röcke um mich herum nach oben stiegen wie ein Seerosenblatt.

Nein, sagte er. Nein . . ., du machst es einem leicht, dich zu lieben, und unmöglich, dich zu verlassen. Und er küsste mich heftig mit geschlossenen Lippen auf den Mund. Er stand auf, holte seinen Mantel vom Bett und ging ohne ein weiteres Wort. Ich blieb noch lange in meinem Seerosenblatt sitzen.

Ich hasste ihn wirklich. Manolo zu hassen war plausibel, weil ich ihn liebte und, was noch wichtiger war, er mich liebte. Ich bemerkte meine Fingernägel und griff nach der Nagelfeile. In Augenblicken wie diesem griff ich normalerweise nach einem Drink, doch stattdessen machte ich mir eine Maniküre. Manolo wird zurückkommen, sagte ich mir. Er war schon unzählige Male gegangen und unzählige Male zurückgekommen wie ein neu entdeckter Planet, bei dem Astronomen herausfinden wollen, wie er sich verhält, wie sie ihn nennen sollen, ob er wirklich existiert oder nur eine Illusion ist. Eines Tages würde Manolo zurückkommen und für immer bleiben.

Das wusste ich damals und das weiß ich noch heute.

Tres: Ich mag Schmerzen nicht, wirklich nicht

Ich mag Schmerzen nicht, wirklich nicht. Ich mag nicht einmal darüber reden, aber manchmal fühlt man sich besser, wenn man ein bisschen klagt, wenn man jammert, ein Zahnwehwimmern von sich gibt, wenigstens ab und zu. Und so sage ich meiner Mutter eines Tages, dass ich mich elend fühle, immerzu elend, sogar im Schlaf, und wenn ich aufwache, mich noch schlechter fühle, und dann sehe ich sie nur an und fange an zu heulen.

Seit die Schmerzen wieder begonnen haben, die ich so lange nicht gehabt hatte und nie wieder zu haben hoffte, weil ich stark war und schlau und jung und über sie hinwegtanzen konnte, suche ich nach Wegen, um dem Eisschrank zu entfliehen, den die fortwährenden Schmerzen um mich bilden.

Es kommen auch bessere Tage, wie man sagt. An solchen Tagen kann ich ein wenig herumgehen. Zur Feier mache ich Espresso. Ich zerlege einen Fisch, Schnapper oder Lachs, für Amá und mich und lege ihn in die Bratpfanne. Ich gebe zwei Kartoffeln dazu und mache eine kleine Butter-Zitronen-Sauce, obwohl Amá diejenige sein wird, die die Arbeit zu Ende führt, weil mir bis dahin irgendetwas bereits wehtut.

Vicky oder eine andere unverheiratete Freundin – aus irgendeinem Grund sind es immer die unverheirateten Freundinnen, die sich die Zeit nehmen, einsame Frauen wie uns zu besuchen, Frauen ohne Verpflichtungen gegenüber Kindern oder Aktivitäten mit dem Partner – kommt gelegentlich mit einem Video vorbei. Was kann ich dir sonst noch mitbringen?, fragt die Freundin dann munter am Telefon, und dann reden wir die ganze Zeit, während das Video läuft, weil ich mich nicht mehr so für Filme interessiere, seit ich mein Leben verpasse.

Ich beginne aus heiterem Himmel zu schluchzen, wie ich schon sagte. Ich schluchze gleich dort im Wohnzimmer, während Amá kein Wort sagt, keine Bewegung macht. Früher oder später wird sie mir wegen dieses Zeichens der Schwäche bestimmt Vorwürfe machen, aber ich stecke schon zu tief drin, um jetzt aufzuhören. Spar dir deine Tränen für den Tag auf, an dem deine Mutter stirbt!, schrie sie mich früher an, als ich noch ein Kind war und irgendeinen Kummer hatte und heulend in meinem Zimmer saß. Meine Amá brachte mir schon vor langer Zeit bei, dass man mit Tränen rein gar nichts erreicht, und soweit ich weiß, hatte sie Recht.

Ich liege auf der Couch mit einer ihrer Acryldecken über mir, und sie sitzt in ihrem Lieblingssessel. Wir hatten uns Barbara Stanwyck im Filmklassiker-Kanal angesehen. Amá hat mit der Fernbedienung den Ton abgestellt, aber sie starrt immer noch auf den Bildschirm. Mehrere zähe Minuten lang war nur das Geräusch meines Weinens zu hören, und dann sehe ich, wie ihre schwerlidrigen schwarzen Augen mit dem geröteten Weiß darin in Tränen schwimmen, die sie lieber nicht vergießen würde, nicht für eine Tochter, die im Begriff ist aufzugeben, nicht für das dünne Mädchen, das um sein Leben kämpfte und heranwuchs und eine nicht zu bändigende Frau wurde, die immer nur das tat, wozu sie Lust hatte, was ihrer Familie ein einziges ungarisches Folklore-Festival zu sein schien. Dafür kann Amá nicht ihre Tränen vergeuden. Sie möchte, dass ich aufstehe und gehe, sie zum Lebensmittelladen fahre. Ausgehe und mir einen Ehemann suche, Kinder habe, eins oder ein Dutzend. Carmen, du liest doch so gern, warum wirst du nicht Schriftstellerin? Dazu musst du nicht herumgehen können! Sie hat mir empfohlen, Kinderbücher zu schreiben; es heißt, dass sich damit gutes Geld verdienen lässt. Werde doch eine berühmte Schriftstellerin wie diese Mexikanerin, die diesen Roman übers Essen geschrieben hat! Ein wunderbarer Film, sagt sie, stell dir mal vor, Rosen zu essen! Alle Leute essen gern! Schreib ein Kochbuch! Du brauchst dich nicht viel zu bewegen, um das zustande zu bringen, sagt sie, und nach all den Büchern, die du gelesen hast, wirst du doch wohl wissen, wie man eins schreibt.

Ich höre auf zu heulen, als ich Amás ersten Schluchzer höre. Ich habe sie noch nie weinen gesehen, noch nie, bis auf den kleinen Schluchzer bei der Beerdigung ihrer Mutter in Texas, als der Sarg in die Erde gesenkt wurde. Selbst damals bedeckte sie ihr Gesicht mit beiden Händen, sodass ich es eigentlich gar nicht sah. Ich dachte mir nur, dass sie weinte, weil ihr Körper bebte, als wäre gerade ein leichter Stromstoß durch sie hindurchgelaufen. Und dann hörte sie auf.

Sie hört auch jetzt auf und zieht ein zerknülltes Papiertaschentuch aus ihrer Schürzentasche, um sich die Nase zu putzen. *Ay, hija,* sagt sie, nachdem sie sich gefasst hat. Du musst stark sein, sonst wirst du nicht wieder gesund. *Ay, hija,* sagt sie noch einmal. Du kannst es nicht wissen – aber wenn ich dir deine Leiden hätte abnehmen können, dann hätte ich es getan. Du weißt ja nicht, wie oft ich das gedacht habe, wie oft in all den Jahren. Sie stößt einen langen, tiefen, klagenden Seufzer aus, steckt das Taschentuch irgendwo in ihre Schürze und greift wieder nach der Fernbedienung.

Cuatro: Es war unser letzter Auftritt . . .

Es war unser letzter Auftritt, bevor Agustín wie üblich für den Sommer nach Spanien fuhr. Meine Mitwirkung in der Vorstellung beschränkte sich bereits auf eine kurze Solonummer und darauf, während des übrigen Programms dazusitzen, *palmas* zu machen, an den entsprechenden Stellen *olé* zu rufen und hübsch auszusehen, wenn auch etwas erschöpft, während sich die übrigen Frauen auf der Bühne scharten wie ein großer Strauß welkender Orchideen in einem Raum ohne Klimaanlage.

Manolo hatte sich wieder beruhigt. Wir sollten nach Spanien gehen, sagte er eines Tages. Wir fangen von vorn an, gründen eine Familie. Ich war einverstanden. Wir mussten weit weg gehen, wenn wir eine reelle Chance haben wollten. Trotz Manolos Beteuerungen bemerkte ich, dass er, was uns betraf, vor anderen sehr diskret war, auch vor Agustín. Ich selbst redete zu der Zeit kaum noch mit Agustín. Er war mit Courtney liiert, sodass sich das Problem von selbst gelöst hatte, wie mir schien.

Da ich mit dem bisschen Tanzen nicht genug für eine solche Reise verdienen konnte, nahm ich eine Teilzeitbeschäftigung in einem kleinen Kino an, wo ich Erfrischungen servierte. Nicht gerade ein Traumjob, aber das war mir egal. Es erschien mir richtig, alles zu tun, was getan werden musste, um genug zu sparen, damit ich von hier weggehen und mit Manolo ein neues Leben anfangen konnte. Er selbst trat regelmäßig in Restaurants und Bars auf und reiste im Land herum zu Engagements. Wenn er wieder in der Stadt war, überraschte er mich manchmal an der Tür des Kinos, wenn ich Feierabend hatte. So war das immer bei uns, Überraschungen und *besitos* und dass ich mir einfach wegen nichts Sorgen machte. Obwohl ich von einem Mann nie Geld zur Befriedigung meiner Bedürfnisse oder Wünsche annahm, bestand Manolo darauf, wann immer er nicht selbst kommen konnte, mir das Geld für die Taxifahrt nach Hause zu geben. Er wollte nicht, dass ich so weit zu Fuß ging oder dass einer Frau mit Beinschiene, die nachts in der Stadt unterwegs war, etwas passierte, obwohl ich ihm immer wieder sagte, dass ich das mein Leben lang gemacht hatte. Nicht bei mir, sagte er.

Ich dagegen machte mir Sorgen um Manolo an dem Abend, als er nicht zur Vorstellung erschien, aber als Agustín nicht weiter beunruhigt zu sein schien wegen seines unerlaubten Entfernens von der Truppe, wusste ich, dass er wusste, was Manolo im Schilde führte. So war das immer bei den beiden, diesen *acahuetes*, wie meine Mutter sie zu nennen pflegt, Kumpel, die unter einer Decke stecken. *Acahuetes* ist nicht bloß ein spanisches Wort, es ist mexikanisch, geht auf die Azteken zurück, sagt meine Mutter, und ich bin sicher, dass sie Recht hat, obwohl ich nicht weiß, woher sie das weiß.

Agustín würde es mir sagen, wenn er soweit war, da war ich mir sicher. Bevor der Abend vorbei war, würde er es mir sagen, vielleicht nur andeutungsweise, um mich zu quälen, weil er immer noch eifersüchtig war. Ich hatte Mitleid mit ihm und hielt daher den Mund. Es gab nichts, womit Agustín verhindern konnte, mich zu verlieren und auch Manolo zu verlieren, dachte ich. Er würde sich einfach damit abfinden müssen.

Stattdessen verkündete Agustín, dass er früher als geplant abreisen müsse, weil seine Tournee in diesem Sommer sofort beginnen solle. Gut, dachte ich, den wären wir los.

Wirklich super, sagte jemand, für dich und Manolo!

Ich erinnere mich nicht, wer die Alarmglocke in meinem Kopf schrillen ließ, ohne es zu ahnen, nur aussprach, was er wusste. Er kann damit nur gemeint haben, dass Manolo beabsichtigt, irgendwann mit Agustín in Spanien aufzutreten, sagte ich mir. Aber nicht, dass er *mit* Agustín fährt, denn schließlich wollten er und *ich* zusammen weggehen, nicht sofort, aber sobald wir das Geld beisammen hatten. Und mit *unserer* Reise hatte Agustín nicht das Geringste zu tun. Das hatten Manolo und ich so abgesprochen.

Er ist immer noch sehr gefragt, der Kleine!, sagte Agustín. Wir haben jede Menge Angebote für Auftritte bekommen. Ich würde die Engagements nicht ohne ihn annehmen, und er hat gesagt, er würde sie nicht ohne mich annehmen – wir sind nur im Paket zu haben, haben wir allen gesagt! Beide oder keiner! Diesmal sah mich Agustín an, nur einen Moment.

Als ich an dem Abend aus dem Club wegkam, machte ich mich auf die Suche nach Manolo, aber nicht sofort, nicht wie eine Rasende. Diese Genugtuung wollte ich Agustín nicht bereiten. Als ich fertig war, Kostüme und Make-up zusammengepackt hatte, ging ich zum ersten Mal überhaupt zu dem Haus, in dem Manolo wohnte, wohin ich zuvor noch nie gegangen war, weil er ein Mann war, der keine Fragen gestellt bekommen mochte, und sich vom Zuhause eines Mannes fernzuhalten ist die beste Methode, es zu vermeiden, Fragen zu stellen. Man sagte mir, dass er nicht da sei. Ich ging nach Hause und rief alle fünfzehn Minuten an, aber noch immer kein Manolo.

Spät in der Nacht begann mein Selbstvertrauen zu bröckeln, und ich rief Agustín an, aber auch dort antwortete niemand. Ich rief abwechselnd seine Nummer und die von Manolo an, erreichte aber die ganze Nacht weder den einen noch den anderen. So ging es das ganze Wochenende über weiter. Sie haben sie gerade verpasst, wurde mir überall mitgeteilt, wo ich nach ihnen fragte. Wissen Sie, wann sie wieder da sind? Nein, das wisse man nicht. Dass ich andere Leute nach dem Aufenthaltsort meiner Lover fragte, war bereits ein schlechtes Zeichen.

Schließlich erwischte ich Manolo eines Abends in einer seiner Lieblingskneipen beim Billardspielen. Er merkte nicht einmal, dass ich da war, bis ich direkt hinter ihm stand und ihn zu mir herumdrehte, als er gerade einen Stoß machen wollte. *Oye* Manolo, sagte einer der anderen Typen, ein junger *calorro* mit Spitzbart. Das muss Carmen sein. Ja, sagte Manolo, offenbar verlegen. Eine Frau, die ich noch gar nicht bemerkt hatte, kam von der Bar herübergeschlendert. Wer sind Sie?, fragte sie mich. Haben Sie nicht gehört?, fragte ich sie. *Soy* Carmen. Schon gut, sagte Manolo zu ihr, bevor sie etwas erwidern konnte. Er nahm mich beim Ellbogen und führte mich aus der Kneipe.

Ich war noch nie in dem Lokal gewesen, obwohl ich davon wusste, weil Agustín mir immer gesagt hatte, es sei eine Schlangengrube, wo er und Manolo hingingen, um zu spielen. Wer war die Schlange?, fragte ich Manolo, als wir draußen standen und allein waren. Er konnte mir nicht in die Augen sehen, während ich wiederum sein Gesicht studierte wie eine Straßenkarte, um zu wissen, wo wir waren. Ich betrachtete sein Gesicht, doch er wich meinem Blick aus. Schon gut, sagte er zu mir und zündete sich eine Zigarette an. Ich schlug sie ihm aus der Hand. Meine Wut überraschte uns beide. Manolo – ist es wahr, dass du mit Agustín nach Spanien fährst? Ist das deine Entscheidung – diesen Mann mir vorzuziehen? Ich war so empört, dass ich mir die Augen aus dem Kopf hätte heulen können. Aber genau wie damals, als ich zum ersten Mal Polio hatte und von gesunden Kindern gehänselt wurde, bloß weil ich anders war, weinte ich auch jetzt nicht. Ich machte nur ganz fest die Augen zu, bis der Drang verschwunden war.

Natürlich ziehe ich dir Agustín nicht vor, sagte er. Aber er blickte mich noch immer nicht an. *Mirame!,* brüllte ich und sah im gleichen Moment ein paar von den *calorros* aus der Kneipe kommen, die sich das Schauspiel nicht entgehen lassen wollten, darunter auch die Schlange.

Bitte, Carmen, sagte Manolo. Agustín und ich – wir sind Blutsverwandte. Verstehst du das nicht? Wie kann ich vergessen, was früher zwischen euch war? Er empfindet etwas für dich . . .

Ich wollte nur noch weg. Aber wie so oft in meinem Leben, wenn es mir peinlich war, dass jemand meinen unbeholfenen Gang sah, blieb ich einfach stehen. Vielleicht hätte mir klar sein müssen, dass das eigentlich Peinliche die unangenehme Lage war, in die ich mich in dieser Nacht selbst gebracht hatte. Schließlich sah mich Manolo direkt an. Mit einem Blick, als wollte er sagen: Alles klar? Kann ich jetzt gehen?

Ich wandte mich von ihm ab und starrte hinüber zu der Haltestelle, an der ich auf den Bus nach Hause warten musste. Sie schien viel weiter weg zu sein als vorhin, als ich hier ausgestiegen war. He, Manolo!, rief einer der Typen. Spielen wir jetzt weiter oder was? Die

Schlange lachte schallend und ging hinein. Ich verfolgte, wie Manolo sich langsam umdrehte und ohne ein weiteres Wort wieder zu den anderen ging.

Manolo hatte schon immer einen tollen Gang.

Cinco: Während meiner Einsiedlerzeit in der Wüste . . .

Während meiner Einsiedlerzeit in der Wüste entdeckte ich in einer alten Kirche ein Gemälde des heiligen Sebastian, das eine so unglaubliche Ähnlichkeit mit meinem verlorenen Geliebten hatte, dass ich begann, zur Messe zu gehen. Ich ging sogar zur Beichte. Ich wollte einfach mit jemandem über Manolo reden. Eines Samstags brachte ich den Priester dazu, aus dem Beichtstuhl zu treten, damit ich ihm zeigen konnte, wie sehr Manolo San Sebastian ähnlich sah, die Art, wie seine Augen gemartert gen Himmel blickten. Mein Freund hatte auch diesen Blick, sehen Sie?, sagte ich zu dem Priester. Ich sagte «Freund», weil ich wirklich nicht wusste, wie ich Manolos Platz in meinem Leben sonst bezeichnen sollte, obwohl «Freund», wenn du über ein gewisses Alter hinaus bist, dich zwangsläufig ziemlich albern klingen lässt. Der Priester betrachtete das Foto, das ich aus meiner Handtasche holte, und dann das Gemälde. *Hija mía,* sagte er schließlich und kratzte sich den kahl werdenden Schädel, vielleicht solltest du dir einen Mann suchen und heiraten. Es gibt Frauen, die sollten nicht so lange allein sein. Es ist nicht gut für sie.

Ich vermisse Manolo, und darum sehe ich ihn noch überall. Was starrst du denn da an?, fragte mich Amá neulich, als ich eine meiner länglichen *tortillas* hochhielt, die ich gerade vom Backblech genommen hatte. Ich hätte schwören können, dass Manolos Profil darauf eingebrannt war. Meine Mutter musterte mich so, wie mich der Pfarrer angesehen hatte, mitleidig. Und da kam mir der Gedanke, dass das, was ich all die Jahre für Manolo empfunden habe, gar nicht Liebe ist, sondern eine krankhafte Fixierung. (*Besessen* wäre vermutlich zutreffender, aber mir ist etwas wohler, wenn ich nur von *fixiert* spreche.)

Um diesen fragwürdig objektiven Blick in mein Inneres weiter zu vertiefen, vereinbarte ich einen Termin mit dem Therapeuten, bei dem ich vor einigen Jahren gewesen war und der mir empfohlen hatte, als Alternative zu meinem Leben als Tänzerin einen Töpferkurs zu belegen. Er war offensichtlich nicht zum Berufsberater geboren, und ob er als Therapeut etwas taugte, kann ich beim besten Willen nicht sagen, da er der Einzige ist, den ich je gekannt habe. Aber er praktizierte in der Poliklinik, wo die Behandlung nichts kostete, und ich dachte mir, dass es auf jeden Fall besser sei, ihm etwas vorzujammern als mir selbst.

Mexikaner, so abergläubisch wir auch sein mögen, ob Kirchgänger oder nicht, setzen ihr Vertrauen üblicherweise nicht in die Psychologie. Ich dagegen schon, und ich würde es wieder tun. Im Übrigen bin ich gar keine echte Mexikanerin, sagte ich mir. Ich blickte mich um, als hätte hinter mir jemand etwas gesagt. Das waren so die merkwürdigen Gedanken, die mir jeden Tag einfielen. Eine größere Identitätskrise. Nicht nur, weil ich vierzig bin, sondern weil ich vierzig bin und auseinander falle.

Dann sind da die Dinge, die sich auch Gesunde mit vierzig fragen, wenn sich ihre Karriereträume zerschlagen haben. Wenn sie nicht einmal einen Job haben. Auch eine Menge gesunder Amerikaner haben keinen Job, sagte meine Stimme. Irgendwie kann ich mir jedoch nicht vorstellen, dass die meisten Amerikaner bei Akkordarbeit landen wie meine *amacita* und ich oder sich in einem illegalen Ausbeuterbetrieb wiederfinden, wo sie ihren Pass vorzeigen müssen, wenn sie nicht abgeschoben werden wollen. Wie viele Amerikaner müssen schon die Abschiebung *aus* den Vereinigten Staaten fürchten? Sei nicht so naiv, sagte die Stimme, aber vielleicht war es auch Vicky in einer unserer Unterhaltungen. Bin ich gar nicht, sagte ich. Doch, das bist du. Wenn du aussiehst wie eine Mexikanerin, gehst wie eine Mexikanerin . . .

Ich gehe nur ein paarmal zu dem Seelenklempner, bevor wir beide uns einig sind, dass eine Therapie nicht das ist, was ich brauche. Sein letzter Rat lautet: Schreiben Sie Ihre Träume auf. Aber ich träume nicht mehr, sage ich ihm. Er starrt mich an, zündet sich eine Zigarette an und sagt: Natürlich träumen Sie, jeder Mensch träumt. *Ich* nicht, sage ich. Ich muss es schließlich wissen. Sie träumen, Sie erinnern sich nur nicht daran, sagt er. Ich verstehe nicht, wieso mein Therapeut auf die Idee kommt, dass ich zur Therapie gehe, um zu lügen, aber es gibt mir doch zu denken, dass er derart misstrauisch ist. Rauchen ist nicht gut für Sie, sage ich und wedele mit der Hand den Rauch weg. Sein Behandlungsraum ist ein kleines fensterloses Kabuff im Kellergeschoss einer städtischen Poliklinik. Draußen vor der Tür hört man Babys schreien, Personal herumbrüllen, NEHMEN SIE SICH EINE NUMMER HABEN SIE NICHT GEHÖRT DASS SIE AUFGERUFEN WURDEN SPRICHT HIER JEMAND PANDSCHABI? Keine schicke Couch, auf der man sich ausstreckt, kein gut gekleideter Mann in Tweed mit australischem Akzent und Monokel, der sich Notizen macht wie die im Fernsehen. Nur ein Wust von Akten überall. Hundert Formulare, die jedes Mal ausgefüllt werden müssen, um sicherzustellen, dass ihm meine Besuche von der Stadt vergütet werden. Ein Foto von Frau und Baby auf einem Aktenstapel auf dem kalten Heizkörper hinter ihm. Sie sieht unscheinbar aus, aber das ist er auch. Das Baby sieht genauso aus.

Er zieht wieder an seiner Zigarette und sagt: Ich weiß, aber seit dem Baby kriegen wir überhaupt keinen Schlaf mehr. Ich bin völlig erledigt. Es schläft nachts nicht, hat ständig Ohrenschmerzen. Mein Therapeut seufzt, macht einen letzten Zug und drückt die Zigarette aus. Ich muss mir einen anderen Job suchen, sagt er. Früher habe ich oft geträumt, sage ich, um wieder zur Sache zu kommen, und das bin ja wohl ich. Ach ja?, sagt er. Und wovon haben Sie geträumt? Er blickt auf seine Armbanduhr und auf die Wanduhr hinter mir und trommelt mit dem Bleistift auf den Schreibtisch. Er macht sich keine Notizen. Keine Ahnung, sage ich. Aber es waren schöne Träume, soviel weiß ich. Ich schaue ebenfalls auf die Uhr.

Ich ging schon seit ein paar Wochen zur Therapie, als er sagte, er werde sich um eine Selbsthilfegruppe für mich bemühen. Es gebe ein Krankenhaus in der Innenstadt, das eine für Leute mit Postpoliosyndrom mitfinanziere. Mit anderen Worten für Leute wie mich, ein bisschen neurotisch, aber mit echten gesundheitlichen Problemen. Es lebten also tatsächlich mehrere von uns in der gleichen Stadt. Eine Gruppe?, fragte ich zuerst. Aber das ist doch keine Lösung, oder?

Schon, aber Sie könnten sich da immerhin mit den anderen austauschen, sagte er. Stimmt, sagte ich. Elend braucht Gesellschaft.

Dann viel Glück, sagt er, als ich aufstehe, um zu gehen, nachdem ich seine Kostenerstattungsformulare unterschrieben habe.

Vicky sagte, sie würde mit mir in das Krankenhaus gehen, in dem sich die Gruppe trifft. Bei ihr ist die Kinderlähmung nie wieder aufgetreten, wie es in jüngster Zeit bei mir der Fall ist, aber dafür glaubt sie, dass sie blind wird. Vicky war auf diesem Gebiet schon immer etwas paranoid. Alles läuft prima, sie bekommt ein tolles Gehalt und Prämien, kauft sich jedes Jahr ein neues Auto, ein Yuppie-Weib, wenn auch nicht mehr gar so jung, und aus heiterem Himmel bildet sie sich das Schlimmste ein. Sie sagt, ein Arzt, zu dem sie geht, behauptet, er hätte noch nie von Blindheit als Folgekrankheit von Polio gehört, aber man weiß ja nie, was uns noch alles bevorsteht, und so kommt sie zu dem Schluss, dass auch ihr eine Gruppentherapie nicht schaden könnte. Sie wird also mitkommen, und sei es auch nur deshalb, um mich hinzufahren.

Bis ich blind werde, sagt sie.

Wir gehen schon seit einiger Zeit in unsere neue Selbsthilfegruppe, als diese sich eines Abends fürchterlich darüber aufregt, in welchem Maße Menschen heutzutage unter Verlassenwerden leiden. Du leugnest nicht nur deine Beschränkungen, sagte eine Besserwisserin zu mir, du leugnest auch, wie sehr du dadurch verletzt wurdest, dass andere dich *im Stich gelassen* haben.

Wer denn?, fragte ich. Die ganze Runde lachte, wenn nicht laut, dann mit unterdrücktem Kichern. Zumindest hatte ich das *Gefühl*, dass sie über mich lachten. Abgesehen von Vicky, die die Augen verdrehte, aber ich wusste nicht, ob wegen mir oder wegen der Gruppe.

Die Besserwisserin fühlte sich berufen, mein Leben Revue passieren zu lassen. Ich konnte sie eigentlich nicht leiden, aber ich muss zugeben, dass sie besser war als der kostenlose Seelenklempner in der Poliklinik. Sie besaß die Art von gesundem Menschenverstand, die man nicht mit einem Diplom erwerben kann. Fangen wir mit dem an, was du uns erzählt hast . . . Da waren zunächst die zwei Zigeuner, mit denen du liiert warst, begann sie und hielt zwei Finger hoch.

Vicky verdrehte wieder die Augen, und diesmal wusste ich, dass es wegen mir war. Wenn sie es satt hatte, sich anzuhören, wie ich dahinter zu kommen versuchte, warum sich die beiden Männer in meinem Leben auf Französisch verabschiedet hatten, dann hätte sie mir das schon früher sagen können, und zwar unter vier Augen.

Dann war da deine Flamencolehrerin, fuhr meine Selbsthilfegenossin fort. Hast du nicht etwas davon gesagt, dass sie fünf Jahre lang deine Lehrerin war und dann einfach nach Spanien verschwand, ohne sich je wieder bei dir zu melden und sich zu erkundigen, wie es dir geht?, fragte sie.

In Anbetracht der Tatsache, dass wir acht Leute waren, hatte die Besserwisserin ein erstaunlich gutes Gedächtnis. In den zwei Monaten, seit Vicky und ich teilnahmen, hatte ich in jeder Sitzung häppchenweise mein Leid geklagt, beginnend mit der Entfremdung von Manolo.

Ich erzählte allen, dass Manolo und ich eine Liebe füreinander empfunden hatten, die Zeit und Raum überwand, natürlich ohne näher auf die Tatsache einzugehen, dass ich schon lange nichts mehr von ihm gehört hatte. Schließlich wurden auch die letzten Mitwirkenden in meinem großartigen Drama vorgestellt: der schurkische Agustín und die erzschurkische Courtney. Ich genoss die Gelegenheit, ein neues Publikum zu haben. Vicky hüstelte immer ein bisschen, um anzudeuten, dass es jetzt reichte, wenn ich wieder einmal loslegte, aber das war mir egal. Ich wollte Manolo wiederhaben, und wenn die einzige Möglichkeit, ihn wiederzuhaben, darin bestand, ihn in meiner Erinnerung heraufzubeschwören, dann musste ich eben dazu greifen.

Ich wusste, dass ich Hilfe brauchte. Darum war ich ja hier.

Aber als die Besserwisserin weitere Details zur Sprache brachte, die ich erwähnt hatte, klangen diese gar nicht so bittersüß, als sie sie abspulte, sondern sogar ziemlich peinlich.

Am meisten im Stich gelassen wurde sie meiner Meinung nach, sagte eine andere, aber von ihrer Mutter.

Meiner Mutter?

Eines steht doch fest, verkündete einer der Männer in der Gruppe, *jeder* Mensch leidet daran, von seiner Mutter im Stich gelassen worden zu sein. Das ist doch die eigentliche Crux der westlichen Zivilisation, wie wir sie kennen, ein alter Hut . . .

Doch bevor ich dahinter kam, was er damit meinte, begann ein anderes Mitglied der Gruppe zu weinen, und dann wollte keiner mehr über irgendetwas reden.

Eines Abends nach der Gruppensitzung sehe ich einen Wurm, der alle männlichen Eier auffrisst, die er ausbrütet – oder was immer ein Wurm hervorbringt. Es ist im Fernsehen im Natur-Kanal zu sehen, den ich mir anschaue, wenn Amá zu Bett gegangen ist und mir die Fernbedienung überlässt. Nur die Weibchen überleben. Die Männchen wachsen in der Mutter heran und werden ihre *Partner*, befruchten sie von innen.

Ich frage mich, was das für eine Bühneninszenierung abgäbe, wenn die Geschichte mit dem Wurm auf eine Frau übertragen würde. Der Konflikt, der durch Verlassenwerden verursacht wird, wäre gelöst, wenn die Hauptdarstellerin alle ihre männlichen Kinder auffrisst, die, wenn sie erst einmal in ihr sind, ihre unentrinnbaren Geliebten werden.

Vielleicht spreche ich das nächste Woche einmal in der Gruppe an. Aber vielleicht auch nicht.

8

Uno: Ich wünschte, ich hätte ein Zimmer mit Aussicht . . .

Ich wünschte, ich hätte ein Zimmer mit Aussicht bekommen, aber das Einzige, was ich von meinem Bett aus sehen kann, ist der andere Flügel des Krankenhauses hinter dem Parkplatz unten. Ich weiß, dass irgendwo da draußen ein Park ist, aber vielleicht werden die Zimmer, die auf ihn hinausgehen, nur Leuten mit Versicherungspolice gegeben.

Ich bin hier, weil ich plötzlich vor der, wie der Arzt es nannte, Polio-Wand stand. Eines Nachts war ich es, nicht Amá, die nach Atem ringend aufwachte, nicht meine Mutter, sondern ich, die dachte, sie hätte einen Schlaganfall und keinen hatte. Ich weiß nicht, ob der Druck, mit den Bimmelnasen nachzukommen, meine kardiorespiratorischen Probleme verursachte, aber irgendetwas legte meinen Körper am Ende eines langen Näh-Sommers lahm, und darum bin ich jetzt hier und soll mich einfach nur ausruhen.

Du bist bloß depressiv, weil du nichts mehr tust, sagte Amá eines Nachmittags wieder einmal, als sie an meinem Bett saß und für irgendwen eine Mütze für den nächsten Winter strickte. Hoffentlich nicht für mich. Sie braucht dafür die Acrylreste in jeder erdenklichen Farbe auf, die sie von dem *chino* zurückbehalten hat. Schau dir mich an, sagte sie und strickte drauflos. Ich bin immer beschäftigt. Wenn ich nichts tue, werde ich nur krank.

Ich bin depressiv, weil ich nichts mehr tun *kann*, sagte ich. Ich griff nach der Fernbedienung und begann zu zappen, bis Amá mich mit einem Blick ansah, der besagte, dass ich das lassen solle.

Früher habe ich immer gedacht, dass Tanzen nicht gut für dich ist, sagte sie nach einer Weile. Aber in letzter Zeit denke ich, dass es dir vielleicht doch etwas gebracht hat. Vielleicht solltest du wieder tanzen, *hija*. Das weckt bestimmt deine Lebensgeister. *Animo* ist das Wort, das sie im Spanischen für Lebensgeister benutzt, wie in Animismus, wie in der Seele, die von Natur aus vom Körper getrennt ist.

Ich schließe die Augen.

Meine Lebensgeister sind irgendwo weit weg und tanzen. Meine Lebensgeister tanzen die ganze Zeit. Nur mein Körper – mein völlig außer Kontrolle geratener Körper –, der tanzt nicht mehr.

Dos: Carmen la Coja ist wieder da ...

Carmen la Coja ist wieder da, dachte ich, als ich aus dem Krankenhaus entlassen wurde. Ich warf das hinten offene blaue Hemd weg, in dem ich dort geschlafen hatte, und zog etwas Rotes ins Bett an.

Ich rief Vicky an. *Comadre*, sagte ich, geh mit mir zu der Show im Olé Olé Restaurant. Wir nennen einander *comadre*, obwohl keine von uns je Kinder zu taufen hatte, bei der die andere Patin gewesen wäre. Seit unserer Zeit an der Schule für Geistig- und Körperbehinderte war verkrüppelt zu sein unser heiliges Band. Da Vicky damit beschäftigt ist, Virgils häusliche Pflege zu organisieren, nach alternativen Behandlungsmethoden zu forschen und bei ihm zu sitzen, hat sie kaum noch ein gesellschaftliches Leben. Glaubst du, dass du das aushältst, hier in der Stadt ein Flamencoprogramm zu sehen, wo du nicht mitwirkst?, fragte sie. Meine *comadre* kennt mich nur allzu gut.

Ich vermisse es, ist alles, was ich zu meiner *comadre* sage, die sofort versteht. Es mag zwar noch viel Schönes vor uns liegen, aber wenn du nicht aufpasst, kannst du auch jeden Tag eine Menge verpassen.

Das Olé Olé gab nicht gerade vor, authentisch zu sein, außerdem gehörte es einem Mann, der Gerüchten zufolge Verbindungen zum organisierten Verbrechen hatte und sein Lokal als Fassade benutzte, um mit Drogen zu handeln. Darüber hinaus gab es dort auf den *gringo*-

gaje-Geschmack ausgerichtete und als schick geltende texanisch-mexikanische Küche (die in Chicago schlicht mexikanisch genannt wird, nur dass sie daheim besser schmeckt). Was das Programm betraf, so fehlte ihm tatsächlich, wie ich erwartet hatte, die Echtheit. Aber das mochte auch daran liegen, dass Agustín mir beigebracht hatte, jedem Flamencokünstler gegenüber misstrauisch zu sein, dem er nicht seinen Segen gegeben hatte. Am meisten aber machte mir zu schaffen, dass alle, die auftraten, Fremde für mich waren und keiner über dreißig zu sein schien.

Abgesehen von einem versierten Sänger, einem sehr guten sogar, der als besonderer Gast direkt aus Granada vorgestellt wurde und verkündete, dass er heute seinen 60. Geburtstag feierte. Er sang wie die älteste und traurigste Krähe auf der Welt – wunderschön, wunderschön –, was in mir so viele Erinnerungen wachrief, bis ich mich an nichts mehr erinnern wollte und mich einfach zurücklehnte und seine Darbietung genoss.

Fast jeder, den ich kannte, war nicht mehr da. Meine alten Freunde Rocío und José hatten ein Baby bekommen und waren nach New York gezogen. Agustín lebte in Cadíz, soweit ich wusste, was genauso gut auf dem Jupiter hätte sein können, soweit es mich betraf. Für mich war Spanien ohnehin ein Mythos. Aber ich wäre fast an einem *tortilla*-Bissen erstickt, als ich Courtney die Bühne betreten sah. Leute, die einem gestohlen bleiben können, verschwinden nie von der Bildfläche. Vicky und ich waren mitten im Essen, als sie zu unserer Überraschung in der Pause geradewegs an unseren Tisch spaziert kam. Sie küsste uns beide und setzte sich. Vicky und ich wechselten erstaunte Blicke.

Möchtet ihr ein Glas Wein?, fragte Courtney. Warum nicht?, sagte ich lächelnd. Sie ging an die Bar, um zu bestellen. Etwa zehn Minuten später kam sie mit einer Flasche in der Hand und dem *cantaor* wieder, der die Gläser trug, und forderte ihn auf, sich zu uns zu setzen. Carmen la Coja war eine fantastische Tänzerin, ob du's glaubst oder nicht – *jahrelang*!, teilte sie ihm mit. Er nickte. Alles in allem wirkte er sehr elegant, gebügelter schwarzer Anzug, weißes Hemd, offener Kragen, ein Zigeuner, der sich in Schale geworfen hat. Du hast mit Agustín getanzt, stimmt's?, fragte er mit starkem andalusischem Akzent.

Ich nickte. Ich habe früher getanzt, Punkt, hätte ich gerne gesagt. Ich habe früher getanzt, und ich habe früher getrunken, und ich habe früher meine Handgelenke bewegt. Früher habe ich mit Männern geschlafen. Früher konnte ich wütend werden und Agustín anschreien, als ob er ein kleines Kind wäre, und niemand sprach je so mit ihm, als ob er ein Kind sei. Früher habe ich ihn jeden Samstagabend mit seinem Patensohn betrogen, der mich betrog, weil er wieder nach Spanien ging, und zwar mit Agustín, der mich ebenfalls betrogen hatte, und zwar mit der *gaji*, die hier neben mir sitzt. Überall Betrug, wohin man blickt. Die beiden lebten früher in einer Eigentumswohnung, die die Eltern von ihr bezahlten. Sie hat mir einmal gewaltig die Daumenschrauben angelegt und mich aus dem Programm hinausgedrängt, einem Programm wie das von heute Abend, nur unendlich viel besser. Aber wen kümmert das noch, was spielt das alles noch für eine Rolle? Und so sagte ich nur: Ja.

El Cantaor nickte. Und dann wurden seine Augen ganz groß, als fügten sich alle Daten in seiner Speicherbank plötzlich für ihn zu einem Bild zusammen. *Ojú!,* sagte er. Du hast auch mit Manolio getanzt! Ay! Manolo! Er lächelte und schüttelte den Kopf. Er ist hervorragend! Dann wandte er sich an Courtney: Er hat Spanien verlassen – was ist aus ihm geworden? Vicky und ich nahmen wieder Blickkontakt auf. Courtney zuckte mit den Schultern, aber es war klar, dass sie etwas wusste. Er sah sie unverwandt an, genau wie wir. Er ist hier, sagte sie. Wir blickten uns alle um. Zumindest habe ich das gehört. Vielleicht war es nur Tratsch, fügte sie hinzu. Wir starrten sie alle an. Was ist? Sie blickte in die Runde, als hätten wir ihr irgendwie Schuldgefühle eingeflößt. Heißt das, dass du nichts von ihm gehört hast, Carmen? Ich sah sie mit meiner undurchdringlichsten Miene an. Obwohl ich, seit Manolos Name gefallen war, ein Zucken im linken Auge hatte. Aber Courtney wusste genau, dass ich zu stolz war, um Fragen zu stellen.

Der Sänger lächelte mich an, als wäre ihm gerade etwas eingefallen, und sagte an mich gewandt: Aber drüben in Sevilla haben wir von *dir* gehört – dass du trotz deines Pechs getanzt hast.

Noch nie hatte jemand mein Bein als «Pech» bezeichnet.

Er war nämlich sehr stolz auf dich, der Agustín. Er hat dich zu einer lebenden Legende gemacht! Er stieß ein tiefes kehliges Lachen aus und leerte sein Glas Vino tinto in einem Zug. Er wandte sich an La Courtney: Wann ist der nächste Auftritt?

Sie sagte ihm, dass sie noch ein paar Minuten Zeit hätten, tippte mich mit dem Ellbogen an und sagte: Hör dir das an. Erzähl ihr, wie Agustín drüben in der Heimat so lebt. Der Sänger zögerte. Er hatte offenbar nichts für leeres Geschwätz übrig, doch dann machte er ein Gesicht, als wollte er sagen: Was kann es jetzt noch schaden? Seine Frau war ebenfalls eine beachtliche Tänzerin – die beiden haben jahrelang zusammen getanzt, sagte er.

Courtney grinste mich vielsagend an. Sie wusste genau, dass niemand auf dieser Seite des Ozeans gewusst hatte, dass Agustíns Frau tanzte und dass er, wenn er nach Spanien fuhr, es deshalb tat, um mit ihr aufzutreten. Er hütete weder Ziegen noch Schafe, noch pflückte er Oliven oder flocht Körbe oder was immer den Lebensunterhalt seiner Familie darstellen sollte, war gar nicht der achtbare Ehemann und Schwiegersohn vom Lande, wie er immer behauptete.

Sie hat gehört, wie gut du mit Agustín auf der Bühne warst! Sie war sehr eifersüchtig auf dich, bemerkte der Mann. Wen wundert es, dachte ich. Seit ihrem Fluch damals hatte sie mir doch wohl den Tod gewünscht!

Wegen der ganzen Kinder konnte sie natürlich nicht so recht mit Agustín mithalten und dauernd herumreisen, fuhr er fort. Vicky lachte kurz auf, aber ich brachte es nicht über mich, sie anzusehen. Der Sänger klopfte unbewusst an sein Glas, wollte nachgeschenkt bekommen. Courtney goss ihm ein. Dann wechselten sie einen lüsternen Blick. Ich sah, wie sie die Hand auf sein Knie legte, und dachte: Na ja, wieso auch nicht?

Was denn für Kinder?, fragte ich. Ich dachte, er spräche von den ganzen Kindern in ihrem Dorf, den Kindern aus ihrer Sippe, den Kindern aus Agustíns Großfamilie.

Die Kinder der beiden!, sagte der *cantaor*.

Sie hatten Kinder?, fragte ich leise.

Ojú! Die Frau war jedes Jahr schwanger!, sagte er und nippte an seinem Wein. Sie war noch sehr jung, als sie mit Agustín verheiratet wurde. Das ist so Sitte. Und jedes Jahr war sie schwanger.

Wie viele?, fragte Courtney. Sag ihr, wie viele Kinder Agustín und seine Frau haben!

Neun, glaube ich. Darunter ein Zwillingspärchen, sagte er und zwinkerte Courtney zu. Jedenfalls, fuhr er fort, glaube ich, dass es neun sind, aber es könnten auch mehr sein. Es ist schwer, bei der Familie auf dem neuesten Stand zu sein!

Und dir hat er erzählt, dass seine Frau keine Kinder kriegen kann, stimmt's?, fragte mich Courtney. Ich nickte und blickte weg. Ich begann meine schmerzenden Handgelenke zu massieren und gab vor, das Interesse an der Unterhaltung verloren zu haben. Mir hat er das Gleiche erzählt, sagte Courtney und verzog angewidert das Gesicht.

Ay! Que Agustín!, seufzte der Mann. Er ist *terrible, terrible*! Und dann gluckste er, weil für ihn *terrible* ganz und gar nicht «schrecklich» bedeutete, sondern etwas, das man als Mann nur bewundern konnte.

Courtney nahm seine Hand. Komm jetzt, *guapo*. Es ist Zeit für den nächsten Auftritt! Sie standen auf, und nachdem sie sich in aller Form mit Küsschen von uns verabschiedet hatten, drehte er sich noch einmal zu mir um und flüsterte: Ich bin entzückt, dass ich dich endlich kennen gelernt habe. Du bist nämlich wirklich eine lebende Legende in meiner Heimat!

Tres: Was mich nicht umbringt, macht mir speiübel

Was mich nicht umbringt, macht mir speiübel. Oh, ich kann mich noch immer an jeden bunten Faden im Brokat von Agustíns «Glücksweste» erinnern und an die nervöse Art, wie er vor jeder Vorstellung seine struppigen Augenbrauen hochbürstete. Ich weiß, dass er gern gleichzeitig raucht und isst. Aber wenn ich auf den Anzeiger sehe, stelle ich fest, dass ich nichts mehr für Agustín empfinde. Es hat kein Benzin mehr. Wobei *es* etwas ist, für das ich keinen Namen hatte, das aber nicht mehr in meinem Herzen ist. Die Enthüllungen des *cantaors* bezüglich Agustíns Lügen schlossen den Sarg endgültig. Daran denke ich manchmal, wenn ich die reißerische spanische Fernsehsendung ausblenden will, die beginnt, wenn Amá und ich essen, und Reportagen bringt wie die über den kleinen Jungen aus einem obskuren Dorf in Ecuador, der mit Hufen geboren wurde, oder über die zahmen Schweine eines Spinners in Miami, die seine Mutter auffraßen, oder das unscharfe Paparazzi-Video von einer nicht zu identifizierenden Tussi, die in Puerto Escondido beim Sonnenbaden mit Luis Miguel überrascht wurde.

Es gibt unendlich viele Dinge, die ich von Agustín weiß, die mich einst zu ihm hinzogen oder die mich an ihm störten oder die mich alles zugleich empfinden ließen, was man für einen Lover empfinden kann, ohne den Verstand zu verlieren. Doch jetzt ist es nur noch biografischer Krimskram über Agustín – einen Mann, den ich einst kannte – und meistbietend zu verkaufen, nur dass es dafür keinen Abnehmer gibt.

Was mich nicht überrascht.

Cuatro: Ich bin ewig nicht mehr auf einer fiesta gewesen . . .

Ich bin ewig nicht mehr auf einer *fiesta* gewesen, habe mich ewig nicht mehr amüsiert wie auf denen, die für mich früher ganz selbstverständlich waren, wo ich lachte, bis ich Tränen in den Augen hatte, kokett war und man mit mir flirtete, im Dunkeln Küsse raubte, wo ich sang und mit den Füßen stampfte bis in die frühen Morgenstunden. Ich habe lange nicht mehr meine glänzenden Röcke mit den großen weißen Punkten oder dem schwarzen Spitzenbesatz getragen. Ich habe mir lange nicht das Haar zu einem festen Knoten im Nacken zusammengesteckt und sorgfältig Schmachtlocken um mein gepudertes Gesicht arrangiert. Ich habe lange nicht mein altes Ich angelegt, das, was ich zu sein vorgab oder vielleicht fast mein ganzes Leben lang war.

Als ich den Anruf von Homero bekam, einem alten Freund aus meinen Ensemble-Tagen, der wieder einmal in der Stadt war, um ein Konzert zu geben, und der mich nicht zum Tanzen benötigte, sondern sagte: Du brauchst nur *palmas* zu machen, dazusitzen und hinreißend auszusehen, *vale?*, sagte ich folglich: Aber ja! Ja, natürlich!

Vicky sagte, sie würde Karten kaufen und mit ihrem kranken Bruder Virgil hingehen, der vielleicht in der Lage sei mitzukommen. Toll, sagte ich. Ich hatte ihn nur ein paarmal gleich nach seiner Rückkehr aus Mexiko gesehen, nachdem er so viele Jahre fort gewesen war. Er sah aus wie ein früher christlicher Märtyrer, so blass von seinen Qualen. Einige Leute aus meiner Selbsthilfegruppe waren ganz aufgeregt über die Aussicht, mein Comeback mitzuerleben, von dem manchmal nur ich allein gewusst hatte, dass es eines Tages stattfinden würde.

Am Tag des Konzerts ruft Homero an, der in Mexiko City am Instituto de Flamencología unterrichtet, und sagt, dass seine Sängerin eine Halsentzündung hat und ob ich nicht ein paar Nummern für ihn singen könnte. Er weiß, dass ich die meisten Lieder kenne. Schließlich haben wir früher nach der Vorstellung immer gefeiert und miteinander gesungen, so dass er weiß, dass ich eine gute Stimme habe, die Stimme, die ich von meiner Amá geerbt habe, die ich aber nie für so gut wie die meiner Mutter hielt, die wiederum sich nicht für sehr gut hielt, sondern nur gern laut die Boleros von Lola Beltrán im Radio in der Küche mitsang und wie ein liebestoller Kanarienvogel bei Vicente Fernández mitpfiff, der ihr, wie sie sagt, noch immer das Gefühl gibt, eine Frau zu sein.

Das ist mein letzter Auftritt, denke ich, der allerletzte. Ganz bestimmt, denn wer außer einem alten Freund würde mich um so etwas bitten? Ich bin Homero dankbar. Ich liebe dich, sage ich zwei- oder dreimal, dass du mich in deinem Programm haben willst, obwohl du das nicht musst, es gibt genug andere – bestimmt könnte eine davon . . . Nein, beteuert Homero, ich will *dich* haben. Du bist sicher noch genauso fabelhaft wie eh und je. Jeder hier kennt dich. Du wirst toll sein, und wir werden viel Spaß haben, und hinterher werde ich dich ausführen, und wir werden tanzen bis zum Morgengrauen.

Ich hatte drei meiner Kostüme in die Reinigung geschickt, weil ich nicht wusste, welches ich tragen wollte, vielleicht alle drei, obwohl ich auf gar keinen Fall mehr in die Schuhe kam und außerdem sowieso nicht tanzen würde. Aber mein größtes Problem war, ob ich es schaffen würde, zwei Stunden lang aufrecht auf der Bühne zu sitzen. Ich besorgte mir ein neues Rezept für mein Schmerzmittel und sagte mir, dass die beste Methode, alles durchzustehen, die war, mich einfach auf die Musik und die Strophen zu konzentrieren, bei denen ich bei Homero für die Sängerin einspringen sollte, die Augen zu schließen und nicht an meinen Körper zu denken, einfach zu singen, zu singen mit dem gleichen Selbstvertrauen, mit dem ich früher getanzt hatte.

Viel Spaß, sagte Amá, und ich fasste ihr beiläufiges Lebewohl als Segensspruch auf. Amá ist nicht direkt geistig weggetreten, aber irgendetwas ist mit ihr passiert, denn sie ist kaum noch zu etwas zu gebrauchen. Sie geht nirgends mehr hin, weder zu dem guatemaltekischen Zahnarzt noch um sich heimlich Süßigkeiten und scharfe Chilis zu kaufen, nirgends. Apá sagt, er wird bei ihr bleiben, damit sie keine Dummheiten macht. Er ist nicht direkt wieder eingezogen, aber fast. Er schläft nur weiterhin unten.

Es wird bestimmt Spaß machen, und mehr soll das Ganze auch gar nicht, mein Abschied von dem Einzigen, was ich je tat, das wirklich zählte, wenn für niemand sonst, dann für mich. Eines Tages werde ich das gleiche Verlangen nach etwas anderem entwickeln, das ich kann, und wenn das nicht der Fall ist, so hat mein Bruder in letzter Zeit mehrmals erwähnt, dass er im Zeitungskiosk Hilfe brauchen könnte. Und im Sommer könntest du deinen eigenen Maisstand haben, sagte Abel. Im Grunde genommen kein schlechter Job, trotz der Einbußen. Bis dahin sind die *eloteros* gewerkschaftlich organisiert, sagt er.

Ich wünschte, ich könnte sagen, dass die Begeisterung, wieder aufzutreten, meine Endorphine in ungeahnte Höhen schnellen ließ und dass ich außer freudiger Erregung nichts spürte, doch nach drei Liedern musste ich die Bühne verlassen, weil meine Rückenschmerzen immer schlimmer wurden. Ich verfolge den Rest des Programms hinter den Kulissen, auf einem alten Sofa liegend, das aus einer früheren Aufführung stammt.

Aber während ich singe, mein Debüt als Solistin gebe, befinde ich mich in einer Art Nirwana, das alle Künstler erreichen, wenn der Vorhang aufgeht, ob Tenöre oder Jongleure oder ganz gewöhnliche durchschnittliche in sich selbst verliebte Menschen, die es genießen, wenn aller Augen auf sie gerichtet sind, jede Bewegung von ihnen verfolgt, jedes Wort gehört wird, und sich furchtbar toll vorkommen bei dem, was sie da tun und wie sie es tun.

Als ich ende, herrscht zunächst Stille, die Art Stille seitens eines Publikums, dass du schon befürchtest, es denkt: Du hast dich ja schön blamiert, aber deine Courage hat uns derart schockiert, dass wir uns zu keiner Reaktion durchringen können. Aber einige spannungsgeladene Sekunden später wird dieses Gefühl durch starken Applaus vertrieben, und alle pfeifen, rufen Bravo, und ich bin letztendlich froh, dass ich die Courage hatte zu singen, statt mich dafür zu entscheiden, einen weiteren Samstagabend daheim zu sitzen und mit meiner Mutter Kabelfernsehen zu schauen.

Die ganze Bande war da. Ich entdeckte Agustíns alten Freund, den virtuosen Tomás de Utrera, mit einigen seiner jungen Protegés. Nicht nur meine Freunde hatten sich eingefunden, sondern auch die Clique aus dem Olé Olé. Bei dem anschließenden Empfang tat Courtney, vielleicht wegen meines unerwarteten Triumphes, so, als ob wir dicke Freunde wären, bis ich sie diskret darauf hinwies, dass, wenn sie nicht aufhörte, einen Teil der Aufmerksamkeit, die für mich bestimmt war, auf sich zu lenken, ich mich gezwungen sehen würde, ihr eine zu verpassen. Dann kam Vicky her und schob Courtney weg.

Vickys Kinderlähmung war nicht halb so schlimm wie meine. Dass sie jemals Polio hatte, merkt man erst, wenn sie einige Schritte geht. Was ist mit Virgil passiert?, fragte ich Vicky. Ich war enttäuscht, ihn nicht wiederzusehen, keine Gelegenheit zu haben, mit ihm über alte Zeiten zu reden. Aber ich wusste ja schon, wie schlecht es um ihn stand. Virgil konnte leider nicht mitkommen . . . Er lässt dich aber ganz herzlich grüßen, Schatz, sagte Vicky. Dann seufzte sie: Er fängt an auszusehen wie ein Engel.

Was meinst du damit?, fragte ich.

Dass er *stirbt*, Carmen!, sagte sie. Okay, okay, sagte ich.

Ich blickte mich wieder und wieder suchend um. Falls Manolo, den niemand in Chicago hatte tanzen sehen, bloß hier wohnte und seinen Lebensunterhalt als Konditor oder Hilfskellner in einem Yuppie-Restaurant verdiente, dann wäre er doch sicher gekommen, oder? Dann hätte er meinen Namen in der Zeitung gesehen oder irgendwo von irgendwem davon erfahren, und dann wäre er gekommen. Oder nicht, Vicky?, fragte ich meine beste Freundin, die meine beste Freundin ist und bleibt, weil sie meinen Neurosen nicht nachgibt. Es war daher keine Grausamkeit, sondern schlicht das, was ich brauchte, als sie sagte: Halt die Klappe.

Cinco: Vielleicht ist es so eine Art mildtätige Gabe …

Vielleicht ist es so eine Art mildtätige Gabe, sagte ich mir, als ich den Anruf bekam. Ich muss wohl schlimmer ausgesehen haben, als ich dachte. Homero denkt, dass ich sterbe, und möchte mir etwas Gutes tun, mich im Chor unterbringen, mir ein paar Dollar zukommen lassen, mich vor dem traurigen Los bewahren, im Zeitungskiosk meines Bruders arbeiten zu müssen. Homero rief an und machte mir das Angebot, mit ihm in Los Angeles Schallplatten aufzunehmen. *Schallplatten?*, wiederholte ich.

Aber vielleicht will er mich auch nur nach Disneyland mitnehmen wie eines von Jerry Lewis' Muskeldystrophie-Kindern, die einen immer um das Wechselgeld bitten mit den Sammelbüchsen, die in Restaurants an der Kasse aufgestellt sind. Das erinnert mich daran, wie Vicky, Alberto und ich einmal die Schule schwänzten, um in den Riverview Amusement Park zu gehen. Dieser Vergnügungspark wurde schon vor langer Zeit abgerissen, aber für uns Großstadtkinder war er damals das Tollste überhaupt. Wir waren einmal bei einem Klassenausflug dort gewesen. Den hatte ein reicher alter Typ bezahlt, sagte unser Lehrer. Wir waren seine liebste wohltätige Einrichtung. Es gab dort das Karussell und das Lachkabinett, wo man direkt in Aladins Mund mit seinen komischen Spiegeln und schiefen Böden hineinging, und Preise, die keiner von uns an der Schießbude gewann. Aber was meine Freunde und mich am meisten faszinierte, war das Abnormitätenkabinett. Außen hingen große cartoonartige Plakate der Dinge, die uns innen erwarteten, sofern wir dafür bezahlten, die dicke Frau zu sehen, den Mann ohne Glieder und, das Traurigste von allem, den Hummer-Jungen mit den Scheren an Stelle von Händen. Vicky wollte, dass wir wieder hingingen und den Hummer-Jungen befreiten. Dann könnte er vielleicht in unsere Schule gehen, sagte sie.

Wir hatten natürlich kein Geld, und so kamen wir auf die Idee, uns in einer Seitenstraße ein paar Büchsen aus dem Abfall zu besorgen und damit betteln zu gehen, bis wir genug beisammen hatten, um uns einen schönen Tag zu machen. Das dauerte bei uns dreien nicht lange. Obwohl es schon erstaunlich ist, wie fies manche Leute sein können, die da draußen herumspazieren und sich für anständig und gut halten. Andere dagegen sind einfach anständig und gut, ohne dass sie sich dafür halten, so wie die Fleischer im *supermercado* Jalisco. Die nahmen uns sofort unsere Büchsen weg. O je, dachten wir zuerst, jetzt ist alles aus, bis sie Geld aus der Registrierkasse hineinwarfen und alle im Laden ebenfalls Geld hineinwerfen ließen. Man hätte meinen können, uns drei Kindern sei soeben die Mutter Gottes erschienen. Wir hatten sogar ein bisschen ein schlechtes Gewissen wegen unseres Täuschungsmanövers, bis Vicky uns daran erinnerte, dass wir nicht gelogen hatten, um das Geld zu bekommen. Schaut uns doch an, sagte sie.

Wir hatten nie Gelegenheit, den Jungen mit den Scherenhänden zu retten, weil Albertos Vater, der von der Schule an seinem Arbeitsplatz angerufen wurde, sich sofort auf die Suche nach uns machte und uns droben in der Belmont Avenue, wo wir auf den Bus warteten, erwischte und uns heimfuhr.

Guter alter Homero. Das wäre toll, sage ich am Telefon, als er anruft und mir das Angebot macht. Aber du weißt ja, dass ich nicht einfach so ohne weiteres nach Los Angeles fahren kann . . .

Da' weiß ich, sagt Homero. Wenn er nicht Spanisch spricht, verschluckt er manchmal die Endkonsonanten, was ein bisschen abgehackt klingt, aber auch ein bisschen verführerisch. Komisch, in der guten alten Zeit hielt ich Homero nie für sexy. In der guten alten Zeit war er schmächtig und brachte kaum ein Wort heraus. Aber nun klingt er nicht nur am Telefon verführerisch, sondern sah neulich abends auch verführerisch aus mit seinem grau melierten Haar, das ihm in die Augen fiel, als er auf der Bühne Gitarre spielte und die Gruppe leitete in seinem weißen Leinenhemd, das bis oben zugeknöpft war und von Schultern ausgefüllt wurde, die alles andere als schmächtig waren.

Wir sin' berei' zu warten, beteuert Homero. Er beginnt sich schon anzuhören wie jemand, der auf dem Weg nach oben ist. Meine Managerin hat den Produzenten von dir vorgeschwärm', seit wir wieder da sin'. Wir bestehe' darauf. Wir möchten, dass du ein paar Solos auf der CD machs'. Ich weiß wirklich nich', Carmen, warum du so lange gewarte' has' zu singen. Du hättes' das schon d' ganze Zeit machen sollen. Dieser Agustín! Typisch für ihn, dass er dich davon abgehalten hat. Oder wills' du vielleich' gar nich' singen? Wenn du dir Sorgen machs' wege' dem Geld, meine Managerin ha' schon angeboten, dich zu vertreten. Sie mach' gleich den Vertrag für dich fertig, wenn du sags', du komms'. Keine Angs'! Pass gut auf dich auf – und auf deine umwerfende Stimme! *Vale?*

9

Uno: Man kann nicht von Untreue sprechen, wenn man einem verheirateten Mann untreu ist

Man kann nicht von Untreue sprechen, wenn man einem verheirateten Mann untreu ist. Das sagte ich mir in dem Sommer, in dem ich mir einen Flamenco-*aficionado*, der sich in den Clubs herumtrieb, als Liebhaber zulegte, als Agustín wie in jedem Jahr nach Spanien und zu seiner Frau fuhr. Ich kann nicht behaupten, dass Máximo, der ein bisschen Gitarre spielte, aber eigentlich ein Allroundtalent war, *mein* Liebhaber war, sondern nur, dass er der einzige Liebhaber war, den *ich* in jenem Sommer hatte, denn Máximo Madrigal gehörte keiner Frau.

Es begann damit, dass ich an einem Sommerabend – Agustín war schon seit einigen Wochen fort, und ich hatte vielleicht einen Brandy mehr als üblich getrunken und eine Nacht zu oft allein geschlafen – Máximo mit zu mir nach Hause nahm. Und dann wurde ich ihn nicht mehr los. *Voilà!* Immer wieder stand er im Hollywood Hotel vor meiner Tür. *Voilà!* Dann war er wieder fort, ein ständiges Hin und Her, und bevor ich mich versah, war der schwüle Großstadtsommer vorbei.

Wenn ich Geld gehabt hätte, hätte ich meine einsamen Sommer auf Hawaii verbracht, aber da ich keins hatte und arbeiten musste, war Máximo das Beste, was sich ein armes Mädchen leisten konnte, das «Tapetenwechsel» brauchte. Er stellte nie Fragen und nie irgendwelche Ansprüche. Wir hatten einfach ein bisschen Spaß miteinander, und das war's.

Jetzt, nach all den Jahren, ruft Máximo an, der gehört hat, dass ich wieder auf der Bühne stehe, und lädt mich auf einen Drink in seine Wohnung ein, seine Art zu sagen: Komm rüber, und geh mit mir ins Bett. Ich mache mich ohne unnötige Aufregung auf den Weg. Es gibt keinen mehr, vor dem ich unsere Affäre geheim halten müsste. Ich ziehe ein Crêpe-de-Chine-Kleid im Stil der dreißiger Jahre an, das ich mir vor Jahren nach einem echten Kleid aus dieser Zeit schneidern ließ, das ich in San Francisco entdeckt hatte und das in seine Bestandteile zerfiel, als ich es das erste Mal trug. Ich tupfe mir ein bisschen Lorbeeröl hinter die Ohren, in die Halsgrube zwischen den Schlüsselbeinen, schminke mir aber weder die Augen, noch trage ich Rouge auf meine Wangen auf. Wenn ich eins gelernt habe aus meiner Einsiedlerzeit in der Wüste und durch die robuste Zuneigung meiner Selbsthilfegruppe, als ich neulich abends wieder auf der Bühne stand, dann das, dass nur äußere Schönheit mit der Zeit vergeht. Genau wie eine Perle, die umso schöner glänzt, je länger man sie trägt, beginnt auch erst die reife Frau, ihre wahre Schönheit zu entfalten. Womit ich mich meine. Ich weiß nicht, was Máximo sehen wird, wenn er die Tür aufmacht. Aber allein schon sein Anruf sagt mir, dass ich zumindest eine Frau bin, die man nicht vergisst.

Ich sehe Licht im obersten Stockwerk, als ich mit dem Taxi dort ankomme. Seine Silhouette zeichnet sich am Fenster ab. Behalten Sie den Rest, sage ich dem Taxifahrer. Bevor ich ausgestiegen bin, mich möglichst graziös hinauszuwinden versuche, spüre ich, wie Máximos Hand nach mir greift. Gestatte, dass ich dir helfe, sagt er. Und ich gestatte es.

Halleluja!, sagt Vicky, als sie von meinem Rendezvous mit Máximo Madrigal hört, und kommt mit einer Flasche Tres Generaciones Tequila rüber, dem ganz feinen. Das müssen wir feiern, sagt sie, nicht die Rückkehr von Máximo, denn welche Frau würde das schon feiern, sondern den Abgang von Manolos Geist. Als ob der nicht schon längst von der Bildfläche verschwunden wäre, Kindchen, und er ist auch nicht einfach so in ein schwarzes Loch gefallen, wie du gerne glauben würdest, also finde dich endlich damit ab, verdammt noch mal! Und was du überhaupt mit einem Typ gewollt hast, der ein Schnappmesser in der Hosentasche hat, ist mir sowieso schleierhaft.

Das Einzige, worauf ich komme, ist, dass er gut im Bett gewesen sein muss!, sagt sie und schenkt uns zwei Doppelte ein wie ein Barkeeper aus dem Wilden Westen, wischt die paar Tropfen, die sie verschüttet hat, mit der Hand weg und leckt sich die Finger ab. Manolo hatte ein Schnappmesser?, frage ich. Komisch, dass man solche Nebensächlichkeiten vergisst, wenn es im Bett gestimmt hat, sage ich, nur um sie zu ärgern. Vicky rümpft die Nase. Als ob es einen Máximo Madrigal bräuchte, diesen professionellen *puto*, um dir zu sagen, dass du schön bist. Ich sage dir das ständig, aber nein, du hörst ja nicht auf deine *comadre*! So macht Vicky in einer Tour weiter, bis ihre Aussprache dann einige Runden später undeutlich wird und meine auch und wir beide ein bisschen sentimental werden und in einem fort sagen: Was soll's? Aber was soll's zu was, weiß keine von uns mehr so genau. Bevor die Nacht mit uns fertig ist – oder aber der alte *tequila* –, beschließe ich, Homeros Angebot anzunehmen und zu Schallplattenaufnahmen nach Los Angeles zu fahren. Ich werde ein Star, *comadre*, ist dir das klar?, sage ich zu Vicky. Was?, sagt sie. Heißt das, dass du noch keiner bist?

Dos: Ich rufe Amá aus Hollywood an

Ich rufe Amá aus Hollywood an. Hallo, Amá, sage ich, rat mal, wer dran ist. Ich bin in Hollywood. Oh, *sí?*, sagt sie. Eigentlich bin ich in Long Beach, wo Homeros Aufnahmestudio ist, aber da Amá nicht weiß, wo Long Beach ist, sage ich Hollywood, weil sie dann vielleicht begreift, dass ich auf dem Weg zum Star bin. Aber sie sagt dazu nur: Gut, gut, *hija* . . . Ich merke, dass sie nicht bei der Sache ist. Brauchst du etwas von hier?, fragt sie. Egal wann Amá einen Anruf bekommt, es ist immer zu einem ungünstigen Zeitpunkt. Entweder ist sie mitten in einer spanischen Seifenoper, oder sie hat eine Tortilla zum Heißmachen auf dem Herd und wollte sich gerade hinsetzen und essen, jedenfalls sagt sie das den Anrufern. Sie wird unruhig, wenn ihre Familie und ihre Freunde nichts von sich hören lassen, aber wenn sie es tun, reagiert sie jedes Mal ungehalten. Nein, Amá, sage ich, ich wollte dich nur wissen lassen, wie alles läuft.

Es lief alles ganz gut, wenn man bedenkt, dass ich noch nie Schallplattenaufnahmen gemacht hatte, bis vor einem Monat nicht einmal wusste, dass ich singen kann. Ansonsten ging es mir allerdings nicht besonders, aber Homero war ja bei mir, und das half mir sehr, und ich musste auch nur ein einziges Lied an unserem ersten Tag im Studio aufnehmen. Mir gefielen die neuen Ideen, die sie in traditionelle Flamencogesänge einbrachten, eine Mischung aus Nahöstlichem mit einem Anklang von Jazz dabei. Was ist denn das?, fragte ich einen Musiker namens Fain, als er mit einem Sammelsurium merkwürdiger Gegenstände hereinkam. Es waren seine Instrumente. Das ist ein Tar, sagte er, und das ist ein Guimbris und das eine Bouzouki. Aber hauptsächlich spiele ich Bass, sagte er. Oh, sagte ich.

Das Konzept der CD stammt von Homero. Ich glaube, Homero ist ein Genie. Wird ein globale' Musikpublikum anspreche', du verstehst?, erklärt er. Was mich betrifft, so habe ich es gern gehört, als mir meine Stimme mit den fremdartigen Toneffekten im Hintergrund vorgespielt wurde, das Ganze in einem leichten Rumba-Rhythmus. Auch Phoebe Browne, seine Managerin, scheint in Ordnung zu sein. Sie hat mir sofort einen Vertrag vorgelegt. Damit erst gar keine falschen Vorstellungen aufkommen, um was es hier geht, sagt sie. Ich weiß noch, wie ich ganz am Anfang für Motown in Detroit gearbeitet habe. Diese jungen Leute, so talentiert, so naiv und so von sich eingenommen, dass sie immer völlig überzogene Forderungen gestellt haben! Darum habe ich hier alles gleich schwarz auf weiß festgehalten! Sie legt mir acht Seiten vor. Ich weiß nicht, was ich unterschrieb. Aber Homero sagte, es sei der gleiche Vertrag wie seiner, und er sei damit immer gut gefahren, sagt er. Also keine Angst!

Ich habe heute Morgen einen Vertrag unterschrieben, erzähle ich Amá, aber sie scheint nicht bei der Sache zu sein. Amá? Bist du noch da? Hm?, sagt sie. Natürlich bin ich noch da! Du hast mich nur mitten in meiner *novela* erwischt. Ich schaue auf die Uhr, rechne ein bisschen, stimmt, es ist Zeit für ihre Lieblings-Soap. Sie sieht sich im Laufe des Tages mehrere an, aber in dieser spielt seit neuestem ein gut aussehender Schauspieler mit, den sie mag, der Sohn des Sohnes eines

Idols, für das sie schwärmte, als sie ein Teenager war. Meine siebzigjährige Mutter leidet an generationsübergreifender Filmstarverehrung. Okay, dann will ich dich nicht länger stören, Amá. Ich wollte nur wissen, ob du okay bist! Alles okay bei dir?, frage ich. Ja, ja!, sagt sie. Dein Vater hat mich heute zum Arzt gefahren. Mit meinem Blutdruck ist alles in Ordnung. Der Doktor hat gesagt, dass es mir schon besser geht. Das Gespräch wird viel zu teuer, *hija*, pass auf dich auf. Sag uns Bescheid, wann du heimkommst, damit dich dein Vater abholen kann!

Nicht nötig! Homero kommt mit mir zurück, Amá!, sage ich laut. Ich weiß nicht, warum ich am Telefon so laut spreche, wenn ich mit meinen Eltern ein Ferngespräch führe. Sie schreien ebenfalls. Obwohl sie nicht taub sind. Genauso wenig wie ich. Wir nehmen ein Taxi! Mach dir keine Sorgen, wir sehen uns am übernächsten Sonntag, okay, Amá? Okay, okay, sagt sie, und klick hat sie aufgelegt.

Tres: Ich bin noch im Sea Winds Motel . . .

Ich bin noch im Sea Winds Motel, wo ich auf Kosten meiner neuen Produzenten wohne, und schlafe am nächsten Tag etwas länger, als das Telefon klingelt und ich eine raue, tabakgeschwängerte Stimme höre, die mir so vertraut ist, dass es meine eigene sein könnte, aber ich bin so groggy von den Schmerzmitteln, dass ich sage: Homero? Ich weiß, dass es nicht Homero ist. Die Stimme ist nicht harmlos wie die von Homero, die ehrlich und zuvorkommend ist, sondern voller karzinogener Niedertracht.

Es Agustín, verkündet er. Das muss ein Zeichen sein, das spüre ich sofort, aber nicht, ob es ein gutes oder ein schlechtes ist. Ich bin nicht medial veranlagt, aber ich spüre genau, dass es etwas zu bedeuten hat.

Was ist los?, sagt er, als ich nichts sage. Hast du noch geschlafen? Ist bei dir alles okay? Klar ist alles okay, beruhigt er sich selbst. Agustín gehört zu den Menschen, die eine Unterhaltung ganz allein bestreiten können und es keineswegs übel nehmen, wenn der andere nichts dazu beiträgt. Ich höre, du machst ein Album! Stimmt das? Oder nimmt mich Homero bloß auf den Arm oder was? Wie hast du das geschafft? Na ja, du hat es schon immer verstanden zu bekommen, was du willst!

Hmm, sage ich. Ich habe ihn übertrumpft. Deshalb hat er angerufen. Aber was dann kommt, ist wirklich nicht zu fassen. *Ese Manolío!*, sagt er. Mich hat er auch sitzen lassen!

Auch? Doch ich sage es nicht laut. Das ist typisch für Agustín, immer alles zu verdrehen und es einem dann zu präsentieren wie einen billigen Taschenspielertrick, sich einzubilden, er könnte dich glauben machen, du hättest nicht gesehen, was du gesehen hast, nicht gefühlt, was du gefühlt hast. Er hat sich abgesetzt (vermutlich zu seiner Frau) und meinen Geliebten mitgenommen, und jetzt tut er so, als ob Manolo und ich *ihn* verlassen hätten! Ich sollte auflegen, denke ich bei mir. Aber ich lege nicht auf. Ich bin ein Feigling. Er weiß das. Er kennt alle meine Schwächen.

Denkt er.

Ich schweige noch immer, so dass Agustín fortfährt, mich auf den neuesten Stand zu bringen. Manolo ist nach Serbien gegangen, sagt er, um die Angehörigen seines Vaters zu finden. Ich glaube, er wollte versuchen, sie nach Deutschland zu bringen. Deutschland gab Zigeunern damals Asyl. Obwohl, erklärt er mir, es da diese Geschichte mit den jungen Zigeunern gab, die an einem Zaun ein großes Schild entdeckten, auf dem stand: ZIGEUNER RAUS! Einer der Jungs ging hin, um das Schild runterzureißen, und da ging eine Bombe los und sprengte alle in die Luft. Manolo ist ein guter Junge, schätze ich. Er hat Mumm. Aber er hat mich mitten in einem Engagement versetzt. *Oye*, Carmen? Bist du noch da?

Ich bin noch da, aber mein Magen beginnt zu rebellieren. Es ist zu früh für so einen Anruf, vor allem ohne Kaffee. Im Sea Winds Motel gibt es keinen Zimmerservice. Von wo rufst du an?, frage ich benommen. Ich bin wieder in Chicago!, sagt er, als ob das eine gute Nachricht wäre. Ich bin gerade erst zurückgekommen . . . Agustín redet weiter und gibt vor, sich über meinen neuen Plattenvertrag zu freuen. Aber ich kenne ihn besser. Als mein Mentor ist er in Wahrheit der Meinung, dass er derjenige sein sollte, der eine solche Chance bekommt. Endlich schafft einer von uns den Crossover in die *gaje-*

Gesellschaft!, sagt er. Jetzt werden sie erfahren, was gute *gitano*-Musik ist! Übrigens, habt ihr auch einen guten Geiger? Du weißt doch, dass man einen guten Geiger braucht . . . Agustín fragt nicht, ob er bei der Sache selbst einsteigen kann, zumindest noch nicht.

Es sollte mehr zwischen uns sein, denke ich, ohne es jedoch auszusprechen, nachdem wir so viele Jahre zusammen waren, mehr als nur eine einseitige Unterhaltung über meinen Erfolg. Er wird sich damit brüsten, mich alles gelehrt zu haben, und in gewisser Hinsicht hat er damit Recht. Obwohl er auch oft gesagt hat, dass Flamenco, genau wie die Poesie, etwas ist, das einem keiner beibringen kann. Aber ich sage nicht viel, höre nur zu und das bloß mit halbem Ohr, als Agustín plötzlich innehält und dann sagt: He, bist du immer noch sauer wegen Manolo? Was hast du denn mit einem Zwanzigjährigen gewollt?

Ich hätte mit *zwanzig* Zwanzigjährigen etwas anzufangen gewusst!, platzt es aus mir heraus wie aus einem Feuerwehrschlauch. Und *ob* ich noch sauer bin wegen Manolo! Solange du ihr nicht die Miete bezahlst, geht es dich nichts an, mit wem eine unverheiratete Frau schläft, sage ich. Oder wie meine Mutter immer sagt: Carmen, du hast keinen Stiefvater. Kein Mann außer deinem Vater hat das Recht, dir etwas vorzuschreiben. Was hat dir also das Recht gegeben, dich in meine Beziehung mit einem jungen Mann einzumischen? Ich sage dir, was ich wollte: Ich wollte keinen alten Mann mehr!

Keinen alten Mann! Agustín klingt amüsiert, aber ich weiß, dass er es nicht ist. Ein Zwanzigjähriger und noch dazu ein Zigeuner! Was hast du denn von ihm erwartet, Carmen, ewige Treue?

Dann wieder Stille. Ein Agustín, der nichts mehr zu sagen hat. Das ist unheimlich. Und dann sagt er es, denn er wäre nicht Agustín, wenn er es nicht täte: *Gitana*, sagt er zu mir, du weißt ja nicht, wie sehr du mir gefehlt hast, *sabes*? Was hältst du davon . . .? Seine Stimme ist jetzt ganz leise, als ob niemand wissen solle, was er im Begriff ist zuzugeben. Ich meine – besteht eine Chance, dass wir es noch einmal miteinander versuchen?

Nach einigen zähen Sekunden sage ich: Ja – Agustín. Es gibt immer eine zweite Chance, noch einmal von vorne anzufangen. Und dann füge ich hinzu: Aber waren all die Jahre, die wir zusammen verbrachten, nicht genug?

Das dachte ich mir, sagt er und legt auf. Lange Zeit bleibe ich mit dem Hörer am Ohr sitzen, und da ist nur die tote Leitung, bis sich eine kalte Stimme vom Band einschaltet und sagt: Wenn Sie glauben, die falsche Nummer gewählt zu haben, dann legen Sie bitte auf und versuchen Sie es noch einmal.

Cuatro: Wozu brauche ich Füße, wenn ich Flügel habe?

Wozu brauche ich Füße, wenn ich Flügel habe?, denke ich eines Nachts, als die Digitaluhr langsam die Stunden abzählt und ich nicht schlafen kann, weil ich mich ständig frage, ob ich jetzt tatsächlich eine Sängerin bin oder nicht, nun da ich nicht mehr tanzen werde. Hat nicht Frida Kahlo etwas Ähnliches in ein Tagebuch oder auf ein Gemälde geschrieben und allen gezeigt, wie tapfer und wunderbar sie war?

Sie hatte gut reden, sie war Malerin und nicht Tänzerin.

An mich wird man sich nicht erinnern wie an die Kahlo. Das weiß ich. Ich war nie wunderbar. Und auch nicht wie María Benítez, die lebende Flamencolegende, die ihr eigenes Ensemble hatte und zu der die Menschen jeden Sommer nach Santa Fe strömten, um sie tanzen zu sehen, als wäre sie die personifizierte Open-Air-Oper in ihren seidenen Kostümen mit den weiten Ärmeln, ihren langen Armen, die überall sind, und einem Ausdruck im Gesicht, wenn sie sich auf der Bühne bewegte, so Furcht einflößend wie der der Göttin Kali. Ich komme ihr auch nicht annähernd gleich. Aber genau wie Kahlo, Benítez und Kali habe ich keine Angst. Ganz egal, was du tust, wenn du in erster Linie eine Frau bist, heißt das, dass du nie Angst haben kannst.

Cinco: Wieso heißen Sie Carmen la Coja?

Wieso heißen Sie Carmen la Coja?, fragt mich eine junge Frau im Laden einer Schallplattenkette, wo ich meine neue CD signiere. Meine neue Managerin Phoebe Browne ist bei mir. Ebenso Homero, der es zu genießen scheint, auf mich als seine Entdeckung zu verweisen. Wir sind in New York. Erst Chicago, dann Los Angeles, jetzt New York, und zum Abschluss werden wir nach Washington, D. C., gehen.

Ich bin auf dem Cover in dem roten Satinkleid zu sehen, das ich mir in Los Angeles ab Fabrik gekauft hatte. Genau wie meine Mutter habe ich einen Riecher für Schnäppchen. Auf dem Foto bin ich von der Gruppe umringt, und wir sehen alle schon richtig berühmt aus. Weil ich früher getanzt habe, antworte ich meiner neuen Verehrerin – einer der zahllosen Fans, die sich mit meiner CD eingestellt haben. Ich sitze an einem Signiertisch und trage ein langes Kleid. Sie kann mein geschientes Bein nicht sehen. Sie betrachtet mein Bild auf der CD und dann mich. Sie kapiert es nicht. *Coja* heißt Krüppel, sage ich. Ich strahle wie eine Hundert-Watt-Birne. In letzter Zeit kann mich kaum noch etwas umhauen.

Mit meinem ersten Honorar in der Hand fuhr ich zurück nach Chicago. Das war vor zehn Monaten. Amá hatte Tränen in den Augen, als sie den Scheck sah, den Beweis dafür, dass meine Musikerfreunde ausnahmsweise einmal keine verkrachten Künstler waren und dass ich vielleicht doch ein klein wenig Talent hatte. Das hat sie alles von ihrem alten Herrn, sagte Apá wie üblich. Das könnte dir so passen, sagte meine Mutter. Abel fragte, ob ich mit ihm in ein Geschäft investieren wolle, und ich sagte nein. Jetzt gehen wir erst mal anständig einkaufen, sagte Vicky. Und nicht bei Wal-Mart, Carmen, damit das gleich klar ist. Danach war alles wieder ruhig, bis dann eines Tages die CD per Kurier bei uns eintraf. Jeder reichte sie herum und hielt sie ganz vorsichtig und starrte sie lange an, als sei uns soeben der heilige Gral ins Haus geliefert worden. Amá holte ihre Lupe heraus und studierte das Foto, um sich zu vergewissern, dass es auch wirklich ich war. Keiner, bei mir angefangen, konnte so recht glauben, dass ich jetzt ganz offiziell eine Sängerin war.

Und nun sind wir hier, auf Tournee.

Aber wieso nennt man Sie das – einen Krüppel?, hakt die Verehrerin nach.

Was es genau war, das mich quasi über Nacht zu einer Berühmtheit machte, weiß ich nicht, aber plötzlich bin ich für andere ein Traum, der wahr geworden ist, ein kolumbianischer Smaragd, Aschenputtels goldener Pantoffel. Sicher, das Ganze schlägt sich ein bisschen in meinen qualitativ höher stehenden Kostümen und in meiner neuen Frisur nieder. Man verbindet einen gewissen Ruhm eben immer mit Geld, ob es nun stimmt oder nicht. Aber mit einem Schlag ist das Mitleid aus den Blicken gewichen, und an seine Stelle ist der Wunsch getreten, so zu sein wie ich. Ich beobachte es, seit wir auf unserer Konzerttournee sind. Eines Tages wache ich bestimmt wieder hinter dem Ofen auf, sage ich zu Phoebe und Homero eines Abends bei Pasta mit Pesto und Chianti in Los Angeles. Aber bis dahin werde ich alles in vollen Zügen genießen! Machst du Witze?, sagt Phoebe. Das ist erst der Anfang, Kindchen! Homero lacht. *Ay,* Carmen! Bin ich froh, dass ich dich entdeck' hab!

Ich bin doch kein Kontinent, sage ich.

Doch! Das weiß ich genau!, sagt Homero und lächelt mir beruhigend zu.

Weil ich ein Krüppel *bin*, sage ich zu meiner Verehrerin. Sie schüttelt den Kopf, als ob ich sie beleidigt hätte. So etwas sollten Sie wirklich nicht von sich sagen!

Vielleicht handelt es sich um ein kulturelles Missverständnis, sage ich. In meiner Kultur werden die Leute nach ihrem auffälligsten Merkmal benannt. Ich bin wirklich eine *coja* – es ist also ganz okay. Ich hebe meinen Rock hoch, strecke mein kaputtes Bein aus, und sie wirft um den Signiertisch herum einen Blick darauf. Sie scheint etwas verwirrt zu sein, weil ihr nicht klar ist, von was für einer Kultur ich spreche. Wir werden unter Lateinamerika und International und Pop/Reggae geführt. Sogar unter Musicals, obwohl ich keine Ahnung habe, warum. Und es würde auch bestimmt nicht zur Aufklärung beitragen, wenn ich sage, dass ich aus Chicago bin. Sie schüttelt erneut den Kopf. Ich glaube, sie wird gleich weinen. Machen Sie sich nichts draus!, sage ich. Ich kann nicht mehr tanzen, also singe ich jetzt! Die junge Frau fängt sich wieder. Das ist schön, sagt sie. Sie sieht den Mann an, der hinter ihr in der Schlange steht. Er grinst, als wäre es ihm völlig schnuppe, ob ich gehen kann oder nicht, und als wollte er nur, dass sie endlich zur Seite tritt.

In jeder Stadt geben wir ein Konzert, und in jeder Stadt verbringe ich die meiste Zeit vor und nach der Vorstellung in meinem Zimmer. Ich lasse mir alles vom Zimmerservice bringen. Ich leihe mir Filme aus. Ich nehme Schmerztabletten. Wenn es irgendwann Zeit ist, nach Hause zu gehen, werde ich mir sagen können, dass ich das Leben auf Tournee auf keinen Fall vermisse.

Die größte Veränderung ist jedoch mit Amá vorgegangen. Erstaunlich, wie ein bisschen Geld dir sogar die Achtung deiner eigenen Mutter einträgt. Mit jedem Schein, den ich ihr geben kann, wird sie ein bisschen lockerer. Sie hat Apá sogar gesagt, er soll ein neues Auto kaufen. Sie selbst wird es wohl nicht fahren, aber er könnte *uns* fahren, sagt sie. Lass *hija* mit ihrem Geld machen, was sie will, sagt Apá. Sie hat es schließlich verdient. Na und?, fragt meine Mutter. Und was ist mit den Rechnungen? Das Dach muss repariert werden! Das weißt du genau! Und der Gehweg draußen! Willst du, dass jemand über den großen Riss stürzt und uns verklagt? Amá macht in einer Tour weiter, schlurft im Haus herum, gibt vor, Staub zu wischen, tut beschäftigt. Mein Vater lächelt mich an, wie um zu sagen: Kümmere dich nicht um sie, woran ich mich natürlich nicht halte, denn die Wahrheit ist, dass ich mich nicht erinnern kann, wann ich meine Mutter zuletzt so zufrieden erlebt habe.

Apá will auch nur höflich sein. Er weiß, dass sie das Geld gut brauchen können. Nicht, dass ich schon ein Vermögen verdient hätte, aber doch genug, um alles ein bisschen leichter zu machen, genug, um Joseph und seine Frau zu veranlassen, herzukommen und nett zu mir zu sein, aber nicht genug, um zu ihnen nach Hause eingeladen zu werden. Na, fährst du jetzt in einer schicken Limousine herum?, fragt meine Schwägerin. Sie hat ihren sämtlichen Arbeitskollegen von mir erzählt, sagt sie. Ich hab deine CD mitgenommen und allen gezeigt! Und dein Bruder auch, glaub bloß nicht, dass er bei den Jungs in der Firma nicht damit angibt, dass *du* seine kleine Schwester bist! Jedes Mal, wenn im Smooth-Jazz-Sender dein Song kommt, und er sagt, dass sie ihn den ganzen Tag spielen, sagt er: Das ist meine Schwester! Joseph scheint nicht sehr erbaut zu sein, dass mir seine Frau das erzählt, weil immer er der Erfolgreiche in der Familie war. Aber schließlich räumt er es doch ein: Stimmt. Und fügt hinzu: Dann kannst du ja den alten Herrschaften unter die Arme greifen, wo du jetzt reich bist!

Ich bin doch nicht reich!, sage ich zu ihm und bemühe mich um einen leichten Ton. Doch das Lächeln meiner Schwägerin verflüchtigt sich. Sie ist offensichtlich enttäuscht. Ja, ja, ja, sagt Joseph. Ich weiß doch, dass ihr im Showgeschäft euch dumm und dusslig verdient, wenn ihr einen Hit im Radio habt! *Ya!,* sagt Amá zu uns beiden, was bedeutet: Schluss jetzt!

Negrito kommt eines Abends wieder vorbei, und keiner in der Familie verliert auch nur ein Wort darüber, denn er ist mein Gast. Ich führe ihn mit Vicky und Virgil an dem Abend aus. Vicky und ich halten bei Drinks das Gespräch in Gang, tun so, als würden weder Virgil noch mein Bruder Negrito allem Anschein nach darum konkurrieren, Doppelgänger von Jean Genet zu sein – gemarterte sensible Künstler mit unterschwelligem Selbstzerstörungstrieb. Virgils wie gemeißeltes Gesicht besteht nur noch aus Knochen und Schwären. Er ist ein Lazarus unter den Lebenden. Zuerst bin ich ziemlich entsetzt, da ich ihn so lange nicht gesehen habe, doch dann gewöhne ich mich daran. Und mein eigener Bruder wiegt weniger als ich.

Du . . . du spielst also überhaupt nicht mehr Fußball, Mann?, sagt Negrito zu Virgil, der noch immer süß ist, aber kaum noch den Mund aufmacht und jetzt nur den Kopf schüttelt. So geht es den ganzen Abend weiter. Es liegt auf der Hand, dass unsere Brüder nicht in einen Lebensstil mit Stoffservietten und Weinkarten so lang wie dein Arm passen. Aber ich eigentlich auch nicht, denke ich. Ich weiß nicht, wann Vicky den Sprung über den Zaun auf die andere Seite geschafft hat, wo sie sich so sicher bewegt, ohne eine Spur von Dünkel, aber ich vermute, es war damals, als sie in Princeton angenommen wurde.

Wir sollten noch irgendwo hingehen, wo es Blues gibt, schlage ich vor, oder Jazz. Wer ist eigentlich gerade in der Stadt? Alle lächeln höflich, aber es ist ziemlich offenkundig, dass der Abend ein Reinfall ist. Wir sind alle noch zu jung, um so krank zu sein, so ausgebrannt!, seufze ich. Keiner antwortet; zu ausgebrannt, nehme ich an. Der Kellner erkennt mich und bittet um ein Autogramm. Sieh an, sieh an! Meine Schwester, der Promi!, sagt Negrito. Ich habe ihn mir gegenüber noch nie sarkastisch erlebt. Natürlich kann er genauso bissig sein wie jeder x-beliebige Chicagoer, aber nicht mir gegenüber, nicht bis jetzt. Deine Schwester *ist* jetzt prominent, Negrito, sagt Vicky rasch. Du und eure ganze Familie solltet sehr stolz auf sie sein. Dann wendet sie sich ihrem eigenen Bruder zu. Virgil, wenn du müde bist, können wir jederzeit heimgehen. Virgil schließt die Augen, und ich schwöre, dass ich denke, er wird sie nie wieder aufmachen, und dann öffnet er sie doch. Als er es tut, starren wir uns alle an, und er lächelt. Weißt du noch, Carmen?, flüstert er. Ich nicke. Ich auch, sagt er und lächelt. Jetzt verstehe ich, was Vicky damit meint, dass Virgil wie ein Engel aussieht, und als er die Augen abermals schließt, spüre ich, wie er hoch droben vom Himmel herunterfällt. Als er landet, halte ich schon meinen weiten langen Rock hoch, um ihn aufzufangen, und er prallt wie auf einem Trampolin ab und fliegt geradewegs wieder in den Himmel hinauf.

Seis: Jede Woche greife ich in der Gruppe zum Messer

Jede Woche greife ich in der Gruppe zum Messer. Ich schäle und schäle und habe den Verdacht, dass zuletzt nichts da sein wird, dass es mir so ergeht, wie mein alter Yogalehrer sagte, wie wenn man auf der Suche nach dem Sinn des Lebens ist. Am Ende stellt man fest, dass das Dasein nichts ist, nur Leere. Aber dass die Leere zu erreichen alles ist, das eigentliche Wesen des Daseins. Für mich ist diese Leere das, was mir auf der Suche nach Liebe widerfuhr. Ich werde den Sinn des Lebens denen überlassen, die Griechisch oder Latein können oder nach Tibet reisen.

Ich ging in die Wüste, um zu leben wie eine Eremitin, die ihre Seele sucht, verkünde ich den Leuten in meiner Gruppe. Es heißt, Einsiedler seien auf der Suche nach Gott, aber wenn man dann so weit weg ist, findet man dort nur sich selbst. In der Wüste hörte ich nachts die seltsamsten Geräusche. Ich schlief allein, ich aß allein.

Und eines Tages kam ich zu dem Schluss, dass es jetzt mit der Wüste reichte, und kehrte in die Stadt zurück.

Ich kehrte zurück in die Stadt mit ihrem hupenden Verkehr, ihrem durchdringenden Lärm, dem hektischen Treiben ihrer Menschen, verdiente ein bisschen Geld damit, in einem großen Einkaufszentrum von einem Wagen ohne Räder aus Krawatten zu verkaufen, als das Angebot, in Deutschland zu tanzen, kam. Ich war noch nie in Europa gewesen. (Das gefällt der Gruppe, sogar Vicky, da Reisen für die meisten von uns ein Problem ist.) Ich dachte, wenn ich auf dem gleichen Kontinent wie Manolo wäre, dann würde ich vielleicht wieder sein Herz schlagen hören. Das Exil in der Wüste hatte mich nicht von meiner Sehnsucht nach meiner verlorenen Liebe geheilt. Aber alles, was ich in Deutschland hörte, war das Rumpeln von Zügen, die hin und her fuhren, und Wehklagen über ihre eigenen Kriege, ihre großen beklagenswerten Kriege, und keiner, aber auch gar keiner bemerkte den kleinen Schmerz tief drunten in meiner Magengrube, tief drunten in der Grube meines leeren Ichs. Es gab zu viele gebrochene Herzen in Deutschland, als dass man meines gehört hätte, das klirrklirr machte wie Porzellan, wenn ich ging und wenn ich tanzte. Zum letzten Mal tanzte.

Wie fühlt man sich denn so, wenn man berühmt ist?, fragt ein neues Mitglied der Gruppe. Ich bin doch gar nicht be-, fange ich an. Wie soll sie sich denn fühlen?, unterbricht mich jemand, bevor ich aussprechen kann. Manchmal denke ich, dass es wirklich nicht schaden würde, wenn wir in unserer Gruppe jemanden hätten, der die Zügel in die Hand nimmt, jemand wie Amá zum Beispiel. Ich habe neulich deinen Song im Radio gehört!, sagt ein anderer. Gar nicht schlecht! Ich gratuliere. Welcher Sender war das?, frage ich. Ich habe meine Sachen noch nie im Radio gehört. Ich weiß, dass sich die CD gut verkauft, aber ich weiß wirklich nicht, wie das alles passiert ist. Und ich komme mir auch nicht berühmt vor, und wenn man es mir noch so oft sagt. In dem neuen Gospel-Programm, sagt der Mann. Du kennst ja den Sender – gleich nach der Howard-Stern-Show. Howard Stern?, sage ich. Nie von ihm gehört.

Rate mal, wen ich gesehen habe. Manolo, sagt Abel eines Tages zu mir, als wir uns zufällig hinten im Garten begegnen. Er stellt gerade seinen *elote*-Karren für die Nacht in der Garage unter. Er räumt ihn aus und schrubbt ihn und nimmt am nächsten Morgen in aller Herrgottsfrühe seinen Maiskolben-auf-Rädern-Betrieb wieder auf. Ich sitze mit meinen Eltern draußen bei einem Bier. Wegen der Anrufe von Phoebe und der Vorbereitungen für eine weitere CD und vielleicht ein weiteres Konzert war ich in letzter Zeit ziemlich beschäftigt. Vicky hat mir eine gute Versicherung besorgt, jetzt, wo ich es mir leisten kann. Als Nächstes wird sie mich dazu überreden, mir eine Eigentumswohnung in ihrer Wohnanlage zu kaufen.

Meine Eltern haben Manolo nie gekannt, sodass die Worte meines Bruders ihnen nichts sagen, aber für mich hat die Erde aufgehört sich zu drehen. Meine Hände umklammern die Armlehnen des Liegestuhls, in dem ich sitze.

Ich erwidere nichts. Abel geht ins Haus und kommt mit einem Bier zurück. Er setzt sich. Ich sage noch immer nichts. Es ist ein schöner klarer Tag, ein außergewöhnlich gewöhnlicher Tag. Ich habe gerade einen angenehmen Nachmittag mit meinen Eltern im Garten verbracht, die Sonne genossen. Wir reden über das neue Auto, das sie am letzten Wochenende gekauft haben. Das Leben ist schön. Das Leben ist nicht länger Manolo. Manolo ist Manolo in meinen Träumen und in meiner Selbsthilfegruppe. Er ist sogar in den Tarotkarten, die ich mir hin und wieder legen lasse. Ein junger Mann wird in dein Leben treten, aber er wird dir viel Kummer machen. Zu spät.

Aber Manolo ist nicht real. Er ist Erinnerung und flüchtig. Ich sehe Abel nur an, so wie unser Hund Macho einen ansieht, wenn er nicht versteht, was man zu ihm sagt, den Kopf ein bisschen schief gelegt. Einen unwahrscheinlicheren Boten als meinen sauertöpfischen ungeselligen Bruder könnte es nicht geben. Wenn ich dir den Beitrag für ein Sportstudio bezahle, frage ich ihn, gehst du dann hin?

Nein, sagt er. Dann nimmt er einen großen Schluck aus der Dose und sagt noch einmal: Manolo. Manolo lässt dich grüßen.

Das ist zu viel, denke ich. Wie kann er für Tote sprechen? Er kannte Manolo doch gar nicht, niemand in meiner Familie kannte ihn, sie kannten damals ja *mich* kaum. Wovon redest du eigentlich?, frage ich ihn schließlich. Wo hast du diesen Typen gesehen, der mich angeblich grüßen lässt?

Du brauchst nicht gleich feindselig zu werden, sagt Abel. Er ist vorbeigekommen und hat einen *elote* gekauft, wollte dick Chili draufhaben. Während er gegessen hat, sind wir ins Gespräch gekommen. Er hat gesagt, er hätte früher mit dir getanzt und er hätte gehört, dass du jetzt schwer Erfolg hast. Stimmt genau, hab ich gesagt. Wer hätte das gedacht, dass Carmen das Zeug dazu hat?

Zum Teufel mit dir, sage ich. Ich weiß nicht, warum ich so wütend auf meinen Bruder bin, aber ich verstehe jetzt, wie es zu dem Brauch kam, den Boten zu töten. Ich habe so lange gewartet und gewartet und so viele Geschichten erfunden, so viele Szenen, in denen meine große Liebe eines Tages auftaucht und mich wieder im Sturm erobert, und dann kommt er an einem ganz gewöhnlichen Nachmittag anspaziert und kauft bei meinem nichtsnutzigen Bruder einen Maiskolben und sagt: Grüß Carmen von mir.

Carmen!, sagt meine Amá. So spricht man nicht mit seinem älteren Bruder . . .

Stimmt!, sagt Abel und lacht. Zum Teufel mit dir, sage ich noch einmal, aber ohne Amá anzusehen. Was soll das heißen, dass er mich grüßen lässt, einfach so? Ausgeschlossen! Der Typ ist weg . . . Er ist in Serbien oder Deutschland oder irgendwo in Kalifornien, soweit *ich* weiß, aber nicht hier, nicht an der Ecke drei Block weiter, um bei dir *elotes* zu essen, verdammt nochmal!

Sicher, Courtney hatte mir erzählt, dass er zurück sei, aber was konnte man *der* schon glauben. Und obwohl ich seither in den Straßen Theatern Clubs überall Ausschau gehalten hatte, weil ich hoffte wünschte dachte, aber nicht glaubte, dass mein Blick eines Tages auf ihn fallen würde, konnte ich doch nicht glauben, dass er nicht zu mir gekommen wäre, wenn er in der Stadt wäre. Ich bin furchtbar enttäuscht. Und dieses Gefühl ist schlimmer als der Schweiß auf meiner Stirn von der Feuchtigkeit, widerlich und schmierig. Aber das Schlimmste ist, dass ich Manolo noch immer will.

Hat dir richtig das Herz gebrochen, was, Mädchen?, sagt Abel lachend.

Ich stehe auf, versuche keinen sehen zu lassen, dass ich bebe und zittere vor Wut oder vor Freude oder vielleicht auch vor Verlangen, das herausströmt wie der Geist aus der Flasche, wenn man den Stöpsel herauszieht. Ich weiß nicht, wieso Manolo damals diese Wirkung auf mich hatte, und ich weiß nicht, warum er sie jetzt wieder auf mich haben sollte, aber ich habe viel zu hart gearbeitet und habe es viel zu weit gebracht, als dass mir das irgendjemand antut und damit durchkommt. Mir bricht keiner das Herz!, sage ich, hebe meine Krücke auf und drohe Abel damit. He!, sagt er. Das reicht, Carmen!, sagt Apá. Beruhige dich, *hija*! Meine Mutter schüttelt den Kopf und sagt: Ich hab's ja immer gesagt. Wie oft habe ich es schon gesagt! Diese Zigeuner waren nie gut für sie! Seht sie euch an! Gleich dreht sie wieder durch!

An einem kalten Abend steige ich mühsam, aber fest entschlossen die drei Treppen hinauf. Ich habe Vicky gebeten, mit meinen Krücken im Auto zu warten. Langsam, beharrlich gehe ich die Treppe hinauf. Reiße mir die warme Mütze vom Kopf, die Amá für mich gestrickt hat. Ein ziemlich albernes Ding, aber ich möchte ihre Gefühle nicht verletzen. Sie hat sich diesmal wirklich angestrengt. Sie verwendete Angorawolle statt des üblichen Acrylgarns, sodass die Mütze wenigstens weich und warm ist und wie ein rosa Kätzchen auf meinem Kopf sitzt. Unter dem neuen Wollmantel trage ich ein Kleid aus Goldlamé. Wir kommen gerade von einer Party, und nach meinem dritten Martini (einem Getränk, das ich bis zu diesem Abend nur aus Filmen aus den fünfziger Jahren kannte) bin ich bereit, meinem Schicksal gegenüberzutreten.

Die Glühbirne auf dem zweiten Treppenabsatz brennt nicht, und so schiebe ich meine Füße suchend über den Boden und taste mich in der Dunkelheit wie eine Blinde weiter, bis ich das Treppengeländer zum dritten Stock erreiche. Es ist das letzte Haus in diesem Block, das noch nicht saniert und in Eigentumswohnungen umgewandelt wurde. Ich glaube, dass im zweiten Stock schon niemand mehr wohnt. Aber im dritten Stock sind noch Menschen, denn ich kann gedämpfte Schritte und Stimmen hören. Eine junge Frau macht die

Tür auf. Sie ist dunkel, zierlich und sieht aus, als ob sie aus Indien sei, aber ich weiß, dass sie eine *calorra* ist. Weil sie Zigeunerin ist und obwohl sie so klein ist, fürchte ich mich ein bisschen vor ihr. Ich weiß, dass das pure Voreingenommenheit ist, genau wie bei Menschen, die Angst bekommen, wenn sie auf der Straße einen dunkelhäutigen Mann auf sich zukommen sehen. Aber vor Zigeunerinnen fürchte ich mich wirklich. Vielleicht geht das auf die Zeit zurück, als der Fluch von Agustíns Frau mich beinahe getötet hätte. Die junge Frau hat eine brennende Zigarette in der Hand und deutet damit auf eine geschlossene Zimmertür. Er ist im Schlafzimmer, sagt sie beiläufig mit einem fremdländischen Akzent.

Ich erinnere mich, dass es das gleiche Zimmer ist, das er früher hatte, obwohl ich damals nur ein einziges Mal hier war. Auf einer Couch liegt ein Mann, der laut schnarcht. Unter dem Hemd quillt sein behaarter Bauch hervor, und auf seiner Brust liegt eine gelb getigerte Katze. Die Wohnung ist chaotischer, als ich sie in Erinnerung hatte. Kaputte Rollos und mehrere, überhaupt nicht zusammenpassende Vorhänge, um die Kälte abzuhalten. Ein mächtiger alter Speicherofen, der den größten Teil des Wohnzimmers einnimmt. Ich lege eine Tüte Orangen auf Tisch, neben eine *ristra* Knoblauch und ein paar weiße und violette Zwiebeln. Die junge Frau nimmt es nickend zur Kenntnis und geht wieder fernsehen zusammen mit einem Jungen, der ungefähr sieben oder acht ist. Im Wohnzimmer ist es dunkel, und ihre Gesichter leuchten fahl vom Licht des Fernsehers. Die beiden sehen aus wie Gespenster. Ich gehe langsam, ganz langsam zum Schlafzimmer und stoße die Tür auf. Drinnen riecht es muffig von zu vielen Zigaretten, und der Aschenbecher auf dem Nachttisch ist voller Kippen. Er schläft, vollständig angekleidet. Eine kleine Lampe ist an und auch der Kassettenrecorder läuft, aber so leise, dass ich nicht erkennen kann, was es ist. Ich werde mich auch später nicht an die Melodie erinnern, obwohl ich es wiederholt versuche. Er wacht auf und sieht mich an. Seine Augen sind ganz rot, weil er müde, verkatert oder high ist – wer weiß? Nach einigen Sekunden, als sein Kopf klarer wird, als ihm aufgeht, wer da vor ihm steht, ihn mit aufgerissenen Augen und sprachlos anstarrt, als wäre er Jesus oder Satan, lächelt er träge. Ich habe keine Ahnung, was für ein Gesicht ich mache, als ich ihn nach so langer Zeit da vor mir liegen sehe, und nach all den Wegen, die jeder von uns eingeschlagen hat, sind wir wie zwei Straßenräuber, die sich rein zufällig treffen. Wenn ihr dem Buddha auf der Straße begegnet, dann tötet ihn, sagte mein Yogalehrer einmal zu uns. Die ganze Gruppe starrte ihn zunächst entgeistert an, als ob er ein Psychopath wäre, vielleicht mit dem gleichen Ausdruck wie ich jetzt, doch dann erklärte er es uns. Im Gegensatz zu den Christen glauben die Buddhisten, dass man nicht zu viel Vertrauen in die Macht eines anderen Wesens setzen darf, weil dich das nur davon abhält, zu deiner eigenen Wahrheit zu gelangen.

Die Wahrheit ist, dass seine wunderschönen Zähne jetzt vom Koffein verfärbt sind. Ah, Carmen . . . sagt er und beginnt sich aufzusetzen, fährt sich mit den Fingern durch das verfilzte Haar, räuspert sich. Neben dem Bett stehen eine Flasche Schnaps und ein Glas. Wie geht's dir denn so?, fragt er. Ich höre, du tanzt wieder!, sagt er, schenkt ein und hält mir das Glas hin. Als ich den Kopf schüttele, leert er es in einem Zug. Ich tanze nicht, sage ich, ich singe. Du singst? Ach ja! Richtig, richtig! Na, du hast eine gute Stimme, das weißt du ja, sagt er. Er bedeutet mir, mich zu ihm aufs Bett zu setzen. Ich schüttele wieder den Kopf. Ich . . . Ich will etwas sagen, überlege es mir anders oder verliere den Faden. Dann gehe ich jetzt wieder. Du hast geschlafen . . . Und drehe mich um. *Oye!* Carmen!, ruft er, doch er steht nicht auf, und ich bleibe nicht stehen.

Ob vierzig oder nicht (aber ich bin nun mal vierzig), bei mir ist noch alles in Ordnung. Ich betrachte mich im Spiegel hinter Amás Schlafzimmertür. Ich tanze zwar nicht mehr professionell, aber ich habe noch immer eine Taille. Seit ich mit dem Tanzen aufhörte, habe ich auch wieder Brüste bekommen. Es sind die Kleinigkeiten, die zählen. Obwohl man schon sehr genau hinsehen muss, um noch winzigste Anzeichen von Jugendfrische zu entdecken. Wie eine Lotosblume, die unter Wasser aus dem Schlamm gewachsen ist und blüht, wenn sie das Tageslicht erreicht und neues Leben entfaltet. Ich bin eine große Lotosblüte, wunderschön und so vergänglich wie alles. Wir können in unserer eigenen Haut wiedergeboren werden. Du musst dazu kein Kind bekommen, dich nicht fortpflanzen, um ein neues und besseres Du hervorzubringen. Du musst nicht erst sterben. Du musst überhaupt nicht sterben.

Du musst nur den Buckel hinhalten, die Zeche bezahlen, nach deiner eigenen Pfeife tanzen und immer daran denken, dass, Klischees beiseite, im Krieg und in der Liebe alles erlaubt ist.

Ich bin also bereit.

10

Uno: Gold und tiefblau wie meine Aura . . .

Gold und tiefblau wie meine Aura (so wurde mir zumindest von Francis, meinem neuen Therapeuten, gesagt, der auch Spirit Releasement macht, oder «Deine-bösen-Geister-Loswerden», wie ich es nenne) ist die Farbkombination, die ich mir für die neue Eigentumswohnung ausgedacht habe. Spirit Releasement heißt Loslassen mittels Hypnose, also dich all der Erinnerungen zu entledigen, die sich in deinen Gelenken eingelagert haben und dich daran hindern oder sogar ganz davon abhalten weiterzukommen. Weiterkommen ist etwas, das ich derzeit mit Lichtgeschwindigkeit tue in meinen wöchentlichen Sitzungen mit Francis, einem zugelassenen Therapeuten mit kleinen Teppichen aus Oaxaca und leiser Musikberieselung und einem Mobile aus Papierengeln über dem Kopf des Patienten. Allein schon die Tatsache, dass ich seit meiner neuen Schallplattenkarriere generell ausgeglichener bin, hat meine diversen Schmerzen gemildert. Ich muss zwar weiterhin mit ihnen leben, aber sie halten mich nicht mehr davon ab zu leben.

Ich glaube, Vicky ist viel aufgeregter wegen meiner Wohnung als ich. Jetzt sind wir beinahe Zimmergenossinnen, sagt sie. Amá sagt: Mach dir nicht zu viel Sorgen um mich, *hija.* Dein Vater wird bestimmt weiterhin heraufkommen und nach mir sehen. Außerdem habe ich ja Macho. Erinnerst du dich, wie er dich geweckt hat, als ich einen Herzanfall hatte? Er bellt, wenn etwas passiert . . . Vielleicht kann ihn dein Vater oder dein Bruder sogar unten hören.

Amá, wenn du möchtest, dass ich hier bleibe, dann bleibe ich. Ich muss nicht allein leben, lüge ich.

Ich weiß nicht, ob ich durch den Kauf meines eigenen Reiches übergeschnappt bin, aber wenn ich es bin, dann ist es das wert. Ich habe mein eigenes Badezimmer. Ich muss nicht mehr damit rechnen, dass Macho sich heimlich auf mein Bett legt, wenn ich nicht da bin. Ich kann meine Stereoanlage laufen lassen, wann ich will. Fernseher habe ich keine. Sag mal, bin ich tot und im Himmel, *comadre*?, frage ich Vicky am ersten Abend in meinem neuen Heim, während wir Pizza essen und unsere ganz private Hauseinweihung feiern.

Lass uns ausgehen!, sagt sie. Ich bin zu müde, sage ich. Komm schon, sagt sie. He, lass uns ins Olé Olé gehen, okay? Juckt es dich denn gar nicht, dieser Courtney deine Berühmtheit ein bisschen unter die Nase zu reiben, *comadre*?

Ich denke kurz nach. Erfolg hat etwas an sich, das dich versöhnlich stimmt. Warum nicht? Wozu taugt der ganze Erfolg denn, wenn man ihn anderen nicht ein bisschen unter die Nase reiben kann?, sage ich lachend. Dann lache ich lauter und kann gar nicht mehr aufhören, da mir plötzlich klar wird, dass ich tatsächlich so unverbesserlich bin, wie alle immer gesagt haben. Ja, du bist wirklich infam, bestätigt Vicky, stimmt in mein Gelächter ein und nimmt mich so fest in die Arme, dass sie mich umwirft. Wir wälzen uns prustend auf meinem neuen Eichenboden, bis sie sich wieder fasst, mir aufhilft und sagt: Und genau das habe ich immer so an dir geliebt!

Die Show im Olé Olé beginnt erst ziemlich spät. Ich muss nächste Woche nach Long Beach fliegen, flüstere ich Vicky zu, um mit der neuen CD anzufangen. Ich brauche also möglichst viel Schlaf und kann mir nicht die Nächte um die Ohren schlagen, sage ich, während ich mir die Lippen nachmale. Auf der ganzen Fahrt ins Olé Olé habe ich das Gefühl, die größte Diva geworden zu sein, die ich kenne (neben Vicky natürlich mit ihrem Kaschmirensemble und der Gucci-Tasche), und das in einem Maße, dass ich mich selbst kaum noch ausstehen kann. Doch Vicky sagt immer wieder: Nimm mit, was kommt, *comadre*, und genieße es! Du hast es dir verdient!

Ich bin ein bisschen nervös, weil ich weiß, dass die Möglichkeit besteht, dass ich heute Abend Manolo begegne. Es gibt nicht allzu viele Lokale hier in der Stadt, in denen ein Zigeuner wie er seine Schau abziehen kann. Ich glaube, dass ich jetzt für ihn bereit bin. Aber als ich ihn schließlich entdecke, kann ich trotzdem nicht glauben, dass er es wirklich ist. Er steht an der Bar und trinkt einen schnellen Espresso. Er reibt sich die Hände und blickt sich um. Ich weiß, dass es Manolo ist, aber es fällt mir immer noch schwer zu akzeptieren, dass er wieder da ist. Wahrscheinlich denkt er, ich sei jetzt reich und zu berühmt für ihn. Er ist ein Mann mit sehr viel *calorro*-Stolz. Er würde sich nicht auf die Suche nach mir machen, wenn er damit rechnen müsste, dass ich ihn mit einem Tritt hinausbeförderte wie einen bettelnden Hund.

Manolo wird gleich auftreten. Die Dame, die als Conférencier fungiert, kündigt ihn über das Mikrofon an. Ich halte die Speisekarte vor mein Gesicht und hoffe, dass er mich nicht sieht. Ich möchte nicht, dass er mich jetzt schon sieht. Ich möchte, dass er so tanzt, wie er früher getanzt hat, und ich möchte einfach zuschauen und es genießen. Da ist Manolo!, sagt Vicky. Ich weiß!, flüstere ich. Weißt du auch, dass er genau hierher sieht?, fragt sie. Nein, sage ich und lege die Speisekarte weg, bemüht, mich möglichst lässig und desinteressiert zu benehmen, aber vielleicht wirke ich stattdessen nur ein bisschen verloren, so wie ich seinen Worten zufolge aussah, als er mich das erste Mal sah und sich in mich verliebte. Doch jetzt bin ich alles andere als verloren. Und das habe ich nicht ihm zu verdanken.

Moment mal!, sagt Vicky. Ich wünschte, sie würde den Mund halten, sie macht mich nervös. Ist das nicht . . . nein . . . oder doch? Ist das neben ihm nicht Agustín? O mein Gott! Da ist Agustín!, ruft meine beste Freundin aus. Alle schauen zu uns her. Einige der Gäste erkennen mich. Der weibliche Conférencier sieht her! Oh!, sagt sie. Das ist doch Carmen la Coja! Scheinwerfer, bitte! Einen herzlichen Applaus, meine Damen und Herren, für unsere wundervolle Sängerin direkt hier aus Chicago . . . und früher auch eine wundervolle Tänzerin! Carmen! Stehen Sie auf, Carmen, damit Sie jeder sehen kann!

Ich bringe dich um, sage ich mit zusammengebissenen Zähnen zu Vicky, die lächelt und alle im Lokal ansieht, als würden sie ihr applaudieren. Tust du nicht, sagt Vicky. Sie grinst und klatscht ebenfalls, und als Agustín herkommt, breitet sie die Arme aus. Ach, Agustín, es ist ja eine Ewigkeit her, *viejo*!

Nenn mich bitte nicht «alter Mann»!, sagt Agustín. Ich fühle mich ohnehin schon alt genug bei all den jungen Leuten hier! Aber du,

Victoria, du bist so schön wie eh und je, du veränderst dich nie! Sag mal, bist du immer noch bei der Bank . . .

Nein! Nein, *querido*!, sagt Vicky, und noch immer hat Agustín nicht zu mir her gesehen. Ich starte gerade meine eigene Finanzierungsgesellschaft. Solltest du mal ein Darlehen brauchen, dann wende dich vertrauensvoll an mich!

Genau darum ist Vicky meine beste Freundin. Sie ist schlimmer, als ich es je sein könnte, aber sie scheint sich auch ein bisschen mehr anzustrengen. Agustín unternimmt einen letzten Versuch, mit ihren Sticheleien mitzuhalten, aber das wird ihm nicht gelingen. Er sagt: Was? *Querida*, soll das etwa heißen, dass du *immer noch nicht* verheiratet bist? Wirklich zu schade!

Ganz und gar nicht, Agustín . . . Victoria lächelt und zwinkert mir verstohlen zu, da sie es offensichtlich genießt, Agustín auf den Arm zu nehmen. Sie trinkt einen Schluck Wein. Ich spare mich für Carmen auf. *Ich* denke nämlich zufällig, dass sie es wert ist, meinst du nicht auch? Dann macht meine Freundin eine Handbewegung, wie um uns miteinander bekannt zu machen. Ah!, sagt Agustín und nimmt mich zum ersten Mal zur Kenntnis. Sein Haar ist ein bisschen dünner, als ich es in Erinnerung habe, aber alles andere an ihm überraschenderweise auch. Er ist glatt rasiert wie immer, wenn er den Mann von Welt mimt. Mein alter fast lebenslanger Liebhaber beugt sich vor und küsst mich, nicht auf die Wange, sondern auf den Mund. Komisch, dass ich vergessen hatte, wie Agustín küsste und warum ich ihn siebzehn Jahre lang geküsst hatte. Er flüsterte mir etwas ins Ohr, aber da gerade die Musik einsetzte, war ich nicht sicher, was es war, aber es klang wie: Wir sehen uns später. Ich lächelte, und er lächelte, und Vicky lächelte, denn es war uns allen drei bewusst, wie viele Augen noch auf uns ruhten, und dann ging Agustín auf die Bühne, um für Manolo zu spielen.

Ich glaube, dass ich mir während der Show drei *tequila* bestellte, aber es könnten auch mehr gewesen sein. Vicky sagte, sie hätte nicht mitgezählt, sie wüsste nur, dass sie einen mehr habe als ich und dass es für uns Zeit sei, nach Hause zu gehen. Manolo nach so vielen Jahren tanzen zu sehen, begleitet von Agustíns leidenschaftlichem Spiel, erschütterte mich in den Grundfesten. Manolo tanzte besser denn je, und auch Agustíns Spiel war exquisiter, als ich mich erinnern konnte. Was für ein Paar!, seufzte ich fast unhörbar, denn obwohl ich jeden von ihnen ein bisschen hasste, liebte ich sie doch beide ebenso wegen ihres Talents wie wegen jedes einzelnen Augenblicks, den ich mit einem allein und mit beiden zusammen verbracht hatte, ob auf der Bühne oder anderswo. Und dann, gerade als ich mein Glas zum letzten Mal an diesem Abend abstellte, nahm Manolo meine Hand.

Ich hatte nicht einmal bemerkt, dass er seinen Auftritt beendet hatte. Auf der Bühne waren andere Tänzer, und Agustín spielte noch immer. Komm mit, sagte Manolo. Ich stand auf und ließ mich von ihm nach hinten und an der Küche vorbei in ein Büro führen. Es war voller Kostüme und Schminksachen. Straßenkleidung hing auf Bügeln oder lag auf dem Boden verstreut. Was ist denn?, fragte ich Manolo, als ob ich das noch fragen müsste, als er die Tür hinter sich zumachte und forschend wie ungläubig mein Gesicht betrachtete. Ja, ich bin's wirklich, sagte ich sarkastisch, kurz bevor Manolo mich nach fünf sehr langen Jahren zum ersten Mal küsste.

Wirklich?, murmelte er, zog seine Weste aus, schob meine Röcke hoch. Manolo, bist das du?, fragte ich mich, aber ohne es auszusprechen, und dann, leicht bebend, Manolío mio auf den Knien liegend, höre ich ihn flüstern: Ja, du bist es ... Und du wirst es immer sein ...

Dos: Du bist wie der Zwerg, der sich für groß hielt ...

Du bist wie der Zwerg, der sich für groß hielt, weil er weit spucken konnte, sagte ich eines Abends zu Agustín, als er zu mir in meine blaue und goldene Eigentumswohnung mit Blick auf den See kam. Agustín lachte, als ich dieses alte Zigeuner-Sprichwort auf ihn anwandte, um ihn zu hänseln. Er hatte eine Flasche Carlos Primero mitgebracht, genau wie früher. Was machen Frau und Kinder?, frage ich, während ich die Gläser hole. Doch zu meiner Überraschung sagt er: Nicht für mich. Ich trinke nicht mehr. Dann fragt er: Welche

Kinder? Komm schon, Agustín, sage ich. Im Stillen denke ich, Tiger ändern ihre Streifen nicht. Aber was soll's, er ist nun mal ein wunderbarer Musiker und war die meisten Jahre der Mann in meinem Leben. Deine neun, Agustín. Hast du vergessen, dass du neun Kinder hast, darunter ein Zwillingspärchen? Komm schon, sage ich noch einmal. Courtney hat mir alles erzählt, und der *cantaor*, der vor einiger Zeit hier mit ihr aufgetreten ist, hat es auch gesagt. Aber egal. Möchtest du lieber einen Espresso? Ich gehe in die Küche, und er folgt mir. Nein, ich trinke auch keinen Kaffee mehr. Er ist nicht gut für meinen Magen.

Was möchtest du denn *dann* haben?

Cola Light, wenn du das hast, sagt er.

Cola Light? Vielleicht hat der Tiger seinen gestreiften Anzug in die Reinigung geschickt, denke ich bei mir. Bevor ich mir zurechtlegen kann, wie ich Agustín nach dem Grund für seine neuen Trinkgewohnheiten fragen soll, hellt sich Agustíns verwirrte Miene auf. Courtney?, sagt er. Die müsstest du eigentlich besser kennen, *guapa*! Er beginnt leise zu lachen. Seit wann glaubt eine *gitana* wie du, was eine Frau, die einmal derart eifersüchtig auf sie war, ihr erzählt? Und was diesen Typ angeht . . . Der sagt doch alles, wenn man ihm einen Drink spendiert! Außerdem würde es mich nicht weiter wundern, wenn er eine Kleinigkeit für Courtney übrig hätte! Und wenn ich eine Kleinigkeit sage, meine ich genau das! Noch immer lachend zündet sich Agustín eine Zigarette an.

In meiner Wohnung wird nicht geraucht, sage ich, das ist nicht gut für meine Stimme. Er blickt sich um, sieht, dass nirgends Aschenbecher stehen, und geht zum Spülbecken, um sie auszudrücken. Oijojoijojoi!, sagt er, als hätte ich mir Allüren zugelegt. Als er die Zigarette wegwirft, frage ich: Jetzt willst du mir wohl weismachen, dass du gar keine neun Kinder hast? Ich schenke zwei Gläser Cola Light ein, beobachte ihn dabei aber die ganze Zeit, und noch bevor ich den ersten Schluck trinke, weiß ich, dass Courtney mir einen Bären aufgebunden hat, und was für einen. Agustín schüttelt den Kopf. Nicht ein einziges. Ich habe nicht einmal mehr eine Frau, was das anbelangt. Sie hat mich wegen einem *gajo* verlassen. Ich kann es ihr nicht verdenken. Ich habe nicht einmal versucht, sie zurückzuholen. Und weißt du, was? Sechs Monate nachdem sie mich hat sitzen lassen, höre ich, dass sie schwanger ist! Meinst du, dass es die ganze Zeit an mir lag?

Nein, dich lässt nur mal wieder dein selektives Gedächtnis im Stich, sage ich, aber davon will ich eigentlich gar nicht reden. Wie schön für Inmaculada, sage ich. Sie soll eine gute Tänzerin gewesen sein!

Agustín lacht wieder. Ach, Carmen, ich habe dich so lange so furchtbar vermisst. Du bist wirklich einmalig, aber Courtney hat dich ganz schön auf den Arm genommen. Meine Frau hat nie getanzt. Selbst mit zwei gesunden Füßen hätte sie dir im Tanzen nie Konkurrenz machen können!

Was willst du überhaupt hier?, frage ich Agustín, sichtlich verärgert. Abgesehen vom Üblichen, meine ich. Ich merke, wie er mich ansieht, mit dem gleichen Blick wie an dem Abend im Olé Olé, als er Manolo und mich zufällig aus dem Büro kommen sah, als würde er irgendwo in seinem altmodischen Gehirn denken, er besäße ein Recht auf mich, eine Art alte wertlose Garderobenmarke. Seither hatte ich weder ihn noch Manolo gesehen. An dem Abend war es, als hätte sich zwischen uns dreien nichts geändert. Agustín wollte mich noch immer nicht aufgeben, und Manolo war noch immer hin- und hergerissen.

Es gibt keinen Grund, warum wir nicht wieder anfangen könnten, sagt Agustín. Siehst du, was ich meine?, frage ich. Du bist wirklich ganz schön von dir eingenommen, hab ich Recht, *querido*? Die Wahrheit war, dass ich neulich abends zu meiner Überraschung festgestellt hatte, dass Agustín noch etwas in mir anrührte, aber ich hatte nicht vor, es zuzugeben.

Von dir bin ich noch viel mehr eingenommen, sagte er. Danke für die Cola. Er küsste mich wieder auf den Mund, bevor er ging. Ich weiß nicht, warum ich ihn zurückküsste.

Ich hatte einfach Lust dazu.

Nachdem Manolo und ich uns so hastig wie zwei Geldschrankknacker geliebt hatten, um möglichst schnell wieder aus dem Büro hinten im Olé Olé zu verschwinden, wartete ich nicht darauf, dass er mich anrief oder nach mir suchte. Er hatte es nicht getan, als er nach Chicago zurückkehrte, anscheinend einige Monate bevor mein Bruder Abel ihn auf der Straße sah. Er tat es nicht, nachdem ich eines Nachts wie ein Geist in der Türöffnung seines Schlafzimmers erschien. Dennoch verschmolzen wir miteinander, als wäre es das Natürlichste von der Welt, als er mich bei der Hand an den mexikanischen Köchen und den guatemaltekischen Hilfskellnern und den *gringa-gaje*-Serviererinnen vorbei in die kleine behelfsmäßige Garderobe führte. Wir küssten uns und umarmten uns wie zwei Soldaten, die von der Front heimkehren, brachten unsere Kleidung in Ordnung und gingen wieder unserer Wege.

Ich wartete auch nicht darauf, dass er plötzlich vor meiner Tür stand, wie Agustín es getan hatte. Das ist doch absurd, dachte ich. Jahre sind vergangen. Ganz allein habe ich eine Hölle nach der anderen durchlebt. Und jetzt, wo ich im Begriff bin, mich herauszuarbeiten, tauchen sowohl Agustín als auch Manolo wieder auf, als wären sie nur einen Tag weg gewesen, nein, nicht einen Tag, sondern nur kurz, um Zigaretten zu holen oder etwas trinken zu gehen, und beide sehen mich bei ihrer Rückkehr an, als könnten sie nicht verstehen, warum ich so überrascht bin, sie zu sehen. Ich bin noch immer wütend auf Agustín. Aber noch wütender bin ich auf Manolo. Doch an dem Abend, an dem Agustín zum zweiten Mal auftaucht, uneingeladen wie zuvor, lasse ich ihn herein.

Was ist mit deiner Hand passiert?, frage ich. Seine Spielhand ist dick verbunden. Nichts weiter, sagt er. Ein kleiner Unfall. Er holt seine Zigaretten heraus und hat ziemliche Mühe, sich eine anzustecken. Du sollst hier doch nicht rauchen, sage ich. Na, dann eben nicht, sagt er und wirft die Packung beiseite. Wir reden über mein neues Leben als Sängerin, die Konzerte, die ich mit Homero gegeben habe, meine weiteren Pläne, und dann blickt er sich um und sagt: Ich nehme es dir nicht übel, dass du mich hasst, Carmen.

Ich hasse dich nicht, sage ich. Ich hasse ihn wirklich nicht. Vielleicht ein klein wenig. Und mit jedem Kuss, den er mir raubt, hasse ich ihn weniger. Es gibt eine Menge Weißt-du-nochs, die mich lachen und lächeln und den Kopf darüber schütteln lassen, wie unmöglich wir früher waren, und selbst die Sache damals, als er darauf bestand, über Nacht zu bleiben, weil er Manolo erwischen wollte, ist ziemlich komisch, so wie er sie jetzt erzählt. Dann sagt Agustín: Weißt du, was wirklich komisch ist? Was?, frage ich. *Das*, sagt er und hält seine verbundene Hand hoch. *Das* ist komisch. Ich weiß nicht, was du meinst, sage ich. Er hat mir noch nichts über den Unfall erzählt. Was soll an einem Unfall komisch sein?, frage ich. Ha!, sagt Agustín. Von wegen Unfall!

Er steht auf, will sich die Packung Zigaretten holen, sieht mich an und lässt es. Manolo hat schließlich doch noch Rache an mir genommen, sagt er.

Manolo hat das getan?, frage ich.

Es war beim Kartenspiel, sagt Agustín. Er hat mich beschuldigt, ich würde mogeln, und dann hat er *das* gemacht! Doch Agustín sagt noch immer nicht, was mit seiner Hand genau passiert ist, aber ich kann es mir inzwischen denken. Es mir denken und sagen: Jetzt reicht's. Ihr seid doch keine kleinen Buben, aber ihr führt euch so auf! Wenn ihr zwei euch wegen eines Kartenspiels umbringen wollt, dann verschwindet wieder da hin, wohin ihr schon einmal verschwunden seid. Aber lasst mich in Ruhe. Alle beide. Das werde ich auch Manolo sagen . . . falls ich ihn je wieder sehen sollte!

Beruhige dich, beruhige dich, sagt Agustín und hält mich fest. Ich liebe dich wie eh und je, und bei ihm ist es genauso. Ich habe ihn gestern Abend zu einem Kartenspiel herausgefordert. Ich dachte, es sei an der Zeit festzustellen, wer der bessere Spieler ist. Er hat mich beschuldigt zu mogeln, und gerade, als ich meinen Gewinn einstreichen wollte, hat er meine Hand angenagelt . . .

Er hat *was*?, frage ich.

Agustín lächelt mich an. Na, das ist doch sonnenklar. Aber wieso regst *du* dich eigentlich auf? *Dich* hat doch keiner außer Gefecht gesetzt. Wer weiß, wann ich wieder Gitarre spielen kann und ob überhaupt! Ich tanze inzwischen kaum noch, also muss ich vielleicht Gesangsstunden bei dir nehmen . . .

Die Tatsache, dass Manolo wirklich ein Spieler und noch dazu gewalttätig ist, setzt mir zu. Gewusst habe ich es natürlich immer, aber ich habe es nie glauben wollen. Als ich es aussprechen kann, spreche ich es nicht bloß aus, sondern laufe in der Wohnung herum und tobe: *Ay madre mía!* Wie konnte ich nur so viele Jahre damit vergeuden, einen nichtsnutzigen Kriminellen zu vermissen! Na schön, er mag ja ein toller Tänzer sein und auch ein toller Liebhaber, tut mir Leid, Agustín, aber so etwas! Schau her, da hast du den Beweis! Ich deute auf Agustíns Hand, schenke mir einen Brandy ein, kippe ihn hinunter, wische mir den Mund ab und tobe in dieser Tour weiter, rede halb mit mir selbst, halb mit Agustín. Beruhige dich, beruhige dich, sagt er schließlich. Er selbst ist erstaunlich ruhig für einen Mann, der gerade die Fähigkeit verloren hat, sich in nächster Zeit seinen Lebensunterhalt zu verdienen (jedenfalls auf legale Weise). Und was nun?, frage ich Agustín. Willst du jetzt an Manolo Rache nehmen für das, was er mit deiner Hand gemacht hat?

Agustín lachte. Warum sollte ich? Er lachte erneut. Schließlich *habe* ich ja gemogelt!

Tres: Nicht nur eine einzelne langstielige Rose . . .

Nicht nur eine einzelne langstielige Rose, sondern dreißig. So viele brachte mir Manolo eines Abends. Fünfmal ein halbes Dutzend für jedes Jahr, das wir getrennt waren, sagte er.

Komm rein, sagte ich. Ich warf den ganzen Strauß auf die Couch und ging wieder in die Küche. Er hatte mich mitten im Garnelenschälen fürs Abendessen erwischt, in einer Schürze und mit hochgesteckten Haaren. Das Schlimmste aber war, dass ich keinen Lippenstift trug. Niemand hat mich je ohne meinen roten Lippenstift gesehen, nicht einmal Vicky, für die ich an diesem Abend kochte. Ich möchte dir meine neue Freundin vorstellen, hatte sie einige Tage davor zu mir gesagt. Sie könnte die Richtige sein! Seit ich im gleichen Haus wie Vicky wohnte, war mir klar geworden, dass sie trotz ihrer Verpflichtungen beruflicher Art und gegenüber ihrem Bruder Virgil immer noch Zeit hatte anzubandeln. Jedes Mal, wenn ich ihr im Flur begegnete, war es mit einer Liebschaft, die gerade ihre Wohnung betrat oder verließ. Was ist eigentlich mit dir los?, fragte ich. Was soll denn los sein?, sagte sie. Als Akademikerin in einer Welt, in der in puncto Liebe puritanische Vorstellungen herrschten, hielt sie ihre lesbische Veranlagung möglichst geheim. Wenn sie die Richtige ist, wird es höchste Zeit, dass du sie mit nach

Hause bringst und deiner «Familie» vorstellst, sagte ich zu meiner *comadre*. Ich machte gerade das Garnelenfrikassee für die Vorspeise, als es klingelte.

Ich hatte noch nie Garnelenfrikassee gemacht. Aber als ich eines Abends den Bericht des Franziskanermönchs Sahagún über die Eroberung von Mexiko las, schilderte er dort ein aztekisches Gericht, das im Grunde auf ein Garnelenfrikassee hinauslief. Man brauchte dazu Kürbiskerne, *pimientos, chili piquín* und natürlich geschälte Riesengarnelen. Und darum schälte ich gerade Garnelen, als die Liebe meines Lebens zurückkehrte.

Die *Allgemeine Geschichte der Angelegenheiten Neuspaniens* hatte aber noch mehr zu bieten, wie ich bald merkte, als aztekische Kochrezepte. Es war eine Geschichte über Liebe und Verrat, genau wie es die Groschenromane versprechen, die im Supermarkt verkauft werden. Die Geschichte zweier großer Männer, von denen einer überlebte und einer starb. Und einer sehr großen, aber missverstandenen Frau. Großes Drama. Ich konnte es kaum ertragen. Aber wenn ich zu Bett ging, griff ich nach dem dicken Bibliothekswälzer, las ein paar Seiten, weinte mich in den Schlaf, griff am nächsten Abend wieder danach. Die Ausleihfrist war längst abgelaufen.

Wie hast du meine neue Wohnung gefunden?, fragte ich Manolo, als ich mich wieder meinem aztekischen Garnelenfrikassee zuwandte. Deine Mutter hat es mir gesagt, erwiderte Manolo. Er trug ein mitternachtsblaues Seidenhemd unter seiner Smokingjacke. Als er mir ein Küsschen auf den Mund gab, schnupperte ich. Er roch wirklich gut, ein bisschen wie Anis. Es war weder Kölnischwasser noch Aftershave. Es war Manolo.

Meine Mutter?, fragte ich. Wieso sollte sie dir meine Adresse geben? Sie kennt dich doch gar nicht!

Jetzt kennt sie mich jedenfalls, sagte Manolo lachend. Ich habe ihr gesagt, dass ich ihr Schwiegersohn werde, und sie hat gesagt: Hier, da steht, wo sie wohnt.

Manolo, sagte ich, du lügst wie gedruckt. Der Einzige, der dir meine Adresse gegeben haben kann, ist mein nichtsnutziger Bruder Abel. Gegen Bares würde der seine eigene Großmutter verkaufen!

Nein, beteuerte Manolo, es war meine zukünftige Schwiegermutter. Und sie hat gesagt, ich soll dir ausrichten, dass du nicht vergessen sollst, am Samstagmorgen rüberzukommen, um die *tortillas* für deinen Vater zu machen!

Tja, dann war es wirklich meine Mutter. Ich dachte daran zu erwähnen, dass Agustín mit seiner verbundenen Hand da gewesen war, überlegte es mir aber anders. Die Sache ging nur die beiden etwas an. Willst du deine Rosen nicht ins Wasser stellen?, fragte Manolo. Er schien ein bisschen gekränkt zu sein, weil ich sein Geschenk verschmäht hatte. Aber alle Rosen der Welt konnten nicht fünf verlorene Jahre aufwiegen. Mach du's doch, sagte ich. Die Vasen stehen im Schrank. Manolo ging daran, die Blumen einzusammeln, die wie ein Leichnam auf die Couch gefallen waren, und stellte alle in Vasen, wobei er jedes Mal den Finger in den Mund steckte, wenn er sich gestochen hatte. Unterdessen sang ich leise am Herd vor mich hin. Manolo und ich sagten nicht viel zueinander, bis er fertig war. Du hast sie ganz hübsch arrangiert, sagte ich in gleichgültigem Ton, als ich mich umsah, wohin er die Vasen gestellt hatte. Er lächelte. Dann nahm er meine Hand, gerade als ich ein Püree im Mixer machen wollte – dem modernen Gegenstück des *molcajete*, den die Azteken zum Mahlen benutzten. Peinlich berührt hielt ich die andere Hand an die Nase. Sie roch leicht nach Fisch, genau wie ich mir gedacht hatte. Ich zog die Spange aus meinem Haar und ließ es über meine Schultern fallen. Irgendwie hatte ich mir nie ausgemalt, dass ich bei diesem Wiedersehen mit Manolo wie ein Fischweib aussehen würde. Aber er schien nichts zu bemerken. Manolo schluckte mühsam und sagte dann: Carmen, ich bin nicht früher gekommen, weil ich mich geschämt habe.

Ja, sagte ich. Du hast deinen Freund mir vorgezogen.

Nein, sagte Manolo, ich habe meinen Paten vorgezogen . . . Weil ich es musste, weil mein Vater es von mir verlangt hatte, bevor er starb, weil das bei uns so üblich ist, aus vielen Gründen, die du nicht akzeptierst. Was ich verstehen kann. Du bist keine von uns. Und das war nicht gut für mich. Aber ich hätte nicht zulassen dürfen, dass du mich liebst, wenn ich überzeugt war, dass wir nicht zusammen sein sollten.

Und, sagte ich und zog meine fischige Hand weg, warum bist du dann heute Abend gekommen?

Manolo ging eine Weile auf und ab. Carmen, du bist mein Leben geworden. Das hast du immer gewusst. Und du wirst es immer sein. Wenn du zu dem Schluss kommst, dass *ich* auch *dein* Leben bin, dann lass es mich wissen. Ich habe heute Abend Vorstellung, komm doch später vorbei, wenn du willst. Ansonsten weißt du ja, wo ich zu finden bin.

Und wenn ich nicht wieder nach dir suche, Manolo?, fragte ich. Wenn ich zu lange darauf gewartet habe, dass du zurückkommst, so wie du heute Abend zurückgekommen bist, die Arme beladen mit Rosen für mich, und du . . . Tja, was konnte ich über Manolo sagen, das meine Augen ihm nicht längst verrieten? Was ist, wenn das ganze Warten auch den letzten Funken Verlangen erstickt hat und es nicht einmal mehr dazu reicht, den Hörer abzunehmen und dich anzurufen?

Manolo nickte. Er zog seine abgewetzte Brieftasche aus der Gesäßtasche, um mir etwas zu zeigen, das er bei sich trug. Es war ein vergilbter Zeitungsausschnitt in einer Plastikhülle, ein Foto von uns beiden zusammen. MANOLÍO UND CARMEN LA COJA, stand darunter, TANZEN AM SAMSTAGABEND FLAMENCO. Er zeigte es mir und nahm es wieder an sich. Das ist mein Glücksbringer, sagte er und steckte es wieder ein.

Cuatro: Wo Freude ist, juckt kein Schorf . . .

Wo Freude ist, juckt kein Schorf, sagte Agustín eines Nachts zu mir, nachdem wir wieder ein Liebespaar geworden waren, samt durchbohrter Hand und allem. Noch so eine seiner alten Roma-Weisheiten. *Sarapia sat pesquital ne punzava,* waren seine genauen Worte.

Und wer ist hier der Schorf, du oder ich?, fragte ich. Ich blickte auf seine Hand mit den Stichen oben und unten in Form eines Kreuzes und schüttelte den Kopf. Manolo!, dachte ich. Manolo!, seufzte Agustín. Ach, dieser Junge! Und dann schliefen wir ein.

Als ob zu meinen Lebzeiten wieder mit Agustín zu schlafen, und nicht nur das, nicht schon sonderbar genug gewesen wäre, eine Art

Déjà-vu-Erlebnis und etwas, mit dem das Leben es mir heimzahlte, war da auch noch die Tatsache, dass ich nicht länger von Manolo besessen war. Ich hatte fünf Jahre darauf gewartet, dass er wieder auftauchte, und fünf Jahre lang an nichts anderes gedacht, als wieder bei ihm zu sein. Aber seit wir uns hinten in dem Büro geliebt hatten, war das alles vorbei. Ich hatte meinen Frieden gefunden, weil Manolo bewiesen hatte, dass er nie aufgehört hatte, mich zu lieben.

Aber es gibt weiterhin Dinge, mit denen Manolo noch nicht ins Reine gekommen ist. Seine Welt ist noch immer die Nacht. Seine Welt sind noch immer ferne Länder aus Grimms Märchen und Sitten, von denen ich nicht überzeugt bin, dass sie irgendeiner Frau, ob *calorra* oder nicht, heute noch etwas nützen. An dem Tag, an dem ich Manolo, *mi manchorro*, dann tatsächlich wieder sehe, als er zurückkommt und mich bei den Schultern nimmt und sagt: Bitte, Carmen, gib mir eine Chance, da kann ich ihm nur mit einem weiteren Ausspruch von Agustín antworten: Ein Wolf und ein Hund geben keinen guten Hausstand ab.

Von wegen ein Hund und ein Wolf!, lästert Vicky. Wohl eher drei Wölfe, meine liebe Carmen!

Komm endlich zur Ruhe, *hija*, sagt Amá, als ich ihr von meinem Dilemma erzähle. Entscheide dich für einen oder keinen, aber lass dich mit irgendwem häuslich nieder! Es ist noch nicht zu spät, ein Kind zu haben, wenn du das willst!

Ein Maiskolben, der gepflückt wird, wenn er noch grün ist, hat keinen Geschmack, sage ich. Das ist in etwa meine Einstellung zu Manolo. Aber manchmal, wenn Manolo anruft, sage ich: Okay, du kannst mich besuchen kommen. Er hat auch wieder mit seinen Kochexperimenten angefangen (immer noch zu viel Knoblauch). Aber seine Liebe dosiert er genau richtig.

Klar, komm rüber!, sage ich an anderen Abenden auch zu Agustín, wenn er anruft, seit er gelernt hat, vorher anzurufen, weil ich ihn sonst draußen stehen lasse und nicht auf den Türöffner drücke. Und wenn ich niemand sehen will, gehe ich nicht einmal ans Telefon, sondern ziehe die Rollos herunter, lege meine eigene CD in die neue Stereoanlage mit den sechs Lautsprechern, die über die ganze Wohnung verteilt sind, und tanze. Und tanze und tanze.

Dank

Mein Dank gilt meinem Lektor Gerry Howard und meiner Agentin Susan Bergholz, die mich ermutigt und dieses Projekt unterstützt haben. Gar nicht genug danken kann ich meiner Freundin und Assistentin Elsa Saeta, die immer für mich da war. Außerdem danke ich Tomás de Utrera. Er weiß, warum.

Glossar spanischer, mexikanischer und Romani-Ausdrücke

aficionado: Kunstliebhaber, Flamenco-Fan
amá: Herrin, Hausfrau; hier: Mutter
amacita: (liebevoll für) amá
apá: Herr, Besitzer; hier: Vater
artistas: Künstler
ay: o, ach
ay madre mia: o mein Gott, ach du meine Güte

bailaor: Flamencotänzer
barrio: Stadtviertel, Stadtteil
bato: Alter
besitos: Küsschen
bien: na gut
brujo: Hexenmeister, Zauberer
bueno, bonito y barato: gut, schön und billig
burro, -a: Esel(in)

cajón: trommelartiges Musikinstrument
caló: Zigeunersprache
calorro, -a: Zigeuner, -in
cantaor: Flamencosänger
cante: Gesang
cante jondo: schwermütiger Flamencogesang
cena: Abendessen
chili piquín: Pfefferschoten
chino: Chinese

chorizo: Paprikawurst
coja: hinkend, lahm; die Hinkende, die Lahme
comadre: Taufpatin
compai: Bruder, Kamerad
cuates: Kameraden
curandera: Medizinfrau; Kurpfuscherin

elote: Maiskolben
elotero, -a: Maiskolbenverkäufer(in)
envidia: Neid, Missgunst
es: es ist
ese: dieser, der
estás loca: du bist verrückt

famosa: berühmt, großartig
fiesta: Fest, Feier

gachupín: (pejorativ) Spanier
gaje: Einkommen, Lohn
gajo, gaji, gajes: Tölpel, Dummkopf; abwertend für alle Nicht-zigeuner
gitano, -a: Zigeuner(in)
gringo, -a: (pejorativ) Gringo, -a; Ausländer(in); Amerikaner(in)
guapa, -o: Schätzchen

hija: Tochter
hombre: Mann

jefe: Chef; hier: Vater
jefito, -a: (liebevoll für) Chef, Chefin; hier: Vater, Mutter

llorona: Weinende

mamita: Mama
mariscos: Meeresfrüchte
mi manchorro: Kosewort
migra: Einwanderungsbehörde

mi'ja: meine Tochter
mi'jita: mein Töchterchen
mira tus pies: sieh dir deine Füße an
miramé: sieh mich an
molcajete: Mörser

nada: nichts
novela: Roman; hier: Seifenoper

ojú: Ausruf des Erstaunens
otomí: Ureinwohner Mexikos
oye tú: he, du da!

palmas: Händeklatschen
pañuelos: Halstücher, Kopftücher
paso: (Tanz-)Schritt
pata: Bein
patio: Hof
payo: Nichtzigeuner; Hinterwäldler
peinetas: Zierkämme
pimientos: Paprikaschoten
pitos: Fingerschnipsen
pobre de ti: du Arme!
pobrecita: die Ärmste!
pocho, -a: Mischmasch; in den USA lebender Mexikaner
poderosa: hervorragend, großartig
preciosa: Wertvolle, Kostbare, Entzückende
puto: Strichjunge

qué tal: wie geht's
querida, -o: Geliebte(r), Liebling

ristra: Zopf

sabes: weißt du?
señoritas: Fräulein
sevillanas: Sevillanas, einer der Grundschritte des Flamenco

sí: ja
sobadora: Masseurin
soy: ich bin
supermercado: Supermarkt

tablaos: Flamencolokale
taquitos: kleine Tacos, Tortillas
tejano: texanisch
telenovelas: Seifenopern
toque: Gitarrenspiel

vale: in Ordnung

Die Folgen im Einzelnen:

1

2

3

4

5

6

7